AF273409

CARLEY FORTUNE es la autora de *Todos nuestros veranos*, un superventas internacional que escaló los puestos de la lista de libros más vendidos de *The New York Times*. Además, Carley es una periodista premiada que ha trabajado como editora en algunas de las publicaciones más importantes de Canadá, como *The Globe and Mail*, *Chatelaine*, *Toronto Life* o *Refinery29 Canada*. En su juventud vivió en Sídney y en Barry's Bay, un pueblo en los bosques de Ontario, pero actualmente reside en Toronto con su marido y sus dos hijos. *Todos nuestros veranos* es su primera novela, a la que siguen *Te veo en el lago* y *Esta vez será diferente*.

Papel certificado por el Forest Stewardship Council®

Penguin
Random House
Grupo Editorial

Título original: *Meet Me at the Lake*

Primera edición en B de Bolsillo: mayo de 2025

© 2023, Carley Fortune
Publicado por acuerdo con la autora, representada por
Baror International Inc., Armonk, Nueva York, EE. UU.
© 2024, 2025, Penguin Random House Grupo Editorial, S. A. U.
Travessera de Gràcia, 47-49. 08021 Barcelona
© 2024, Noemí Jiménez Furquet, por la traducción
Diseño de la cubierta: Penguin Random House Grupo Editorial
basado en el diseño original adaptación de la cubierta original
Vi-An Nguyen y Elizabeth Lennie

Penguin Random House Grupo Editorial apoya la protección de la propiedad intelectual. La propiedad intelectual estimula la creatividad, defiende la diversidad en el ámbito de las ideas y el conocimiento, promueve la libre expresión y favorece una cultura viva. Gracias por comprar una edición autorizada de este libro y por respetar las leyes de propiedad intelectual al no reproducir ni distribuir ninguna parte de esta obra por ningún medio sin permiso. Al hacerlo está respaldando a los autores y permitiendo que PRHGE continúe publicando libros para todos los lectores. De conformidad con lo dispuesto en el artículo 67.3 del Real Decreto Ley 24/2021, de 2 de noviembre, PRHGE se reserva expresamente los derechos de reproducción y de uso de esta obra y de todos sus elementos mediante medios de lectura mecánica y otros medios adecuados a tal fin. Diríjase a CEDRO (Centro Español de Derechos Reprográficos, http://www.cedro.org) si necesita reproducir algún fragmento de esta obra. En caso de necesidad, contacte con: seguridadproductos@penguinrandomhouse.com

Printed in Spain – Impreso en España

ISBN: 978-84-10381-37-7
Depósito legal: B-4.603-2025

Compuesto en El Taller del Llibre, S. L.
Impreso en Black Print CPI Ibérica
Sant Andreu de la Barca (Barcelona)

BB 8 1 3 7 7

Te veo en el lago

CARLEY FORTUNE

Para Marco,
por esa primera recopilación en CD
y todas las que llegaron después;
pero, sobre todo, por bajar el volumen

1

En la actualidad

Consigo llegar al mostrador principal sin que nadie advierta mi presencia. Es un mueble notable, tallado a partir de un gran tronco de árbol: rústico, pero con clase, un ejemplo perfecto del estilo de mamá. No hay nadie al otro lado. Paso por delante a toda prisa, me meto en el despacho y cierro con llave.

El cuarto parece más una cabaña de pescadores que un lugar de trabajo. Paredes de pino, dos escritorios antiguos, una pequeña ventana tapada por una rala cortina de cuadros. Dudo que haya cambiado mucho desde que se construyó el albergue, allá por el siglo XIX. No hay nada que sugiera todo el tiempo que mamá se pasaba aquí, salvo una foto mía de bebé clavada en la pared y un leve aroma a perfume Clinique.

Me dejo caer en una de las gastadas sillas de cuero y enciendo el ventilador de mesa. Ya estoy pegajosa, y aquí dentro el calor es asfixiante, uno de los pocos lugares del edificio sin aire acondicionado. Levanto los codos y agito las manos atrás y adelante. Lo último que necesito son cercos de sudor en las axilas.

Mientras me refresco antes de ponerme los tacones, ojeo una pila de folletos. «Brookbanks Resort: la escapada perfecta te espera en Muskoka», se anuncia en un tipo de letra alegre por encima de una fotografía de la playa al atardecer, con el albergue de fondo, cual mansión en el campo. Casi me hace reír: es precisamente de Brookbanks Resort de donde yo quería escapar.

Quizá Jamie se olvide de que había accedido a lo de esta noche y pueda regresar a casa, ponerme ropa cómoda y refrescarme con un cubo de vino blanco helado.

Oigo el picaporte.

No voy a tener tanta suerte.

—¿Fernie? —me llama Jamie—. ¿Por qué te has encerrado? ¿Estás visible?

—Dame cinco minutos —respondo con voz tensa.

—No vas a dejarme tirado, ¿verdad? Prometiste que lo harías —dice, aunque no me hace falta el recordatorio: llevo temiéndolo todo el día. Puede que toda la vida.

—Que sí, que sí. Estoy terminando unos papeles. —Aprieto los ojos; no debería haber dicho eso—. Casi he terminado.

—¿Qué papeles? ¿Es el pedido de ropa de cama? Tenemos un protocolo para eso.

Mi madre tenía un protocolo para cada cosa y Jamie no quiere que me entrometa.

Está preocupado. Estamos en temporada alta, pero muchas de las habitaciones están vacías. Hace seis semanas que volví y Jamie cree que es solo cuestión de tiempo que empiece a reorganizarlo todo. No sé si tiene razón. Ni siquiera sé si me quedaré.

—No puedes dejarme fuera de mi propio despacho. Tengo llave.

Mascullo un exabrupto. Por supuesto que tiene llave...

Menuda vergüenza como tenga que sacarme de aquí a rastras, y estoy segura de que lo hará. No he vuelto a dar un espectáculo en el resort desde mi último año de instituto y no pienso empezar ahora. A veces me siento como si hubiera vuelto al pasado, pero ya no soy una adolescente insensata de diecisiete años.

Respiro hondo, me pongo en pie y me paso las palmas por el delantero del vestido. Me queda estrecho, pero los vaqueros rotos que no me he quitado desde que llegué resultan poco apropiados para el comedor. Casi pude oír a mamá diciéndomelo cuando me cambié hace un rato: «Ya sé que preferirías pasarte el día en pijama, pero tenemos una imagen que dar, cielo».

Abro la puerta.

Jamie aparece ante mí con sus rizos rubios cortos y repeinados, pero tiene la misma cara de crío que cuando éramos jóvenes y creía que el desodorante era opcional.

—¿Es el pedido de ropa de cama? —pregunta.

—Claro que no —replico—. Tenéis un protocolo.

Jamie parpadea, sin saber si lo digo en serio o en broma. Hace tres años que es director del resort y todavía no me lo acabo de creer. Con pantalón de raya y corbata, parece que se haya disfrazado. En mi cabeza sigue siendo una rata de agua en bañador y bandana.

Él tampoco sabe qué pensar de mí; se debate entre tratar de agradarme, que para eso soy su nueva jefa, e impedir que la líe. Debería haber una ley universal que prohibiera a los ex trabajar juntos.

—Con lo divertido que eras… —le digo.

Sonríe de oreja a oreja y ahí, en las arrugas de ese rostro y en esos ojos azules como el cielo, vuelvo a ver al Jamie que una vez, fumado y con un caftán púrpura que había birlado de la cabaña de la señora Rose, se atrevió a cantar el «Jagged Little Pill» de Alanis Morissette enterito.

Que a Jamie le gustara llamar la atención tanto como ir sin calzoncillos era una de las cosas que más me gustaban de él: nadie se fijaba en mí cuando él estaba cerca. Era un buen novio, pero también la distracción perfecta.

—Igual que tú —responde antes de achicar los ojos—. ¿Ese vestido es de tu madre?

Asiento.

—No me vale. —Lo saqué hace un rato de su armario. Amarillo canario. Uno de los, como mínimo, veinte vestidos rectos sin mangas de colores vivos que tenía. El uniforme que se ponía por las noches.

Se produce un breve silencio, suficiente para que me acobarde.

—Escucha, no me siento…

—No —me interrumpe Jamie—. No me hagas esto, Fernie. Llevas toda la semana evitando a los Hannover y se marchan mañana.

Según él, los Hannover llevan siete veranos viniendo a Brookbanks, reparten propinas como si tuvieran algo que demostrar y nos recomiendan a un montón de clientes. Por el modo en que lo he pillado mirando con el ceño fruncido la pantalla del ordenador, creo que el resort necesita el boca a boca con más urgencia de lo que me ha dado a entender. Nuestro contable me ha dejado hoy otro mensaje para que lo llame.

—Ya se han acabado el postre —señala Jamie—. Les dije que irías enseguida. Quieren darte el pésame en persona.

Me rasco el brazo derecho un par de veces antes de detenerme. Esto no debería costarme tanto. En mi vida real gestiono una cadena independiente de cafeterías en el West End de Toronto llamada Filtr. Estoy supervisando la apertura del cuarto establecimiento este otoño; será el más grande y el primero con tostadero propio. Hablar con los clientes es algo que hago constantemente.

—Vale —le digo—. Lo siento. Puedo hacerlo.

Jamie suelta aire.

—Genial. —Me lanza una mirada de disculpa y añade—: Y también sería genial que, ya que estás allí, te pasaras por unas cuantas mesas y saludaras. Ya sabes, por seguir con la tradición.

Claro que lo sé. Mamá se paseaba por el restaurante a diario y se aseguraba de que a aquel cliente le hubiera gustado la trucha arcoíris y de que este otro hubiera descansado en su primera noche. Era alucinante la de detalles que era capaz de memorizar sobre los clientes, y todos la adoraban por ello. Decía que tener un negocio familiar como Brookbanks Resort no significaba nada a menos que uno le pusiera cara al nombre. Y, desde hacía tres décadas, esa cara era la suya: Margaret Brookbanks.

Jamie lleva días lanzándome indirectas no demasiado sutiles para que vaya al comedor y salude a los huéspedes, pero he estado dándole largas. Porque, en cuanto me presente allí, será oficial.

Mamá ya no está.

Y aquí estoy yo.

De vuelta en el resort, el último lugar en el que esperaba acabar.

Jamie y yo nos encaminamos a la recepción. Sigue sin haber nadie detrás del mostrador. Los dos nos quedamos parados al mismo tiempo.

—Otra vez no —murmura.

La recepcionista del turno de noche empezó hace unas semanas y tiene la manía de desaparecer. Mamá ya la habría despedido.

—Quizá debería ocuparme de la recepción hasta que vuelva —digo—. Por si llega alguien.

Jamie levanta la vista al techo, pensativo. Luego me mira con los ojos entornados.

—Buen intento, pero los Hannover son más importantes.

Enfilamos hacia las puertas dobles que conducen al restaurante. Están abiertas de par en par y el tintineo de los cubiertos y el runrún alegre de las conversaciones llega hasta el vestíbulo, junto con el aroma del pan de masa madre recién horneado. Mas allá de la entrada se encuentran los techos altos con vigas vistas y los ventanales que dan al lago, formando un impresionante semicírculo. Es una renovación que mi madre llevó a cabo en cuanto tomó el testigo de mis abuelos. El comedor era su escenario. No me lo imagino sin ella paseándose por entre las mesas.

Tomo aire lentamente, me coloco mi media melena rubio platino tras las orejas y oigo su voz dentro de mi cabeza: «No te escondas detrás del pelo, cielo».

En el momento en que estamos a punto de entrar, sale una pareja cogida del brazo. Tienen más de sesenta años y van vestidos de lino beis casi de la cabeza a los pies.

—Señor y señora Hannover —dice Jamie, abriendo las manos—. Veníamos precisamente a verlos. Permítanme que les presente a Fern Brookbanks.

Los Hannover me dedican la más amable de sus sonrisas, el equivalente facial a una palmadita en el hombro.

—Cuánto sentimos la desaparición de tu madre —dice la señora Hannover.

«Desaparición». Extraña palabra con la que describir lo sucedido.

Una noche oscura. Un venado atravesando el parabrisas. Acero aplastado contra el granito. Cubitos de hielo desparramados por la autovía.

He intentado no pensar en los últimos momentos de vida de mamá. He intentado no pensar en ella en general. La avalancha diaria de dolor, consternación y rabia hace que me cueste ponerme en pie por las mañanas. Ahora mismo me siento un poco temblorosa, pero trato de que no se me note. Ha pasado más de un mes desde el accidente y, aunque la gente quiere expresar sus condolencias, el sufrimiento que los demás pueden tolerar tiene un límite.

—Cuesta imaginar este lugar sin Maggie —dice el señor Hannover—. Siempre con una sonrisa enorme en la cara. Nos encantaba charlar con ella. Incluso la convencimos de que se tomara una copa con nosotros el verano pasado, ¿verdad? —Su mujer asiente con entusiasmo, como si yo no me lo fuera a creer—. Le dije que me estaba mareando de verla corriendo de aquí para allá. Ay, señor, cómo se rio.

La muerte de mi madre y el futuro del resort son dos temas para los que no estoy preparada, otro motivo por el que he estado evitando el restaurante. Los asiduos siempre tienen algo que decir al respecto.

Les doy las gracias a los Hannover y desvío la conversación hacia sus vacaciones: el tenis, el buen tiempo, la nueva represa de los castores. Mantener una charla intrascendente es sencillo. Tengo treinta y dos años: demasiado mayor para guardar rencor a los clientes o preocuparme por su opinión. Es con ella con quien estoy furiosa. Pensé que había aceptado que mi vida estaba en Toronto. ¿En qué estaba pensando cuando me dejó el resort? ¿Quién le mandó morirse?

—Te acompañamos en el sentimiento —vuelve a decirme la señora Hannover—. Cuánto te pareces a tu madre.

—Sí —coincido. La misma estatura menuda. El mismo cabello claro. Los mismos ojos grises.

—En fin, seguro que desean volver a su habitación para disfrutar de su última noche aquí. Desde el balcón tendrán unas vistas magníficas de los fuegos artificiales —me salva Jamie. Le dedico una sonrisa agradecida y me responde guiñándome un ojo.

También formábamos un buen equipo cuando trabajábamos juntos de críos. Al principio teníamos una palabra clave cuando uno de los dos necesitaba que lo rescataran de algún cliente molesto o pesado: «sandía». El anciano viudo que no paraba de decirme lo mucho que le recordaba a su primer amor: sandía. El aficionado a la ornitología que le soltaba a Jamie una descripción detallada de cada especie que había avistado por la zona: sandía. No obstante, tras un verano entero juntos día tras día en el cobertizo del equipamiento, sacando canoas y kayaks del lago, empezamos a comunicarnos en silencio; bastaba que agrandáramos los ojos o frunciéramos el labio.

—No ha sido tan terrible, ¿no? —dice mientras nos dirigimos a los ascensores. Yo no respondo.

Jamie extiende el brazo hacia la entrada al comedor. Muchas de las personas que hay dentro son sin duda clientes del resort, pero también habrá algunas de la zona. Con la suerte que tengo, en cuanto entre me encontraré con algún compañero o compañera del instituto. La sangre me retumba en los oídos cual camión de transporte en la autovía.

—No creo que sea capaz —digo—. Voy a volverme a casa. Estoy agotada.

Es cierto. Empecé a padecer insomnio en cuanto regresé. Cada día me despierto en el dormitorio de mi infancia, sin apenas haber dormido y algo desorientada. Contemplo por la ventana la densa maraña que forman las ramas de los árboles y me recuerdo dónde estoy y por qué. Al principio me tapaba la cabeza con la almohada y me volvía a dormir. Me levantaba al mediodía, bajaba las escaleras medio zombi y dedicaba el resto del día a atiborrarme de carbohidratos y ver episodios de *The Good Wife*.

Pero Jamie no dejaba de atosigarme con preguntas y Whitney empezó a presentarse sin avisar y a sermonearme por todo el tiempo que pasaba en pijama —el tipo de monserga que solo tu mejor amiga se atreve a darte—, así que acabé vistiéndome por las mañanas. Comencé a salir de casa, a visitar el albergue, a deambular por el muelle familiar para nadar o tomarme el café del desayuno, igual que solía hacer mamá. Hasta he salido en kayak un par de veces. Es agradable estar en el agua, sentir que tengo un ápice de control, aunque no sea más que manejar una pequeña embarcación.

Cada mañana, al abrir los ojos mis primeras sensaciones siguen siendo de tristeza, enojo y pánico, pero con el paso de los días se han ido atenuando ligeramente.

Durante las últimas semanas, Jamie, con gran paciencia, ha ido poniéndome al día de todo lo que ha cambiado en los muchos años que han pasado desde que dejé de trabajar aquí, pero lo que más me sorprende es todo lo que sigue igual. El pan. Los huéspedes. Que continúe llamándome Fernie.

Nos conocemos desde mucho antes de que empezáramos a salir. El chalet de los Pringle está a un par de bahías a lo largo del lago. Sus abuelos conocían a los míos, y sus padres siguen bajando todos los viernes al restaurante a cenar pescado con patatas fritas. Ahora que se han jubilado pasan la mayor parte del verano en Muskoka y no vuelven a Guelph hasta septiembre. Jamie tiene un piso de alquiler en el pueblo, pero compró la parcela que está al lado de la de su familia para construirse su propia casa. Ama el lago por encima de todo.

—Hoy es 1 de julio, el Día de Canadá —dice Jamie—. El pistoletazo de salida del verano, así que significaría mucho que los huéspedes y el personal te vieran. No te estoy pidiendo que subas al estrado y sueltes un discurso antes de que empiecen los fuegos. —No hace falta que añada: «Como hacía tu madre»—. Tú solo ve y saluda.

Trago saliva; Jamie me sujeta de los hombros y me mira a los ojos.

—Puedes hacerlo. Casi lo tienes. Ya estás vestida. Has estado ahí millones de veces. —Baja la voz—. Lo hemos hecho ahí, ¿recuerdas? En la cabina 3.

Suelto una risotada.

—¿Cómo no ibas a acordarte de la cabina exacta?

—Podría dibujarte un mapa de todos los lugares que hemos mancillado. Solo en el cobertizo del equipamiento…

—Para. —Ya me estoy riendo, aunque es una risa nerviosa. Aquí estoy, con mi exnovio, charlando de los lugares en los que hemos practicado sexo en el resort de mi madre, recién fallecida. El universo se está burlando de mí.

—Fernie, solo te digo que no es para tanto.

Estoy a punto de responderle que se equivoca, que es para tanto y más, pero entonces diviso una excusa por el rabillo del ojo. Un tipo alto arrastra tras de sí una maleta plateada hasta el mostrador de recepción, y no hay nadie al otro lado.

El hombre está de espaldas a nosotros, pero se nota que lleva un traje caro. Es probable que esté hecho a medida. La tela negra envuelve sus formas con ese tipo de impecabilidad que exige unas medidas precisas y una tarjeta de crédito bien saneada. Dudo que los brazos de este tío cupiesen en una talla normal, y la forma en que asoma el puño de las mangas es perfecta. Lleva la chaqueta ceñida al cuerpo y el pelo peinado hacia atrás, oscuro, brillante y muy acicalado. A decir verdad, se ha pasado de formal. Estamos en un resort muy bonito, uno de los mejores en el este de Muskoka, y el personal siempre va presentable, pero los huéspedes optan más por una indumentaria informal, sobre todo en verano.

—Voy a ayudarlo —le digo a Jamie—. Necesito practicar las entradas. Ven y así te aseguras de que lo registro bien.

No hay discusión posible: no podemos dejar al figurín ahí plantado.

Mientras rodeamos el mostrador, me disculpo por haberle hecho esperar.

—Bienvenido a Brookbanks Resort —digo alzando la vista a toda prisa; aun con tacones, me saca unos treinta centímetros—. ¿Le ha costado encontrarnos? —le pregunto mientras pulso una tecla para activar el ordenador.

El tipo aún no ha dicho ni mu. El último tramo de carretera está sin asfaltar y sin iluminación alguna, y hay un par de curvas difíciles entre los arbustos. A veces a los urbanitas los pone nerviosos, sobre todo si llegan cuando ya se ha puesto el sol. Diría que es de Toronto, aunque podría venir de Montreal. La semana que viene empieza una conferencia de médicos y algunos están llegando ya para aprovechar el fin de semana del puente.

—No. —Se pasa una mano por la corbata. No añade nada más.

—Bien. —Introduzco mi contraseña—. ¿Viene con el grupo de dermatólogos? —Accedo al menú principal y, al ver que no responde, carraspeo y empiezo de nuevo—. ¿Tiene reserva?

—Sí, tengo una reserva. —Pronuncia las palabras con lentitud, como si quisiera evitar cualquier error.

No tengo ni idea de qué le pasa. Los hombres que visten trajes como el suyo suelen sonar con mucha más confianza. Pero entonces levanto la vista y me encuentro un atractivo rostro, de facciones muy marcadas, muy tenso. Debe de tener mi edad y me resulta extrañamente familiar. Estoy segura de haberlo visto en alguna parte. Esa nariz me suena. Puede que sea actor, aunque los famosos no suelen presentarse trajeados y recién afeitados..., o al menos no solían hacerlo.

—¿Nombre?

El hombre enarca las cejas ante mi pregunta, como si le sorprendiera. Entonces me fijo en lo oscuros que son sus ojos, negros como el azabache, y se me forma un nudo en el estómago. Su postura es impecable. El corazón se me acelera; lo siento palpitar en las yemas de los dedos y en la planta de los pies. De inmediato busco la cicatriz. Ahí está: bajo el labio, en el lado izquierdo de la barbilla, apenas visible a menos que una sepa dónde buscarla. No me puedo creer que aún lo recuerde.

Pero lo recuerdo.

Recuerdo esta cara.

Recuerdo que sus iris no son negros realmente; a la luz del sol son del color del café expreso.

Y recuerdo cómo se hizo esa cicatriz.

Porque, por mucho que haya intentado olvidarlo, recuerdo perfectamente quién es.

2

14 de junio, diez años antes

Teníamos que llegar a la estación en cinco minutos y el tranvía iba abarrotado. Whitney y yo nos abrimos paso desde el fondo del vagón entre los cuerpos apiñados, murmurando disculpas a media voz antes de apearnos a duras penas y echar a correr.

—¡Date prisa, Whit! —grité a mis espaldas.

Llegar tarde no era una opción. Aquel día solo había un autocar que fuera al norte y, aunque ninguna de las dos lo había expresado abiertamente, Whitney y su maletón tenían que subirse a él como fuera. Habíamos pasado tres días en mi minúsculo apartamento y nuestra amistad no sobreviviría a un cuarto.

El sol se hallaba bajo en el cielo y nos hacía guiños entre los edificios y las brillantes torres de cristal mientras corríamos por Dundas Street, con las suelas de las zapatillas golpeando el suelo tachonado de chicles. Si se levantaba la vista, la luz era deslumbrante, pero por debajo, el centro de Toronto estaba bañado de las sombras gris azuladas de la mañana. El contraste era precioso. La forma en que la luz se reflejaba en las ventanas me recordaba al modo en que el ocaso rielaba sobre el lago en casa.

Me habría gustado detenerme para decírselo a Whitney, pero no teníamos un segundo que perder y, aunque lo hubiéramos tenido, dudaba que ella encontrara nada mágico en los contornos brillantes del horizonte urbano. Llevaba toda su estancia intentando que viera Toronto a través de mis ojos, y todavía no lo había conseguido.

Llegamos a la terminal de autobuses con un minuto de retraso, pero junto al autocar estacionado en el andén 9 había una larga cola de viajeros con distintos grados de irritación en el semblante. No se veía al conductor por ningún lado.

—Menos mal —murmuré para mí.

Whitney se dobló por la cintura y apoyó las manos en las rodillas. Se le habían escapado de la coleta varios mechones de denso cabello castaño y se le habían pegado a sus coloradas mejillas.

—Odio... correr...

Cuando recobró el aliento, comprobamos que nuestra información sobre la salida era correcta y nos pusimos a la cola. La estación era poco más que un garaje enorme: una cloaca oscura y maloliente de Toronto. El aire olía a sándwiches de máquina, humo de gasóleo y sordidez.

Consulté la hora en el móvil. Ya eran más de las diez. Iba a llegar tarde a mi turno en la cafetería.

—No tienes por qué quedarte —dijo Whitney—. Ya espero yo sola.

Era mi mejor amiga desde primaria. Tenía la cara redonda, con ojos tiernos de color avellana y una naricilla de cereza que, en la mayoría de las ocasiones, le confería una engañosa apariencia inocente. Resultaba encantador que Whitney hiciera un esfuerzo por tratar de sonar valiente, pero aferraba el bolso de nailon contra el pecho de tal manera que parecía que temiera que se lo fueran a arrebatar en cuanto bajara la guardia lo más mínimo.

A sus veintidós años, Whitney nunca había estado sola en Toronto ni diez minutos, y aunque yo sabía que no corría ningún peligro, no iba a dejarla tirada en uno de los rincones más lúgubres de la ciudad.

—No pasa nada. Quiero despedirte bien —respondí.

—Tú solo piensa —añadió dando saltitos— que dentro de poco no tendré que venir hasta aquí para que nos veamos.

Tampoco es que estuviéramos lejos: dos horas y media de paisajes pintorescos, pero qué más daba.

Me obligué a sonreír.

—Me muero de ganas.

—Ya sé que te gusta la ciudad. —Miró a sus espaldas—. Pero a veces no entiendo por qué.

Me mordí la lengua para no soltar una respuesta sarcástica.

Me dolía lo poco que Whitney me había visitado durante mis años de universidad. No estaba segura de si se debía a que nuestra relación no había encontrado una base sólida desde nuestra pelea por el «comportamiento autodestructivo» que yo había mostrado el último año de instituto, o si era simplemente porque no le gustaba Toronto. El caso es que cada vez que venía me quedaba claro que habría preferido quedarse en Huntsville. No rechazaba mis sugerencias, pero tampoco mostraba demasiado entusiasmo. Y eso no era propio de ella. Whitney era de las que aceptaban cualquier propuesta y se ilusionaba con la posibilidad de correr una aventura.

«La verdad es que me conformaría con pasar los próximos dos días en tu apartamento comiendo pan y echando el rato», me había dicho al llegar a casa aquella semana.

Reconozco que me molestó. Se me estaba acabando el tiempo en Toronto y todavía me quedaban un montón de cosas por hacer. Se suponía que Whitney iba a ser mi compañera de correrías y, en cambio, me sentía como si tuviera que llevarla a rastras.

—Pues mira que me extraña —respondí, señalando con un gesto de fingida grandeza la estación, mientras un hombre vomitaba sobre el hormigón en el andén de al lado.

Whitney hizo un gesto de desagrado antes de bajar la vista al móvil.

—Jamie acaba de escribirme. Que te dé un beso de su parte. —Arrugó la nariz mientras leía los mensajes—. «Dale a Fernie un beso de despedida de mi parte. Con lengua, a poder ser. Manda foto». Emoji de guiño.

Negué con la cabeza, reprimiendo la sonrisa que ya me asomaba en la boca. Jamie era como un labradoodle humano: una bola de pelo dorado y rizoso, risueño y siempre dispuesto a agradar. Oír su nombre hizo que me sintiera algo más ligera.

—¿Mi novio te ha dicho eso? Qué descarado.

—Se muere por tenerte de vuelta. Todos lo estamos deseando.

Tragué saliva; entonces distinguí con alivio a un hombre con un revelador uniforme azul marino caminando hacia el autocar.

—¡Usted tranquilo, ¿eh?! —le gritó uno de los pasajeros—. Que no vamos tarde ni nada.

—Qué ganas tengo de que volvamos a vivir en el mismo lugar —prosiguió Whitney.

Asentí y me forcé a responder:

—Yo también.

Cuatro años lejos de mi novio y mi mejor amiga: debería haber estado contando los segundos para el reencuentro. Llevaba sin ver a Jamie desde su visita sorpresa por San Valentín. En invierno trabajaba como instructor de snowboard en Banff, pero estaba de vuelta en el resort desde el puente de mayo. Yo había terminado el último curso en la universidad, por lo que debería estar allí con él. Debería haber hecho la maleta en abril, después del último examen. En cambio había convencido a mamá para que me dejara quedarme hasta finales de junio y así poder pasear por la ciudad hasta la ceremonia de graduación, para la que ya solo quedaba una semana. Había apelado a su compasión como hostelera, pues le había dicho que a mi jefa le estaba costando encontrar camarero para sustituirme.

El autocar se puso en marcha y el conductor empezó a arrojar maletas a la bodega. Mientras los pasajeros avanzaban y la cola se movía, Whitney y yo nos dimos un largo abrazo.

—Te quiero, Baby —dijo.

Haberse criado en un resort al estilo de *Dirty Dancing* implicaba que me hubieran puesto un mote a la altura: «Baby». Lo detestaba. Ni siquiera tenía sentido: Baby era una huésped.

Me puse de puntillas, le subí la capucha y tiré de los cordones para ceñírsela alrededor de la cara.

—Yo también —le dije. Al menos eso no era mentira.

Una vez que Whitney encontró su asiento, le lancé un beso y saqué los auriculares de mi bolsa de tela. Pulsé el botón de reproducción y dejé que los Talking Heads ahogaran el ruido del motor del autocar y el tictac de la cuenta atrás, que sonaba cada vez más fuerte.

Me quedaban nueve días para tener que volver a casa.

Ponerme los auriculares era algo terapéutico para mí, como ponerme una capa de invisibilidad. Pero Dos de Azúcar quedaba tan solo a unas pocas manzanas de la estación, distancia insuficiente para que la música aplacara mi culpa o me hiciera olvidar el resort y las responsabilidades que allí me esperaban. También me esperaba el pasado. Hubo un tiempo en que los cotilleos sobre Fern Brookbanks eran el motor de la fábrica de rumores del instituto de Huntsville. Era cierto que habían pasado los años, pero sabía que algunas personas aún me recordaban como la chica a la que se le fue la cabeza. Con algo de suerte, la cafetería estaría lo bastante llena como para que mi mente se pusiera en piloto automático al servir el décimo expreso.

Caminé en dirección este, abriéndome paso entre las hordas de turistas en la intersección de Yonge y Dundas. Me gustaba lo hortera que era, con su hormigón, sus paneles estridentes y sus autobuses turísticos de dos plantas, pero sobre todo me gustaba que hubiera gente de todas partes y que ni una sola persona me mirase. Cada día me cruzaba con cientos de miles de transeúntes y, en medio de aquella locura, era completamente anónima.

Solía decir que era de Huntsville, pero no era del todo cierto. El resort quedaba lejos del pueblo, en las orillas pedregosas del lago Smoke. Trasladarse a Toronto para estudiar en la universidad había sido como viajar a la Luna. Habría querido quedarme para siempre jugando a los astronautas.

Subí el volumen de la música e hice rodar los hombros hacia delante y hacia atrás mientras el sol me daba en el cuello. Se suponía que íbamos a alcanzar máximos históricos de calor. Junio era el mejor mes para estar en Toronto. Los patios y los parques bullían con la alegría desatada de principios de verano. En junio, un día de calor era un regalo; en agosto resultaba agobiante y la ciudad apestaba a basura.

Para hacer frente al calor, llevaba unos vaqueros cortados y una camiseta sin mangas con una blusa de manga corta encima que había encontrado en Value Village. Era holgada y traslúcida, con un estampado de flores minúsculas que me parecía estiloso, muy noventero, y apenas se distinguía la mancha amarilla en la zona del bajo.

Una fila de expendedores de periódicos montaba guardia a la entrada de Dos de Azúcar, por lo que cogí un ejemplar de *The Grid*, mi semanario alternativo gratuito preferido, antes de abrir la puerta. Estaba cerrada. Perpleja, tiré una vez más antes de pegar la nariz al cristal. La cafetería, mi lugar favorito del mundo entero, estaba vacía a excepción de Luis. El olor a pintura húmeda me hizo cosquillas en la nariz en cuanto me abrió.

—¿Por qué tenemos cerrada la cafetería? —pregunté mientras me quitaba los auriculares y entraba. Me detuve al ver una de las paredes cubierta de pintura blanca y negra—. ¿Qué es esto?

—No, perdona, ¿qué es eso? —replicó, señalando mi cabeza.

—Me he cortado las puntas.

—Eso no son las puntas. —Soltó una risotada—. Menudo tajo te has pegado. —Sonrió—. Me gusta.

Me di un tironcito de uno de los mechones más cortos en la nuca: apenas tenía longitud suficiente para que lo agarrara entre los dedos. Lo había hecho al acabar mi último turno, antes de que llegara Whitney. Teniendo en cuenta que antes la melena me llegaba por debajo de los hombros, era un cambio considerable.

—No recuerdo haber pedido tu opinión, pero gracias —dije—. Bueno, ¿qué está pasando aquí?

—¿No sabías lo del mural? —Luis cruzó los brazos por delante de su impresionante pecho. Otros miembros del personal entraban y salían de Dos de Azúcar, pero nosotros dos llevábamos tres años trabajando juntos.

—Qué va.

—Bueno, pues ahora tenemos un mural. O casi.

Miré a mi alrededor; no se veía al pintor por ninguna parte.

—¿Y a ti y a mí nos toca hacer de canguro?

—Sí, pero no juntos. Yo ya he estado los últimos dos días. —Se sacó una pequeña llave del bolsillo—. Ahora es tu turno.

Me quedé mirando a Luis. ¿Pasarme horas a solas con un desconocido cualquiera, dándole palique? La idea me desagradaba más que hablar en público.

—No —dije.

—Que sí —replicó Luis con sonsonete—. Yo me voy a la isla. He quedado con unos amigos en el ferry dentro de media hora.

Mascullé un «vale» y cogí la llave, antes de arrojar mis bártulos sobre una mesa y acercarme al mural.

—Bueno, ¿y dónde se ha metido nuestro Miguel Ángel?

—Ha ido a pillar algo de comer —respondió Luis—. Tiene previsto acabar a primera hora de la tarde; luego podrás largarte. Seguiremos cerrados hasta mañana.

Podía sobrevivir unas horitas. Tenía un porro en la bolsa de tela y planes de fumármelo en el callejón en cuanto hubiera acabado. Quería pasear por la ciudad y luego volver a mi piso en Little Italy.

—¿Te gusta? —preguntó Luis.

Examiné el mural. El artista había plasmado una versión caricaturesca del perfil de la ciudad y la ribera. Todo aparecía algo distorsionado: la torre CN era minúscula y estaba entre las garras de un mapache. En los últimos tiempos, Toronto era un tema recurrente y este tipo de orgullo de ciudad cosmopolita salía a relucir por todas partes: en camisetas, pósteres y hasta en mi bolsa, estampada con un mapa de Little Italy de modo que los nombres de las calles formaban la topografía del barrio.

—No sé —respondí—. ¿No te parece un poco… básico?

—¡Ay! —oí exclamar una voz a nuestras espaldas.

Me volví con lentitud.

Vi a un tío más o menos de mi edad con un mono holgado de algodón azul y una bolsa de papel con comida para llevar. Era extraordinariamente alto y la postura erguida lo hacía parecer aún más alto. El pelo negro alborotado le caía por debajo de las orejas. Tenía el mentón y los pómulos angulosos, casi afilados. Y la nariz un pelín larga, pero le quedaba bien.

—Este es nuestro Miguel Ángel —dijo Luis.

Era tan grande que yo no sabía ni adónde mirar, y todo él era… atractivo.

—Miguel Ángel, pero en básico —lo corrigió el chico. Yo bajé la vista; era demasiado guapo como para mirarlo de frente. Llevaba unas botas de obra marrones con los cordones rosa fosforito—. Me suelen llamar Will. —Me tendió la mano—. Will Baxter.

Me quedé contemplando la enorme palma antes de mirarlo a los ojos. Oscuros como un vertido de petróleo.

—¿Y tú eres? —preguntó al cabo de un instante, dejando caer el brazo.

Lancé una mirada de irritación a Luis. Los tíos buenos como este eran lo peor: engreídos, egocéntricos, aburridos. Además era alto. Estaba bueno y era alto: iba a ser del todo insufrible. Me apostaría algo a que le costaba encontrar pantalones que le valieran. Luis hizo un leve gesto con la mano, dando a entender que era majo.

—Fern.

Will enarcó las cejas, pidiendo más información.

—Brookbanks —concluí al tiempo que me pasaba los dedos por detrás de la oreja para apartarme el pelo, solo que no había pelo suficiente que apartar.

—Siento que pienses que mi trabajo es básico, Fern Brookbanks —dijo Will con exagerada jovialidad—, porque creo que vas a tener que aguantarme el resto del día.

Le ofrecí una sonrisa tensa.

—Bueno, niños, yo me piro —dijo Luis—. Will, a pesar de lo que pueda parecer, Fern no muerde.

—¡Oye! —exclamé.

—Nos vemos el lunes. —Luis me besó en la mejilla y me dijo al oído—: Es un encanto. Compórtate.

Cerré con llave en cuanto Luis se hubo marchado, sintiendo la mirada de Will en la cara.

—¿Qué?

—Dime por qué no te gusta.

Sacó un *muffin* de la bolsa de papel y lo despegó de la cápsula. Me rugieron las tripas; le había preparado a Whitney las tortitas de mamá como desayuno especial de despedida, pero habían pasado horas desde entonces. Will partió el dulce por la mitad y me tendió un pedazo.

—Gracias —dije antes de metérmelo en la boca. Era de limón con arándanos rojos.

Me volví hacia el mural. Solo faltaba la esquina derecha por acabar.

—El mapache mola —reconocí. Al ver que no respondía, lo miré. De cerca era aún más atractivo. Las pestañas inferiores, negras como el lago a medianoche, se le curvaban de forma exagerada. Eran largas y delicadas, y le besaban la piel bajo los ojos. El contraste con la ropa de trabajo, holgada y salpicada de pintura, resultaba curiosamente excitante. Volví a examinar el mural—. Tampoco está tan mal.

Soltó una carcajada y creí ver fuegos artificiales. Era el placer hecho sonido.

—Dime qué te parece de verdad.

—Bueno, no es lo que yo habría elegido. Esto está muy distinto a como era hace seis meses.

Mi jefa había decidido que debía «modernizar» el espacio. Las baqueteadas sillas de cerezo ahora eran de plástico moldeado negro. Habían pintado de blanco las paredes color turquesa. Y quitado los pósteres de Renoir.

Cometí el error de volver a mirar a Will. La forma en que me observaba con fascinación me hizo sentir incómoda.

—Los cambios no son lo tuyo, ¿eh?

—Me gustaba más antes. —Apunté hacia un rincón junto a la ventana—. Ahí teníamos un butacón de terciopelo naranja y un montón de libros de cocina de Nigella Lawson. —Casi nadie les echaba una ojeada, pero era nuestro rollo—. Y ahí teníamos una cortina de cuentas de madera. —Señalé el umbral que comunicaba con la cocina.

En la pared que estaba pintando Will antes había, por encima del mueble con la leche y el azúcar, un gran panel de corcho en el que la gente pinchaba anuncios de clases de piano, búsqueda de contactos, clubes de calceta… un poco de todo. El año pasado, uno de nuestros clientes habituales le propuso matrimonio a su novio pinchando una nota que decía: «Te quiero, Sean. ¿Quieres casarte conmigo». Había recortado tiras verticales en la parte inferior, cada una de ellas con una única respuesta: «Sí».

—La cafetería solía ser un lugar acogedor. Ahora no tiene nada que ver —dije—. Es… inhóspita.

—Entiendo lo que quieres decir —respondió Will mientras se sacudía migas de *muffin* de los bolsillos del delantero. Llevaba un sencillo anillo de sello en el meñique—. Cada vez que vuelvo a Toronto ha cambiado un poco, y a veces un mucho.

—¿No vives aquí?

—Vivo en Vancouver —respondió—, pero me crie aquí. Y sí, no para de evolucionar, pero a mí no me importa. —Se apartó un mechón de la cara—. Así, siempre que vuelvo a casa, tengo la oportunidad de redescubrir la ciudad.

—Qué romántico —espeté lacónica. Sin embargo, sus palabras se expandieron por mis venas como un lingotazo de café solo.

3

En la actualidad

Contemplo a Will al otro lado del mostrador, con los dedos sobrevolando el teclado y la garganta seca. Tiene sus ojos clavados en los míos. Aún no me ha dicho el nombre y Jamie no sabe a quién mirar, su cabeza se vuelve del uno al otro como un cachorrillo que tuviera que elegir entre dos juguetes.

Will y yo teníamos veintidós años la última vez que nos vimos, y no se parece en nada a la persona en quien imaginé que se convertiría. Me pregunto si él pensará lo mismo de mí. Porque debe de saber quién soy. Tiene que saber que este Brookbanks Resort es *mi* Brookbanks Resort.

—Necesitamos tu nombre para poder comprobar la reserva —dice Jamie, apartándome de un codazo mientras Will y yo seguimos mirándonos y él entorna los ojos. No está seguro de que lo haya reconocido.

Pero por supuesto que sí, aunque este Will Baxter sea muy distinto del que conocí una vez. Sigue siendo alto y anguloso, aunque el traje de chaqueta me descoloca. Igual que el pelo, peinado hacia atrás y fijado con gomina. Sigue siendo delgado, pero está más fornido. Me desconciertan su traje, su pelo y su cuerpo, además de los diez años que llevo sin verlo.

Por sorprendente que sea, el traje a medida y el corte de pelo de doscientos dólares le quedan bien. Le pegan.

—Will Baxter —dice, y me fulmina con la mirada mientras deja el carnet y la tarjeta de crédito en el mostrador.

Solo pasé un día con Will, pero me cambió la vida. Hubo un tiempo en que pensé que era mi alma gemela. Que nos veríamos en este mismo lugar, pero en circunstancias muy distintas. Hubo un tiempo en que pensé muchas cosas sobre Will.

Y he perdido gran parte de mi vida adulta preguntándome qué habría sido de él.

Puede que haya conseguido que la mandíbula no se me caiga hasta el suelo de moqueta granate, pero lo que no consigo es controlar mi respiración. Este maldito vestido de mamá es estrechísimo y noto cómo me sube y baja el pecho. Will también se da cuenta. Baja la mirada un segundo y, cuando vuelve a levantarla, inspira trémulo.

—Señor Baxter, veo que este año ha reservado una de las cabañas —dice Jamie.

Apenas lo oigo.

Will tampoco ha debido de oírlo, porque no responde. En su lugar agacha la cabeza.

—Fern. —Su voz es grave y mi nombre brota pastoso, como envuelto en alquitrán.

No tengo claro cómo debería reaccionar, cuál será el movimiento más seguro. Fingir que no lo recuerdo sería la mejor defensa, pero no soy buena actriz. Nunca he sabido si recordar con tanta claridad aquellas veinticuatro horas con Will era una exageración o si sería absurdo no hacerlo.

Cuando me rasco la piel del antebrazo, Will se me queda mirando. Apoyo las manos con firmeza en el mostrador, molesta por el hecho de que tenga este efecto sobre mí.

—Estás aquí —dice, como si no acabara de encadenar las dos palabras más irónicas de todo nuestro idioma.

«¿Que estoy aquí? ¡¿Que estoy aquí?!», quiero gritarle. Quiero preguntarle dónde demonios ha estado él. La idea de vernos en el resort fue suya. Yo sí me presenté. Él llega con nueve años de retraso.

Abro la boca y vuelvo a cerrarla. La abro de nuevo, pero no emito sonido alguno.

—¿Estás bien? —me susurra Jamie al oído, y niego con la cabeza.

«Sandía», vocalizo sin sonido, esperando que se acuerde.

—Señor Baxter —dice entonces, frotándose las manos—. Me

temo que la señora Brookbanks tiene cosas que hacer esta noche, pero será un placer ayudarlo a instalarse.

Asiento con rapidez sin mirar a Will a los ojos y rodeo el mostrador para marcharme.

—Veo que ha reservado la cabaña 20 —dice Jamie.

«Mierda. Mierda. Mierda. Mierda».

Me encamino a las puertas principales con la cabeza gacha. Justo antes de salir oigo a Will llamarme por mi nombre. Entonces echo a correr.

Huir de Will Baxter es agotador. Lo sé porque llevo los últimos nueve años intentándolo, tratando de recorrer un camino que supuestamente me alejaría de él y que, a través de una suerte de bruma mágica y un bosque encantado, me conduciría a la tierra del olvido. He intentado borrar la sensación de su dedo enlazado con el mío, el dolor de su ausencia. Solía quemarme por dentro, como un hierro al rojo vivo atravesándome el esternón. Con el tiempo se convirtió en una punzada sorda. Pero esta noche no hay escapatoria.

Bajo la escalinata del albergue como alma que lleva el diablo. En cuanto aterrizo en el sendero, los tacones se me clavan en la grava y trastabillo. Cambio el peso a las puntas de los pies, pero apenas puedo avanzar dando cortos pasitos. Me he dejado las Birkenstock en el despacho. Suelto una palabrota, me quito los zapatos y aprieto los dientes al notar cómo se me clavan los guijarros. Llevo demasiado tiempo viviendo en la ciudad. Whitney y yo solíamos pasarnos el verano entero correteando descalzas por la propiedad.

No he avanzado ni tres pasos cuando oigo que alguien baja las escaleras a toda prisa.

—Fern, espera.

Pero no lo hago. Acelero, me tropiezo y caigo hacia delante. La sensación de humillación llega antes que el escozor en las rodillas y las palmas de las manos.

—¿Estás bien? —pregunta Will por encima de mi cabeza.

Maldigo el día en que nací. Maldigo a las dos personas que me engendraron nueve meses antes. Maldigo un montón de cosas ahí tirada. Apoyo la frente en el suelo y hundo los dedos en la grava. Quizá pueda cavar un túnel y escapar de esta situación.

—Te voy a ayudar a levantarte, ¿vale?

Antes de poder contestar que no, que no me vale, que nada de esto me vale, Will me agarra de los brazos y me pone en pie.

Me quedo parada, sacudiéndome las piedras y la tierra, y Will se agacha para inspeccionar los daños. Su cabeza queda a unos centímetros de la mía, tan cerca que puedo oler su colonia, humo y cuero y algo dulce, como caramelo quemado. Mantengo la atención fija en mis piernas.

—Esto no tiene buena pinta —dice mientras desliza el dedo junto a un moratón sanguinolento que está empezando a hincharse. Estoy demasiado atónita para hacer otra cosa que mirar.

—No pasa nada —salto. Cuando consigo mirarlo, lo veo contemplándome a través de la cortina oscura de sus pestañas.

—Eres tú... —dice. No parece sorprendido de verme.

Cuando me yergo, Will hace lo mismo. Es altísimo.

Me quedo mirando la corbata. Una vez me dijo que jamás se pondría una. Me pregunto qué otras cosas no cumplió.

—¿Estás bien? —pregunta—. ¿Quieres sentarte?

Señala con un gesto un banco de madera con vistas al lago, aunque está demasiado oscuro como para distinguir la otra orilla. El aire huele a hierba recién cortada, a petunias y a pino de los prados y jardines que rodean el albergue, que terminan en los setos cercanos. Mi mirada se desvía hacia los muelles, donde unos bomberos están preparando los fuegos artificiales de esta noche, y trago saliva.

Niego con la cabeza, que me da vueltas sin parar. Querría decirle un millón de cosas, pero no consigo decidirme por una.

Will se rasca la nuca.

—Te acuerdas de mí, ¿verdad? —Sus palabras brotan como cinco pasos precavidos, de puntillas sobre una cuerda floja.

¿Que si me acuerdo de él? La pregunta es tan absurda que casi me da la risa. Mi madre me salvó la vida, pero fue Will quien me ayudó a que volviera a tomar las riendas de ella.

Will recoge mis zapatos del suelo y, cuando se acerca para tendérmelos con expresión cautelosa, doy un respingo. Hay clientes por todas partes, tumbados sobre esterillas en la hierba, recostados en tumbonas junto a la playa, esperando a que empiece el espectáculo, pero no me importa.

—Claro que me acuerdo —respondo. La luz de la farola acaricia los perfiles de sus altos pómulos, y cruza mi mente una imagen de él aquella noche, con la luz de las velas iluminándole el rostro—. Lo que me gustaría saber es qué haces aquí.

Parpadea al oír mi tono mientras sostiene los zapatos entre los dos.

—En *mi* resort —añado, arrebatándoselos de las manos—. ¿Te liaste con la fecha?

—No. Yo…

—No me vengas con que es una coincidencia.

—¿No lo sabes? —suena perplejo—. He venido a echar una mano —dice, bajando la voz.

—¿De qué me hablas?

—¿Es que tu madre no te ha dicho nada? Me ha contratado como consultor.

Mi cabeza sale disparada hacia atrás.

—¿Mi madre? ¿De qué conoces tú a mi madre? —siseo antes de cerrar los ojos. Por un momento se me ha olvidado que ya no está.

—La conocí el verano pasado —responde Will—. Creí que te lo habría dicho. Pensé que tal vez hubieras venido por eso. Me pidió que la ayudara con la planificación estratégica y algunas ideas para…

Agito los zapatos para que se calle. Esto es demasiado. No me puedo creer que mamá contratase a un consultor y menos aún que diera la casualidad de que dicho consultor fuera Will. Will, que está aquí. Will, que vino el verano pasado. Will, que conocía a mi madre. Will, que pensaba que yo sabía que iba a venir. Will, que a pesar de todo esto nunca se puso en contacto conmigo. La situación me supera.

Inspiro hondo para poder abordar lo más importante.

—Will —digo, y su nombre me provoca una sensación extraña en la lengua—. Mi madre ha muerto.

—¿Qué? No. Pero si hablé con ella… hace poco —murmura, más para él que para mí.

—Tuvo un accidente. En mayo.

Le refiero los hechos como quien se quita una tirita, limpiamente y con la menor atención posible a su significado. Explico que la máquina de hielo del restaurante se rompió en pleno servicio de cenas y los camareros se estaban apañando como podían con un dispensador situado en una de las plantas de habitaciones. Cuando alguien se quejó del ruido constante, mamá decidió ir al pueblo con el coche y traerse el maletero lleno de hielo. Estaba oscuro y dudo que viera el venado antes de que se estampara contra el parabrisas.

Me saca de quicio lo mucho que insistía en asumir tareas que podría haber asignado sin problemas a cualquier otra persona. Al final fue su dedicación lo que la mató.

Will se pasa la mano por la cara. Ha palidecido.

—¿Estás bien? Por supuesto que no —responde a su propia pregunta—. Y tampoco sabías que iba a venir. Estás aquí porque has perdido a tu madre.

Levanto las manos con las palmas hacia arriba. Es un gesto de desconcierto, no de teatralidad.

—El resort ahora es mío. Me lo dejó.

Will se me queda mirando, pero yo giro la cara. Todas estas semanas de despertar en plena noche y dar vueltas en la cama sin parar me están afectando; el agotamiento que me cala hasta los huesos aflora en la superficie.

—Fern —dice con suavidad, sin alzar la voz. Hace girar el anillo que lleva en el meñique. Había olvidado ese gesto tan suyo—. Lo siento muchísimo.

Sus palabras me atraviesan el pecho como la hoja roma de un hacha. No es por eso por lo que quiero que se disculpe. El labio inferior me tiembla.

Cuando alarga la mano hacia mi brazo, me alejo de él.

—No me toques.

—¿Fernie? —Jamie me llama desde lo alto de los escalones—. ¿Estás bien?

—De lujo —respondo al tiempo que me aparto para dejar pasar a un grupo que sube al albergue.

Jamie les da las buenas noches a los clientes y les recomienda los excelentes pasteles de cangrejo antes de bajar los peldaños de dos en dos hasta llegar a donde nos encontramos. No es tan alto como Will, pero siempre se ha sentido fenomenal en su cuerpo. Jamie se mueve como si fuera un coloso.

—Se ha dejado la llave, señor Baxter —dice con los ojos entornados—. Y la maleta, pero la he mandado llevar a su cabaña.

Will se estira cuan largo es al tomar la tarjeta magnética.

—Gracias.

—Así que ¿los dos se conocen? —pregunta, mirándonos a Will y a mí.

—No —respondo al mismo tiempo que Will dice que sí.

Jamie baja la vista a mis piernas.

—Tenemos un botiquín en la oficina. Ven, que te limpiaré estas heridas.

—No te preocupes —respondo—. De verdad, Jamie, estoy bien.

Noto el preciso instante en que Will reconoce el nombre. Parpadea un par de veces y el asombro inunda su rostro como un tsunami.

Jamie se agacha delante de mí, examinando la herida. Los ojos se me van de inmediato hacia Will. Es algo reflejo. Pero él observa a Jamie con los puños cerrados a los costados.

—¿Seguro que estás bien, Fernie? —me pregunta Jamie antes de alzar la vista—. Porque no lo parece.

Estoy parada entre Jamie Pringle y Will Baxter, descalza y con las rodillas magulladas, menos de dos meses después de la muerte de mi madre.

—Sí... —contesto.

—No me convences. Vente conmigo —dice Jamie mientras se incorpora—. A mí no se me escapa nada, Fernie —me dice al oído, pero estoy segura de que Will lo ha escuchado.

No debería sentirme culpable, pero así me siento, y lo detesto. Will carraspea.

—Pues, entonces, os dejo a lo vuestro —dice—. Lo siento, Fern. —Se queda mirándome un buen rato. Creo que va a decir algo más, pero entonces se da la vuelta y enfila el sendero.

La primera salva de fuegos artificiales silba y estalla sobre nuestras cabezas, iluminando las copas de los árboles. Pero no levanto la vista. Tengo los ojos clavados en Will, que se aleja de mí igual que hizo hace diez años.

«*Tú y yo*, Fern Brookbanks, el año que viene. No me falles».

Eso fue lo último que me dijo.

4

14 de junio, diez años antes

Los tíos siempre eran un poco desgarbados. Se apoyaban en las jambas de las puertas y se encorvaban sobre las mesas de la cafetería. Jamie solía usarme de bastón, apoyándome el codo en el hombro. Will, en cambio, era mucho más vertical.

Estaba dibujando el ala de un avión que pasaba por encima del perfil de la ciudad mientras yo fingía leer *The Grid*. Tenía el cuaderno abierto en la mesa con la lista de cosas que quería hacer, ver, comer y beber antes de volver a casa, lo que estaba previsto que hiciera al cabo de poco más de una semana. Entre las clases, los deberes y el curro no había aprovechado al máximo vivir en la mayor ciudad de Canadá. Esperaba encontrar a lo largo de aquella semana un par de propuestas baratas que añadir a la lista, pero me había dedicado a contemplar el largo contorno de la espalda de Will y la firmeza con que agarraba el pincel. Lo que más me llamaba la atención era lo erguido que se mantenía. Desde luego, de desgarbado tenía poco.

—Siento cómo me estás juzgando —dijo Will—. Se te nota a la legua. —Volvió la cabeza, con el pelo cayéndole sobre los ojos y los labios curvados hacia arriba—. ¿Por qué no pones música y así disimulas?

Así que, además de estar bueno, era divertido. Cuando lo fulminé con la mirada, su sonrisa se ensanchó. Nunca había visto una tan bonita.

—¿Siempre enseñas tanto los dientes? —pregunté.

—¿Y tú siempre eres tan simpática?

—La verdad es que sí.

Se rio por lo bajo y el sonido me reverberó en el vientre, cálido y dulce.

—Entonces no me ofenderé. —Señaló mi iPod, que estaba en la mesa, con un ademán—. ¿Música?

—Claro. —Había descubierto mi punto flaco en tiempo récord. Me limpié la tinta del periódico en el pantalón corto y me desplacé por los álbumes con mis dedos de uñas azules desconchadas, tratando de imaginar qué le gustaría—. Tengo lo nuevo de Vampire Weekend. ¿Lo has escuchado?

—¿Es lo que estabas oyendo cuando entraste? Te vi antes por la calle.

Carraspeé, sorprendida.

—Qué va. Era una de las listas de reproducción de Peter.

—¿Tu novio?

Me carcajeé.

—El mejor amigo de mi madre. Las listas de reproducción son nuestro rollo.

Era la forma sencilla de decirlo. En realidad, Peter y yo nos comunicábamos por medio de la música. Mamá lo llamaba nuestro lenguaje secreto.

Según ella, Peter no se abría con demasiada gente: en eso nos parecíamos. Por el modo en que mamá lo contaba (y le encantaba contarlo), ella se había hecho sitio en su vida a codazos mucho antes de que yo naciera.

«Peter no sabía cómo reaccionar a toda mi palabrería y tampoco sabía cómo hacerme callar, así que después de un invierno viviendo en la casa, no le quedó más remedio que aceptarme de por vida. Conclusión: así fue como lo obligué a hacerse mi amigo».

Y yo me alegraba de que lo hubiera hecho. Sin Peter, solo habríamos estado mamá y yo. Él me compró mis primeros auriculares, y todos los que llegaron después. Nos enviábamos por correo CD con compilaciones y luego yo las metía en el iPod.

—¿Qué contiene? —preguntó Will, acercándose. Llevaba un pin diminuto prendido en el cuello del mono con la palabra SURREALISTA impresa. Le tendí la pantalla y él se inclinó, con el pincel suspendido en el aire, para leer los títulos de las canciones—. «Stop Your Crying», «I'm Only Happy When It Rains»,

«Road to Nowhere»… —Me miró con un brillo en los ojos—. «Deja de llorar», «Solo soy feliz cuando llueve», «Camino a ninguna parte»… Me huele que intenta decirte algo.

—A Peter le gustan las listas temáticas. —Me impresionó que Will lo hubiera pillado a la primera—. La última vez que hablamos dijo que sonaba de mal humor, así que me mandó esta.

—¿Por qué estabas de mal humor?

Me encogí de hombros.

—¿Es alto secreto?

—No, pero no es asunto tuyo.

Se quedó mirándome un segundo, con una sonrisa insegura.

—Ponla.

Me agaché por detrás del mostrador y conecté el iPod al sistema de altavoces. La voz de Fiona Apple inundó la cafetería. Al levantar la vista descubrí que Will me observaba. El estómago me dio un vuelco.

—Me encanta esta canción. Se titula «Every Single Night», ¿verdad?

—Sí. —Así que estaba bueno, era divertido y, además, tenía buen gusto musical. Pues vaya.

Will volvió a centrar su atención en el mural y yo seguí hojeando el periódico.

—¿Qué tienes en ese cuaderno? —preguntó al cabo de unos minutos—. ¿Eres escritora?

Me crucé de brazos, sin responderle.

—¿Poemas? ¿Entradas de diario? ¿Planes ultrasecretos para conquistar el planeta?

—Eres una chispa cotilla, ¿sabes?

Soltó una carcajada cristalina.

—¡Una *chispa*!

Volvió la vista hacia mí y yo traté de asesinarlo con la mirada, pero sonreía como llevaba meses sin hacerlo. No había mucha gente que consiguiera hacerme sonreír aquel junio.

Cuando Will acabó el avión, me levanté de un salto y anuncié que necesitaba un café.

—¿Quieres uno?

—Sí, por favor. Me vendría fenomenal.

—¿Qué te apetece?

—Un *latte*, ¿con un expreso doble?

—Ningún problema. —Estaba deseando que quisiera algo con espuma.

Vertí la leche caliente sobre el café de Will, inclinando la taza y moviendo la jarrita en una dirección por la superficie antes de volver en la contraria. Por los altavoces sonaba «Spiritualized». Si la cafetería hubiera estado llena, habría sido perfecto. Me encontraba en mi zona, detrás de la barra y allí nadie me prestaba atención; era casi tan agradable como caminar por la ciudad.

—Casi he terminado —dijo Will mientras se limpiaba las manos—. Dejaré que se seque un poco y luego le pasaré una capa de barniz. No se tarda demasiado en aplicarla.

Dejé las tazas en la mesa.

—Esa es la tuya, ¿tomas azúcar?

—¿Tres? —Will sonrió de oreja a oreja—. Soy goloso. Ya lo sé, es un problema.

El mono le quedaba tan holgado que no resultaba evidente lo que había debajo, pero estaba segura de que el azúcar no era un problema.

Se sentó mientras levantaba el paño que cubría el mueble donde teníamos la leche y el azúcar.

—Has dicho tres como si quisieras cuatro azucarillos —le dije al tiempo que le dejaba sobre la mesa un cuarto sobrecito y me sentaba. Will levantó la vista de la bebida con una expresión extraña.

Yo tenía un código secreto a la hora de dibujar con la espuma. A la mayoría de los clientes les hacía corazones: corazones gordísimos, corazones chiquitines dentro de otros enormes, guirnaldas de corazones. Los corazones los hacían sentirse especiales. Pero a mis clientes favoritos no les hacía corazones.

—Un helecho, como tu nombre: Fern —dijo Will en voz baja.

Dibujaba helechos cuando alguien rebosaba alegría, o cuando alguien parecía triste, o si elogiaba la música cuando yo estaba al cargo. El día que Josh le propuso matrimonio a Sean con la nota en el corcho, les dibujé en el café un par de ramas de helecho con los tallos enlazados en el centro. Les hacía helechos a mis personas favoritas. No me había dado cuenta de que le estaba dibujando uno a Will hasta que terminé de verter la leche.

Le acerqué el azúcar.

—Se te está quedando frío.

Will parpadeó antes de coger los cuatro sobrecitos.

—Me vuelvo a casa en cuanto termine la ceremonia de graduación —le conté a Will cuando hubo tomado el primer sorbo. Acaricié con los dedos la cubierta de suave cuero negro del cuaderno. Mamá me lo había regalado antes de que me marchara a estudiar: tenía un cierre a presión y recambios de hojas. «Un cuaderno adulto para mi hija adulta. Estoy muy orgullosa de cómo lo has superado todo, cielo»—. Hay un montón de cosas que quiero hacer antes de irme, así que aquí llevo la cuenta. Nada del otro mundo.

—Eso dependerá de lo que haya en la lista —respondió Will. Mientras observaba cómo se le ensanchaba la sonrisa, detecté una cicatriz minúscula bajo el labio.

—Hay un poco de todo —expliqué—. Muchas de ellas tienen que ver con la comida. Hay un restaurante en el distrito financiero que sirve una tableta de chocolate de veinte dólares. Sé que suena idiota y, desde luego, estoy demasiado pelada como para gastarme veinte pavos en un dulce, pero es que ¿a qué sabrá una tableta de chocolate de veinte dólares?

—Ni idea.

Abrí el cuaderno y repasé la lista.

—Luego hay varios barrios: el Distillery District, Junction. Nunca he estado en High Park, ¿te lo puedes creer? Llevo cuatro años viviendo aquí. —Me quedé parada—. ¿En qué parte de la ciudad te criaste?

Will hizo una mueca.

—Justo a la vuelta de High Park.

—¡Anda ya!

Will levantó las manos riendo.

—Es alucinante, sobre todo en primavera, cuando florecen los cerezos. Deberías ir, de verdad.

Le lancé el boli.

—Me he perdido la temporada de cerezos.

—Siempre he pensado que Toronto era un destino aburrido a menos que tuvieras a alguien de aquí que te lo enseñara. Lo más chulo está medio oculto. —Will daba vueltas entre los dedos a un sobre de azúcar vacío—. ¿De dónde eres?

—De Muskoka, justo a las afueras de Huntsville.

Muskoka era un enorme distrito lacunar al norte de la ciudad, el lugar perfecto para disfrutar de un chalet.

—Debe de ser precioso.

Me quedé mirando el líquido marrón lechoso de mi taza.

—Y lo es.

—Pero...

Levanté la vista y lo miré.

—Sin «peros» —mentí.

Will recorrió mi cara con los ojos antes de bajarlos a mis dedos, con los que me rascaba la muñeca izquierda.

—Entonces, chocolate carísimo, parques urbanos... ¿Qué más?

Enumeré algunas de las principales atracciones.

—¿La torre CN? —preguntó Will—. ¿No es un poco... —sonrió con los ojos centelleantes de malicia— básica?

—Ah, vale —repliqué—. Que eres un esnob.

Estaba a punto de preguntarle qué consideraba él que mereciera la pena visitar, pero me corté. Aunque yo no solía hacer migas tan rápido con la gente, estaba disfrutando de nuestra charla. Y estaba disfrutando un montón de su sonrisa, quizá demasiado para alguien que tenía novio. Me levanté de la silla, recogí las tazas y los cubiertos, y me lo llevé todo al fregadero.

Jamie formaba parte de mis veranos desde que tenía memoria. Pero el verano que cumplí los dieciocho me sorprendió. Los rumores sobre mis correrías adolescentes se habían extendido por todo el resort, y hasta llegué a temer trabajar en la recepción o sirviendo mesas en el restaurante, donde demasiadas personas sabían quién era y lo que había pasado. Aquella temporada, mamá aceptó mandarme al cobertizo del equipamiento. Así que

Jamie y yo nos vimos solos en los muelles, cargando con las embarcaciones y calculando la talla de los clientes antes de entregarles los chalecos salvavidas y las palas.

Jamie me sacaba tres años y era un ligón empedernido. No es que se le diera bien, es que no desfallecía. Con su bronceado y sus rizos alborotados, tenía un aire de surfero andrajoso que no me disgustaba y una forma tranquila de hablar que le hacía parecer sabio o corto, según la situación. A diferencia de otros empleados de Brookbanks, no me trataba de forma distinta por mi apellido o por las tonterías que había hecho. Cuando lo besé junto a la hoguera del personal durante el puente de agosto, me sorprendí a mí misma tanto como a él. Desde entonces habían pasado cuatro años y aún seguíamos juntos.

—¿Me echas una mano con el barniz? —me propuso Will mientras fregaba las tazas—. Si lo hacemos entre dos, terminaremos antes —explicó sin dejar de dar vueltas al anillo del meñique.

—¿Quieres que haga el trabajo por ti? —No estaba segura de que hacer nada a su lado fuera una buena idea.

Él pasó por detrás de la barra y cogió un paño de cocina; acto seguido se dispuso a secar una de las tazas.

—Conmigo —dijo, y mi estómago dio un vuelco.

Will me demostró cómo aplicar el barniz transparente con un movimiento en cruz con una brocha ancha, empezando por el extremo superior de la pared para ir bajando poco a poco.

—Es difícil pifiarla —me aseguró.

—¿Por qué vives en Vancouver? —le pregunté mientras cubría el mural de una capa brillante.

—Me trasladé para estudiar. Acabo de graduarme en Emily Carr.

—Es una universidad de bellas artes, ¿verdad?

—Sí, y de diseño.

Apunté con la brocha al pin de la solapa.

—Surrealismo, ¿es ese el estilo de tu pintura?

—No. —Se dio un tirón del cuello del mono, como si hubiera olvidado que lo llevaba—. Supongo que es una especie de broma privada, porque mi obra es bastante literal. Me lo regaló mi novia.

La palabra «novia» fue como un dedo que se me clavara entre las costillas. Arrugué la cara. No lo pude evitar.

—¿Cómo que literal? —pregunté, tratando de deshacer el nudo de envidia que sentía. ¿A santo de qué me ponía celosa? Tenía a Jamie.

—Soy ilustrador. Cómics sobre todo. Hago mis pinitos con el retrato, pero…

—¡Tus pinitos! Estoy segura de que esa expresión está a la altura de mi «chispa».

Will se rio.

—Desde luego, deben de estar emparentadas.

—Vale, así que «haces tus pinitos» con el retrato —enuncié con petulante acento británico.

—Adorable —respondió Will—. Durante el último semestre empecé a publicar una tira cómica en el boletín del campus. Mi sueño es convertirla en una novela gráfica.

—¿Tienes tu propio cómic?

Encogió un hombro, como si no fuera para tanto.

—Fred era quien dirigía el diseño del boletín. Tenía enchufe.

—¿Fred?

—Mi novia.

Por supuesto que su novia era la directora artística de un boletín en una universidad de bellas artes, además de tener un nombre precioso, sin relación con planta alguna, como Fred.

Acabamos nuestra sección correspondiente y seguimos bajando por el mural.

—Has dicho que las listas de reproducción eran tu rollo: tuyo y del amigo este de tu madre —comentó Will al cabo de un rato.

—Peter. Sí, llevamos escuchando música juntos desde que era pequeña.

Mamá se mostraba estricta cada vez que dábamos rienda suelta al frikismo delante de ella. «Como vuelva a oír las palabras "distorsión" o "tonalidad" esta noche, os vais a tener que buscar a otra que juegue a las cartas con vosotros dos». Pero se le notaba que no lo decía en serio.

—No es habitual. Lo que quiero decir es que mola —añadió—. Yo no conozco mucho a los amigos de mis padres. Tu madre y tú debéis de estar muy unidas.

—Mi madre y yo… —Me quedé oyendo cómo se deslizaba la brocha de Will con cada pasada, tratando de dilucidar qué éramos mamá y yo. Nuestra relación se había empañado durante mi adolescencia: a mí me molestaba lo mucho que trabajaba y la frecuencia con que tenía que hacerme la cena yo sola. Luego leí su diario y me convertí en un desastre con patas. Pero me había pasado los últimos cuatro años en la universidad, demostrándole que era responsable, sacándome un título en Administración y Dirección de Empresas, igual que había hecho ella. Hablábamos todos los domingos. Veíamos *The Good Wife* juntas, con el altavoz del móvil activado, mientras yo doblaba la ropa limpia y ella se hacía las uñas. Alicia Florrick era nuestra heroína—. Yo no diría que estamos muy unidas, pero ahí vamos.

Me puse a aplicar el barniz de nuevo. Will no se había parado a mirarme, y me pregunté si sabría que eso me hacía más fácil hablar.

—Peter ayudó a criarme. Él dice que supervisó mi educación musical; mamá, que fue más bien un adoctrinamiento.

»Peter era el jefe de repostería del resort. De niña, yo era su degustadora oficial. Tenía un taburete de plástico blanco en el obrador para que pudiera subirme a su lado y hundir el tenedor en los distintos pasteles y tartas mientras la música sonaba a todo volumen. Siempre que entraba mamá, le daba la lata para que la bajara. «O mejor aún, Peter, apaga ese tostón». Mamá odiaba nuestra música.

—¿Tú también le haces listas?

—Sí, una vez uno y luego el otro. La única norma es que debe de haber un tema.

—¿Ahora le estás preparando alguna?

—Sí. —Apreté la brocha contra la pared con demasiada fuerza—. La lista de los finales.

Will se quedó callado un momento antes de responder:

—Habrá quien considere esta época de su vida el comienzo.

—Habrá.

—Pero tú no.

Parpadeé sin apartar la vista del mural antes de volverme hacia Will. Él se giró hacia mí.

—Lo que me gustaría saber… —respondí para desviarme del tema— es cómo has acabado precisamente aquí.

—Ah, eso ha sido solo nepotismo —dijo Will—. Mi madre es amiga de la propietaria. Cuando mencioné que iba a venir de visita, me sugirió que le hiciera un mural.

Imaginé cómo sería tener una pasión, un progenitor que te apoyase y la libertad para llevarla a cabo.

—Eso es genial. Resulta evidente que cree en ti.

Cuando me miró, algo en sus ojos —quizá el modo en que se quedaron prendidos de los míos durante tres largos segundos— me provocó una opresión en el pecho. Era la primera vez que lo veía sin una pizca de alegría en la expresión. Parecía mayor. Puede que hasta un poco cansado. La urgencia por contar un chiste, por ver asomar una sonrisa en su cara, me sorprendió por su intensidad.

—Dice que mi deseo de dibujar en viñetas y pintar en paredes delata mi rigidez interior, y que muestro un desastroso nivel de perfeccionismo que no ha lugar en el corazón de un artista.

Me quedé boquiabierta.

—¿Tu madre te ha dicho eso? ¿A la cara?

—Más de una vez.

Mamá y yo habíamos pasado por mucho, sí, pero no la imaginaba diciéndome algo tan descarnado.

—Mi madre es artista —dijo Will, como si eso lo explicara todo—. Escultora.

Fruncí el ceño.

—¿Y todos los artistas son así de crueles?

—Algunos sí —respondió en voz baja; luego carraspeó—. Pero a mí me gusta trabajar dentro de una viñeta. Me ponen los límites.

De repente me entró un calor abrasador; las palmas me ardían como si hubiera sacado patatas asadas del horno.

—¿Y tú? —me preguntó—. ¿A ti qué te mola?

—¿A mí?

Cuando me volví hacia la pared, Will se inclinó y me dijo al oído, haciendo que se me erizara el vello de los brazos:

—Relájate, Fern Brookbanks.

Difícil.

—Me gustan el café, la música, pasear. —Miré de reojo a Will—. Lo básico.

—Lo esencial —me corrigió—. ¿En qué te has graduado?

—En Administración y Dirección de Empresas —respondí con voz insegura. Así era como me sentía, a pesar de que casi tenía ya puestos el birrete y la toga.

Me recorrió con la mirada.

—No es lo que habría imaginado.

Quise preguntarle qué habría imaginado, pero habíamos llegado al final de la pared.

—Pues nada, ya está —anunció—. Voy a limpiar y a recoger todo, y nos vamos.

Me tendió la mano para que le devolviera la brocha.

—¿Te ayudo?

—No, no te preocupes. Ya te he obligado a barnizar.

Asentí, decepcionada. Recogí mis cosas y, cuando desconecté el iPod, la cafetería se sumió en un silencio solo interrumpido por el sonido de Will lavando los pinceles y brochas en la parte trasera.

Me paseé por delante del mural, contemplándolo mientras esperaba, con los ojos deslizándose en la dirección en que había trabajado hasta llegar al avión. Se me cortó la respiración y me acerqué un paso más. Will había barnizado esa sección, así que hasta ese momento no lo había visto. Había pintado un minúsculo helecho en la cola.

—Tú me has puesto un helecho en el café, así que yo te he puesto otro en el avión.

Me giré al oír la voz de Will. Se estaba secando las manos con un paño.

—¿Has pintado un helecho en el mural por mí?

—En una parte pequeñísima del mural. ¿Te gusta?

Era el helecho más bonito que hubiera visto nunca. Quería arrancarlo de la pared con un cincel y llevármelo a casa.

—Sí —murmuré. Me encantaba.

—Escucha, se me ha ocurrido una cosa. —Will se echó el paño al hombro—. Si estás libre, te podría enseñar algunos de mis lugares favoritos. Nada básico, te lo prometo.

Me quedé sin palabras.

—Mañana vuelvo a Vancouver —prosiguió al ver que no respondía—. Me han encargado otro mural y tengo que empezarlo el lunes; en otra cafetería. Me apetece echar la tarde pateando la ciudad.

Unas horas antes, lo único que quería era colocarme, volver a casa y despatarrarme en la cama, pero la idea de ver Toronto con los ojos de Will me hacía ilusión. Pasar más tiempo con Will me hacía ilusión. Y ahí estaba el problema. Jamie debería ser el único chico con el que quisiera pasar el rato.

—¿Y bien? —preguntó Will—. ¿Qué te parece?

Sentía los latidos del corazón por todas partes —en los labios, en la garganta—, como un fuerte tambor de alarma que me atravesara el cuerpo. Miré el avión a mis espaldas antes de volverme hacia Will, que jugueteaba con el anillo.

—Me encantaría —respondí. Porque, por encima de todo, no quería perder ni un segundo más del tiempo que me quedaba en la ciudad.

5

En la actualidad

Me despierto a las 2.02 de la madrugada. El insomnio es preciso como un reloj suizo: siempre llega nada más dar las dos. A veces abro la ventana y oigo la brisa entre las ramas de los árboles y el suave oleaje del lago contra las rocas, mientras trato de dormirme de nuevo. A veces abro una aplicación de meditación y pruebo a conciliar el sueño con el mindfulness. Lo normal es que me quede tumbada en mi habitación de la infancia, intentando adivinar qué demonios voy a hacer con mi vida.

Esta noche me pongo de lado, luego de espaldas, luego boca abajo, pero no consigo estar cómoda, sobre todo porque mi cabeza no deja de darle vueltas al hecho de que Will Baxter esté aquí y a que mamá lo conociera. Mamá *contrató* a Will.

Sé que el resort no tiene tanta actividad como debería, pero la idea de que mi madre cediera un gramo de poder a un consultor no me cuadra a menos que las cosas estén mucho peor de lo que creía. ¿Por qué mamá le pidió ayuda a Will y no a mí? La posibilidad de que no me creyera capaz de echar una mano me preocupa.

Acabo enviándole un mensaje a Whitney.

> Estás despierta?

Por desgracia. Todo bien?

Es una de las ventajas de que tu mejor amiga tenga una criatura de cinco meses. Owen es un pequeñín monísimo, pero un horror cuando toca dormir.

Whitney no llegó a conocerlo y al principio yo tampoco le conté gran cosa. Jamie y ella estaban bastante unidos y temía que no se lo tomase bien. Pero no pude callármelo mucho tiempo.

El Will Baxter de hace un millón de años?
Con el que te obsesionaste?

Ja, ja

Qué le pasa?

Hoy ha llegado al resort

En cuestión de segundos tengo el móvil vibrando.

—Cuéntamelo todo —dice Whitney con un susurro emocionado en cuanto respondo, así que no puedo evitar reírme. Ya me siento menos estresada y le cuento a Whitney lo poco que sé—. ¿Cómo es?

—Alto. Pelo oscuro.

—¿Está bueno? —Su capacidad de sonar ilusionadísima a pesar de estar susurrando es una habilidad envidiable.

—Mucho —respondo a regañadientes—. Y se aloja en la cabaña 20.

Hay dos filas de cabañas a orillas del lago. Mis padres construyeron nuestra pequeña casa de madera con tejado a dos aguas al final del sendero norte. Se encuentra en medio del bosque, justo enfrente de la cabaña 20.

—Esto se pone cada vez mejor. —Whitney suelta un chillido agudo—. ¡El huésped misterioso!

Gruño.

El huésped misterioso es un juego de espías que nos inventamos el verano entre sexto y séptimo grado. En pocas palabras: se trataba de seguir a uno de los clientes del resort y recopilar toda la información posible sobre él. Apuntábamos nuestros hallazgos en un cuaderno de espiral con las palabras ALTO SECRETO escritas con rotulador negro en la cubierta. Al quedar tan cerca de mi casa, los residentes de la cabaña 20 solían tener la suerte de convertirse en nuestros sujetos de estudio involuntarios. No me extrañaría que Whitney se me presentara mañana en la puerta con una gabardina y unos prismáticos.

—En fin —digo—, la semana que viene tengo que estar de vuelta en Filtr, pero...

—No puedes marcharte así. La verdad es que no deberías marcharte y punto. —Whitney no es lo que se dice sutil sobre sus ganas de que me quede para siempre. Estuvo fuera lo que tardó en sacarse el diploma de higienista dental y lleva viviendo en Huntsville desde entonces—. Además, estoy segura de que sobrevivirán sin ti un poco más. Sin ánimo de ofender.

Normalmente protestaría —ya hemos tenido esta conversación antes—, pero esta noche sé que tiene razón. He vuelto una vez a mi apartamento de Toronto para asegurarme de que en mi frigorífico no crecía ningún experimento científico y para pedirle al vecino que me recogiera el correo. Echo de menos mis cosas, sí, pero debería quedarme como mínimo hasta saber cuál es la situación del resort. Mañana a primera hora llamaré al contable y, después, necesito hablar con Will.

—Ayer hablé con Philippe —le digo a Whitney—. Me ha dicho que me tome todo el tiempo que necesite.

Philippe era mi novio; es decir, hasta que lo pillé tirándose a la diseñadora de sombreros que tenía el taller al lado de nuestra ubicación original. Debería haberme olido algo cuando empezó a llevar fedoras. Lección aprendida: salir con el jefe siempre es mala idea.

Rompimos hace dos años y llevo sin estar con ningún tío desde entonces. Bueno, rectifico, después de cinco largos meses de descanso de hombres volví a añadir el sexo a la ecuación: a lo que he renunciado es a las relaciones. Todo ese tiempo, energía y compromiso, ¿para qué? Para encontrarme calcetines sucios por el apartamento además de la decepción cuando las cosas no funcionan. Gracias, pero no.

—Yo le habría dicho que cogiera un *biscotti* y se lo metiera por donde tú ya sabes... —dice Whitney.

—No servimos *biscotti*.

—Pues la porquería de bola energética de cáñamo vegana o lo que sea que sirváis. Deberías haber dejado ese trabajo hace mucho.

No voy a discutir otra vez sobre el tema. Dejando al margen a Philippe, me gusta lo que hago. Empecé a trabajar en Filtr cuando solo había un establecimiento. Ahora somos un pequeño emporio del café en el West End, y en parte es gracias a mí. Tengo una oficina en la segunda planta de nuestra cafetería original y cuando están hasta arriba, bajo y echo una mano en la barra. El zumbido del molinillo, el crujido del café al prensarlo en el portafiltros, el burbujeo del vaporizador..., todos esos sonidos me relajan. Muelo, presiono, vaporizo y vuelta a empezar. Siento una peculiar satisfacción al ver cómo la fila se va reduciendo. Tarea completada, desorden controlado. Sería perfecto si no fuera porque comparto la oficina con Philippe. Y porque el emporio es suyo, no mío.

Llevo siglos queriendo abrir mi propio establecimiento. En mi fantasía reformo la tiendecita de ultramarinos del barrio, la que los propietarios jamás venderán. Pero, como la fantasía es mía, me la venden a mí. Es un edificio de ladrillo rojo con grandes ventanales en la esquina de una arbolada calle residencial. Pinto las paredes de un azul potentísimo y lleno el espacio de sobrecargados muebles que he encontrado en mercadillos de antigüedades. El butacón de terciopelo naranja va en el rincón junto a la ventana. Cuelgo un corcho para que la gente clave sus anuncios y coloco una librería maravillosa que lleno de libros de cocina. En lugar de libros de Nigella Lawson, colecciono otros de recetas de tartas y pasteles: *The Violet Bakery Cookbook*, *Maida Heatter's Book of Great Cookies*, *New World Sourdough*, *The Complete Canadian Living Baking Book*... Son un guiño a Peter. La balda de Agatha Christie es un guiño a mamá. Me paso semanas seleccionando la música para el día de la inauguración: canciones todas ellas de triunfo y alegría. La primera que sonará es «Feeling Good», de Nina Simone. Mi cafetería es cálida y acogedora, nada que ver con el frío ambiente escandinavo de Filtr. Llevará mi nombre: Fern's.

Debía seguir ahorrando como mínimo un año para poder cubrir los gastos iniciales y buscar un local que alquilar, pero ahora todo ha cambiado. Si vendo el resort, podré comprar un local comercial sin tener que esperar. Fern's podría hacerse realidad, salvo por lo de la ubicación ideal. Pero no acaba de gustarme la idea de deshacerme de Brookbanks para financiar mi sueño. El resort lleva más de cincuenta años en manos de la familia. Es el fruto de toda una vida de trabajo de mi madre. Es mi hogar.

Owen empieza a llorar y Whitney suelta una palabrota.

—Creía que se había quedado dormido —confiesa—. Tengo que dejarte, Baby.

Mascullo entre dientes.

—Perdona, perdona. Se me ha escapado. Te llamo mañana.

Al darme cuenta de que toda la conversación ha girado en torno a mí, le pregunto:

—¿Y tú? ¿Cómo estás?

—¿Bien? A ver, todo lo bien que puede estar una cuando es una vaca lechera certificada, disponible veinticuatro horas y casi sin dormir.

—Lo siento. Lo de no dormir lo entiendo, pero no lo de la leche. Eres una heroína.

—¿Sabes qué es lo más flipante? Que echo de menos a Cam. Lo veo aún más que cuando trabajaba, pero siempre es al servicio del niño, ¿entiendes?

—¿Qué te parece si os lo cuido una noche? Puedo quedarme con Owen y así vosotros salís por ahí.

—Es una opción…, pero dejé a Owen con mi madre una tarde y no salió bien.

—Tú piénsatelo. Cuando quieras, aquí estoy.

—¿Eso significa que vas a quedarte?

—Buen intento. Buenas noches, Whit.

—Buenas noches, Baby.

Cuelga antes de que pueda echarle la bronca.

Me arrastro fuera de la cama y bajo a la cocina a por un vaso de agua. Al ir a dar la luz advierto un brillo amarillo cálido a través de los árboles: la cabaña 20 tiene una luz encendida.

Me acerco a hurtadillas a la ventana. Will tiene las cortinas descorridas, por lo que el cuarto de estar se ve con claridad, pero solo atisbo un pedazo de la chimenea y de la mesita de centro. Me inclino sobre el fregadero para ver mejor y no puedo evitar reírme: este solía ser uno de los lugares desde los que Whitney y yo espiábamos a los huéspedes. He vuelto atrás en el tiempo.

Cuando de pronto aparece una figura en la ventana, me llevo tal susto que suelto un grito.

Will levanta la mano, pero no le devuelvo el gesto. Me doy cuenta de que sabe que esta es mi casa. Sabe que soy yo quien está en la ventana. Nos quedamos inmóviles, mirando la silueta del otro.

La respiración se me acelera. Trato de decidir si voy hasta la cabaña y le exijo una explicación, pero entonces sale de mi campo de visión y la luz de la cabaña se apaga.

Vuelvo a la cama con el corazón desbocado como si hubiera subido las escaleras a toda pastilla.

Hacía mucho que no me desvelaba la cuestión de qué le habría pasado a Will Baxter.

¿Por qué no nos vimos hace nueve años como habíamos planeado? ¿Por qué me dejó plantada sin más?

Doy la vuelta a la almohada y apoyo la mejilla en el lado fresco, mientras nuevas preguntas se me agolpan en la mente.

¿Por qué, después de todo este tiempo, volvió el verano pasado? ¿Cómo acabó hablando con mi madre? ¿Esperaba verme aquí?

Es esta última cuestión la que hace que permanezca despierta hasta que los carboneros comienzan a cantar al otro lado de la ventana.

Debí de quedarme dormida de madrugada, porque sueño que conduzco el coche de mamá por la autovía. Es de noche y no veo el animal hasta que se me echa encima. Un enorme y grácil venado de cola blanca. Aunque no me da tiempo de apartarme, no sufro daño alguno. Me bajo del asiento delantero para ver si está bien, pero no es el venado quien se desangra en la calzada, sino Will.

Me despierto del sobresalto. Fuera hay luz y al canto de los carboneros se han unido los jilgueros, los gorriones y un cuervo con su graznido.

Aunque me he duchado, me he frotado la piel y me he lavado el pelo, sigo agitada. Nunca había soñado con el accidente. Cuando sueño con mamá, siempre vuelvo al mismo recuerdo deformado. Entro en la cocina y me la encuentro con su delantal de manzanas rojas. Está preparando la masa para las tortitas, así que debe de ser domingo. Es su día libre y a veces nos quedamos en pijama hasta el mediodía. Mamá me deja terminar de dar vueltas a la mezcla mientras derrite mantequilla en la sartén de hierro. Trata de darle forma de helecho a la tortita, pero le sale una tortita normal y corriente. Me dice que ponga la mesa, así que saco los cubiertos y una botella de sirope de arce antes de sentarme a esperar a que termine. Pero mamá no deja de cocinar, prepara una tortita tras otra y nunca llego a la parte del sueño en que se sienta y nos las comemos juntas.

Me pongo una bata y bajo las escaleras medio zombi. Mamá no está en la cocina con su delantal de manzanas rojas.

Antes de prepararme el café llamo a Reggie, el contable del resort de toda la vida. Empezó a dejarme mensajes aproximadamente una semana después del funeral, señalando con tacto que estaba libre y que debíamos quedar más pronto que tarde. Descuelga al segundo tono y acepta que nos veamos pese a que es domingo.

Meto un disco verde en la cafetera. Es una de esas de cápsulas, igual que las de las habitaciones. Observo cómo sale el líquido marrón, demasiado caliente y demasiado flojo, mientras pienso que es típico de mi madre no haberse agenciado una cafetera decente. Tampoco se molestó en redecorar la casa. Para ella, este lugar era poco más que una pista de aterrizaje: está prácticamente igual que cuando mis abuelos vivían con nosotras. El solárium es lo único que se ha remodelado, pero no paso tiempo en él. Aún no acabo de sentirme a gusto con los recuerdos que me trae.

A pesar de su falta de interés en la decoración, por todas partes se nota la huella de mamá, de la persona que era fuera del trabajo. Las fotografías enmarcadas en blanco y negro del viaje que hizo por Europa justo antes de que yo naciera. Las estanterías llenas de libros de Louise Penny, novela negra en rústica y clásicos británicos del siglo XIX.

Estoy a punto de tomar el primer e insatisfactorio sorbo de café cuando llaman a la puerta. Sé quién es por el ritmo de los golpes. Peter lleva marcando esa cadencia desde siempre.

Salgo al porche sin preocuparme por seguir en bata. Conozco a Peter desde que nací. Mis abuelos lo contrataron en cuanto acabó en la escuela de cocina y lo dejaron quedarse en casa durante su primer año en el resort. Mi dormitorio era el suyo. En aquel entonces mamá todavía iba al instituto.

En lo único que se podría adivinar que Peter es panadero es en la blandura que ha ido desarrollando con el tiempo. Todo lo demás —los dedos gruesos, la barba entrecana, la afición a los cuadros escoceses y la aversión a las muestras de emoción— daría a entender que es un leñador jubilado, no el creador de flores de azúcar y rey de la masa madre.

—¿Jamie te llevó anoche al comedor? —me pregunta a modo de saludo. Tiene una voz suave, de esas que te invita a inclinarte hacia delante y escuchar, pero ahora mismo solo me fijo en las tres cajas de zapatos que sostiene. Una naranja, otra roja y otra negra. Llevo años sin verlas, pero sé de sobra lo que contienen. Alzo la vista y lo miro, trémula.

—¿De dónde los has sacado? Pensé que se había desecho de ellos —digo. Es algo por lo que siempre me había sentido culpable. Lo del incendio fue culpa mía, no de ella.

—Me los dio para que se los guardara —responde—. Supongo que quería que algún día los tuvieras tú.

—No lo tengo tan claro.

Peter deja las cajas sobre el canapé de ratán.

—Son tuyos. Y puede que algún día quieras leerlos de nuevo. Ahora eres mayor… mayor que Maggie cuando los escribió.

Podría discutírselo, pero hace mucho tiempo que aprendí que Peter siempre tiene razón.

—¿Los has leído tú?

—No. Supuse que son privados y que habría cosas en ellos que no quiero saber.

Asiento. Yo antes deseaba no haberlos leído nunca.

—Pero me lo he planteado —continúa—. Pensé que sería como volver a oír su voz.

—¿Por qué no lo has hecho?

—Porque Maggie me habría matado. No querría que supiera lo que le pasaba por la mente en aquella época.

—Pero erais amigos íntimos. Los mejores amigos —replico, aunque sé que los secretos son un ingrediente clave de las amistades más estrechas.

—A veces.

¿Cómo que mamá y él «a veces» eran los mejores amigos? Está a punto de añadir algo, pero entonces niega con la cabeza.

—Debería ir yéndome.

A sus espaldas veo que un coche de golf se detiene delante de la cabaña de Will. El resort tiene una flotilla de pequeños vehículos para el traslado de equipaje y el servicio de habitaciones. Mamá los pintó de verde botella con la capota a rayas blancas. La de este tiene un desgarrón. Es algo que he notado a lo largo de esta última semana: habría que haber sustituido todas las capotas hace unas cuantas temporadas. Veo a una mujer joven con pantalones caqui y el polo verde oliva de Brookbanks bajarse y coger de la parte trasera una bandeja plateada cubierta con una campana.

—¿Mamá te dijo algo acerca de que hubiera contratado a un consultor? —le pregunto a Peter antes de que se vaya.

—Hace tiempo mencionó algo de que iba a traer a alguien, sí. Con todo lo sucedido, se me había olvidado.

La memoria de Peter suele ser infalible, pero últimamente no parece él. Es tan callado que no sé si alguien más se habrá dado cuenta, pero no está bien. Cada vez que lo visito en el obrador, no suena música y el silencio me sobrecoge. En cuanto a su sarcástico sentido del humor..., es como si hubiera desaparecido con mi madre.

—Maggie dijo que estaba demasiado cualificado —me explica—. Creo que estaba encantada porque había conseguido un chollo.

Antes de marcharse, Peter me da una palmadita en el hombro. Lo veo marcharse por el sendero abajo, antes de volverme hacia la cabaña 20.

Llamo con los nudillos a la puerta de Will, y respiro hondo para serenar mi corazón acelerado. Anoche me pilló con la guardia baja, pero hoy voy a hacer lo que hacía mamá. Llevaré la voz cantante.

Son más de las nueve, pero no sabría decir si hay movimiento dentro de la cabaña de Will. Al igual que las demás, la número 20 parece de postal: paredes de madera con toldos de color verde oscuro. Estoy en la parte trasera, donde el porche cubierto da a los arbustos y al camino de grava que conduce al albergue y a la playa. Pego la nariz a la mosquitera, pero no veo si hay luz dentro.

Vuelvo a llamar y espero unos segundos. Nada. Ya estoy bajando los escalones cuando lo oigo.

—¿Fern? —Mi nombre suena áspero en su voz.

Después de que Peter se marchara, me puse a todo volumen la lista de reproducción *A por todas* mientras trataba de dominar mi media melena y pergeñar un plan. Invitar a Will a café: preguntarle cuánto trabajo había acordado llevar a cabo con mamá, comportarme de manera profesional, no hablar de hace nueve años... ni de hace diez. Sin embargo, en cuanto lo veo, mi plan se hace pedazos y se los lleva el viento.

Will lleva un pantalón de chándal y tiene el pelo alborotado, como si acabara de ponerse la camiseta. Le asoma una sombra de barba y entorna los ojos como si la luz diurna le hiciera daño. Y así es. No cabe duda de que estaba durmiendo.

Se pasa los dedos por el pelo y atisbo un poco del tatuaje que tiene en el brazo. Mi corazón da un salto mortal. Sigo el movimiento de su mano desde la cabeza al costado, donde se la mete en un bolsillo, y la boca se me seca.

—Lo siento —me disculpo con un estremecimiento—. Pensé que ya estarías levantado.

—Anoche no dormí gran cosa —responde con expresión indescifrable.

—Ah... —digo, como si no hubiera estado frente a él en la ventana a las dos de la madrugada—. ¿Fue por la cama? Se supone que los colchones son buenos.

—No fue por la cama —afirma Will.

Se produce un silencio. En mi pecho prende una chispa, como una vela en un apartamento a oscuras. De inmediato la apago y hago un esfuerzo por reconducir la conversación.

—Deberíamos hablar. —Hago un gesto hacia mis espaldas—. Voy a preparar café. ¿Nos vemos en mi porche cuando estés listo?

Will lanza una mirada al hogar donde me crie.

—Dame diez minutos.

—Está malísimo. De nada —digo al tiempo que le tiendo una taza y me siento frente a él en el canapé de ratán. Su figura corpulenta se sale de la minúscula mecedora. Se ha peinado y se ha puesto unos pantalones de vestir y una camisa blanca, con las mangas remangadas y el botón superior desabrochado.

Toma un sorbo y aprieta los ojos.

—Te lo he advertido.

—Qué va, está bueno —dice Will—. Sutil, pero muy rico. Gracias.

Tomo un sorbo del mío; es asqueroso.

—No sé qué será esto, pero no creo que pueda llamarse café. Es como una insinuación de café.

—Mmm —dice—. Han apostado por los matices acuosos.

Sonrío a mi pesar. No quiero sentirme demasiado cómoda con Will. Preferiría no sentir nada.

—Le has puesto azúcar —dice, tras tomar un nuevo sorbo.

Ahí me la he jugado. Hay gente que cambia en cuanto a sus gustos con el café, pero ¿alguien que se echaba cuatro azucarillos? Le he preparado un café tan dulce que es básicamente un jarabe con algo de color, pero no sabría decir si le gusta, está sorprendido o lo afirma sin más. Su expresión está tan vacía como un lienzo en blanco.

Dejo pasar el comentario.

—Bueno ¿y cómo es que mi madre te contrató? —No hace falta que añada el «precisamente a ti».

Will se alisa el delantero de la camisa con la mano.

—Un amigo mío se casó aquí el verano pasado. Me planteé

no venir, pero… me quedé en el albergue una semana, cené cada noche en el restaurante y hablé unas cuantas veces con tu madre. Estaba pendiente de todo; era como si se multiplicara.

Cierro los ojos un par de segundos y me froto el pecho. Me duele: que no esté aquí y que Will sea capaz de describirla a la perfección.

—Lo siento —dice en voz baja.

Asiento y me tomo un segundo para recuperar la compostura.

—¿Decías?

Will me observa antes de volver a hablar.

—Mi empresa se especializa en marketing e imagen de marca, pero siento cierta debilidad por ayudar a los negocios con problemas. Los ayudo a modernizarse, a recortar gastos, a rediseñar su estrategia de crecimiento…, con todo lo que necesiten, la verdad.

No sé qué me resulta más increíble: que el resort tenga problemas graves o que Will sea el tipo de persona que habla sobre «rediseñar» estrategias de crecimiento. Habla con tono formal, como si pronunciara un discurso muy practicado.

Cuando toma un nuevo sorbo de café, trato de no quedarme mirándole la boca y la cicatriz que tiene debajo.

—Cuando tu madre se enteró de a qué me dedicaba, me hizo un montón de preguntas. Le propuse tomar un café y me contó algunos de los problemas a los que se enfrentaba. Yo le hice algunas sugerencias. Después de que me marchara nos escribimos algunos correos y hace unos meses me propuso un trato —explica Will—. Una estancia de cuatro semanas en una de las cabañas a cambio de mi ayuda.

—¿Cuatro semanas? —La sorpresa se me nota en la voz.

—Exacto. Tu madre quería que mi trabajo no trascendiese, y la cabaña 20 es la más cercana a la casa.

Hago un cálculo rápido. Una estancia de un mes no es barata, pero por el traje que Will llevaba puesto ayer, seguro que sus honorarios serían mucho mayores. Will debe de darse cuenta de mi perplejidad, porque añade:

—El trato se basaba en un descuento significativo por mis servicios.

—Pero ¿por qué? Si tanto éxito tienes, no te faltarán clientes. ¿Qué ganas tú con esto?

Will se encoge de hombros, mirando hacia su cabaña. El lago, que queda detrás, centellea a través de los árboles.

—Esto me gusta.

No puede ser solo por eso, ¿verdad? Aunque yo no estuviera de vuelta en el resort, él debía de saber que me enteraría de que estaba trabajando con mi madre y que iba a quedarse un mes.

—¿Qué tal estás? —me pregunta, volviéndose hacia mí, en un tono más amable—. Debe de ser difícil. Tú nunca quisiste ocuparte de esto.

Anoche, mientras miraba al techo, me decía que no soy la misma persona que era a los veintipocos años y que, con toda seguridad, Will tampoco lo será. Pero cuando mis ojos se cruzan con los suyos es como si me arrastraran a un agujero negro.

—No —respondo—. No era lo que quería. Pero aquí estamos. Will Baxter y yo, en Brookbanks Resort.

—Aquí estamos —murmura.

Por un instante me imagino apoyando la cabeza en su hombro y sintiendo su voz vibrar contra mi mejilla cuando me dice que todo va a ir bien. Es el tipo exacto de pensamiento que necesito evitar. No voy a caer una vez más en la espiral de Will Baxter. Todavía me dura en el corazón la cicatriz de la última vez.

Y ahora mismo siento la herida igual de abierta que hace nueve años. No sé si es la amabilidad en su voz o que él esté aquí y mamá no, o si las semanas de insomnio por fin me están pasando factura, pero me siento en carne viva. Con los nervios a flor de piel.

—Hace mucho tiempo que tendríamos que haber estado aquí —acierto a decir. Los ojos de Will se clavan en los míos, ardientes de lágrimas que me niego a verter—. Podrías haber visto todo esto antes del verano pasado.

—Lo sé.

Nos quedamos mirándonos y aprieto la taza entre las manos para que no me tiemblen.

—¿Por qué no viniste?

Apretando la mandíbula, Will aparta la mirada.

—¿Se te olvidó? —le pregunto. No es la primera vez que me pregunto si, en cuanto Will me dejó, me convertí para él en un recuerdo distante.

Vuelve a levantar la vista hacia mí.

—No se me olvidó, Fern. —Mi nombre suena áspero en su lengua. Cuando vuelve a hablar, lo hace con voz baja y ronca; ha abandonado el escudo corporativo con que se protegía—. De todas formas, no te habría gustado quién era por aquel entonces.

Parpadeo por la sorpresa. Si hay una respuesta que no me esperaba, es esa.

La mirada de Will está ensombrecida por una disculpa sin pronunciar, y estoy a punto de hacerle otra pregunta cuando vibra mi teléfono. El nombre de Jamie ilumina la pantalla y, aunque lo mando al buzón de voz, no me da tiempo a que Will no lo vea.

Nuestras miradas se cruzan. Will se levanta y se pasa una mano por el pelo.

—Bastante tiempo te he quitado ya del domingo —dice, adoptando de nuevo el tono formal de antes.

Baja las escaleras antes de que tenga oportunidad de responderle, de hacerle otra de las numerosas preguntas que me rondan por la cabeza.

«No te habría gustado quién era por aquel entonces».

Pero en ese momento Will se da media vuelta y dice:

—Me gustaría ayudar. Piénsatelo. Si me necesitas, ya sabes dónde encontrarme.

Lo veo enfilar hacia su cabaña mientras pienso que espero no necesitarlo en absoluto.

6

14 de junio, diez años antes

Will se estaba quitando el mono en el baño cuando el móvil se me iluminó con un mensaje de Jamie.

Nos fumamos un porro
esta noche
y hablamos? ;)

No puedo, no me queda hierba

:(

Nueve días más
y estaré de vuelta

Borré el punto y añadí tres signos de exclamación antes de pulsar Enviar.

Qué tal con Whit?

Suspiré.

Bien? No sé... Un poco raro. Ya te contaré

No le había dicho a Jamie que me daba miedo volver, pero sí sabía de mi distanciamiento con Whitney y lo frágil que aún era nuestra amistad. La notaba endeble como uno de esos puentes colgantes sobre un precipicio que aparecen en los libros infantiles, a los que le faltan listones y tienen la soga en un hilo. Al menos lo podría reparar cuando estuviera de vuelta.

—Cuánta intensidad —dijo Will al emerger del pasillo y verme escribiendo en el móvil.

Habría sido el momento de decirle que me estaba mensajeando con mi novio. En cambio me guardé el móvil en el bolso y respondí:

—No es nada.

Ni había sido infiel ni había cuestionado la fidelidad de Jamie durante los cuatro años de relación a distancia. En verano estábamos muy unidos, pero por lo demás sobrevivíamos sobre todo a base de llamadas, mensajes y sesiones de Skype. Pero aquel día, parte de mí —y una parte no desdeñable— deseaba fingir que no iba a volver a casa. Que Jamie y Whitney y mamá no estaban esperando a que me despidiese de mi vida. Quería disfrutar sin traer a Toronto todo lo que me aguardaba en Muskoka. Dentro de poco ya estaría allí.

Will tenía los vaqueros remetidos por el borde de las botas y llevaba una camiseta negra con una chaqueta ligera por encima, sin abrochar. Ahora que no llevaba el mono, su cuerpo había tomado forma. De alguna manera parecía más alto. Estaba delgado, pero no flaco. Tenía los hombros anchos y el torso esbelto. Lo imaginé tan enfrascado en su arte que se le olvidaría almorzar o comería cualquier cosa: un sándwich de mantequilla de cacahuete y mermelada a medianoche, preparado deprisa y corriendo al lado de un fregadero lleno de platos sucios, o un wrap de pollo shawarma a media tarde, en medio de la acera.

—Qué bueno —dije señalando su camiseta. La expresión NI EN PINTURA aparecía escrita a brochazos blancos, ocupando todo el delantero.

—Procuro no tomarme demasiado en serio a mí mismo.

Con las botas de obra con cordones rosa fosforito, la chaqueta de lana y el pelo alborotado, no era fácil definir el estilo de Will. Desde luego, tenía poco que ver con los chicos que acudían a las aulas de mi facultad, quienes debían elegir la ropa pillando la que menos apestara del montón tirado por el suelo. Tampoco se parecía al de Jamie.

Jamie era de los de bermudas caídas y chanclas golpeteando el suelo de contrachapado del cobertizo del equipamiento, con los rizos escapándose de una bandana verde oliva. Piel bronceada, músculos y sudor. La primera vez que vino a visitarme a Toronto se apoyó en el mostrador de seguridad de la residencia Pitman Hall, ataviado con un pantalón de vestir y un abrigo de lana azul marino, con el pelo metido por dentro del cuello levantado y un ramillete de dalias en la mano. Pasé a su lado sin reconocerlo.

—Bueno, Fern Brookbanks —dijo Will al tiempo que se echaba al hombro una mochila verde de aspecto militar—. ¿Estás lista para la mejor visita guiada de Toronto del mundo?

Se negaba a decirme adónde me iba a llevar, solo que teníamos que hacer un breve trayecto en la línea del tranvía 501 Queen. Después de quince minutos en la parada, aún seguíamos esperando.

—Dudo mucho que el mejor «lo que sea» del mundo comience con el sistema de transportes de Toronto —dije mientras me bajaba a la calzada para ver si a lo lejos se distinguía algún tranvía. Quejarse del transporte público era casi un deporte en la ciudad—. Diría que viene uno detrás de aquel camión.

Will se sacó de la mochila una lata de caramelos de limón y me ofreció uno.

—No, gracias. Y, para que conste, tengo veintidós años, no ochenta y dos.

Will se metió uno en la boca y observé cómo se le hundían las mejillas al succionar.

—Para que conste, yo sí tengo ochenta y dos años. Puede que aparente veintidós, pero es todo cuestión de dieta y ejercicio.

Un grupo de gente esperaba con nosotros. Una pareja mayor lo hacía sentada en el banco, cogida de la mano, con la funda de una trompeta a los pies de él y un bastón a los de ella. Cuando llegó el tranvía, el hombre ayudó a la mujer a ponerse en pie. Will y yo los seguimos y, cuando se disponían a subir los escalones con paso lento, la mano de él en la espalda de ella, Will se ofreció a llevarle la funda.

—La mejor historia de amor del mundo —me dijo Will al oído tras devolverle el instrumento. El aliento le olía a caramelo de limón.

Todos los asientos estaban ocupados, por lo que nos abrimos paso hasta el fondo del vagón mientras el tranvía se ponía de nuevo en marcha. Will me agarró de la cintura para estabilizarme, pero dejó caer la mano casi al instante de tocarme.

—La mejor infección por estafilococos del mundo —dije al agarrarme al poste metálico. Will se rio.

Fuimos chocando uno contra otro por el bamboleo hasta Yonge Street, donde se vació la mitad del vagón. Apunté hacia un par de asientos libres y me senté en el de la ventana. Yo medía poco más de uno cincuenta, por lo que me sobraba espacio en las piernas, pero Will superaba el uno ochenta y, por pura geometría, su rodilla quedó pegada a la mía. Tenía un pequeño siete en los vaqueros, y me entraron unas ganas extrañísimas de meter el dedo. Confundida, me pasé la mano por el pelo y vi que Will se había quedado mirándome.

—¿Y todo esto? —pregunté, dando un tironcito a la solapa frontal de su mochila, decorada a base de pines y parches, con una bandera de Canadá en el centro.

—La mayoría son de sitios en los que he estado. —Cogió entre el índice y el pulgar una minúscula guitarra eléctrica azul—. Seattle. —Luego tiró de una seta—. Ámsterdam.

Algunos de los pines eran alimentos: un taco de Los Ángeles y un plato de *poutine* de Montreal.

—Ese no fue fácil de conseguir. Mi amigo Matty me dejó tirado después de un par de horas de búsqueda. Es un blando.

El cerebro me echaba humo.

—¿Y este?

El pin de mayor tamaño era un broche ovalado, de aspecto más antiguo que el resto, con un limón bordado en la superficie.

—Este me lo hizo Fred. Está muy metida en la costura y los textiles, sobre todo los tapices. Y a mí me gusta todo lo que sepa a limón.

El primer verano que Jamie y yo pasamos juntos se dedicó a lanzarme preguntas al azar mientras echábamos el rato en el cobertizo del equipamiento. Yo barría las pinazas de los embarcaderos y él, a la vez que sacaba una canoa del lago, me soltaba: «¿Cuál es tu animal acuático favorito, Fernie?».

O bien: «Fernie, ¿mar, lago o piscina?».

O: «Si fueras uno de los postres de Peter, Fernie, ¿cuál serías?».

«Yo qué sé —le respondí—. Me gustan todos».

Él se pasó dándole vueltas toda la tarde antes de concluir: «Eres una tartaleta de limón. Porque eres un poco ácida, Fernie, pero en el buen sentido. Así luego la parte dulce sabe mejor».

Me quedé mirando a Will.

—¿En serio?

—En serio. Helado, tarta, bizcocho… Los de limón siempre son los mejores.

Me aclaré la garganta y toqué una cajita plateada con la tapa redonda.

—¿Y esto qué es?

—Es un retel para langostas. Me lo compré durante unas vacaciones que pasamos en familia en la Isla del Príncipe Eduardo, el verano antes de que mis padres se separaran.

—Ay —dije—. Lo siento.

—No lo sientas. La verdad es que fue un viaje chulísimo —respondió, aunque su voz de pronto sonaba triste.

—¿Y de dónde sacaste este otro? —pregunté mientras le daba un toquecito a un pin de I LOVE NY—. Es un poco *básico*, ¿no crees?

—Fue el primero y es un clásico. —Recorrió con los dedos el borde—. Otro viaje en familia, antes de que las cosas se pusieran feas entre mis padres. Debía de tener diez años. —Se quedó callado un segundo, antes de volver la cabeza—. ¿No tendrás en ese bolso tuyo un poco más de sal que restregar en mis heridas familiares?

Metí la mano en él y, tras rebuscar, saqué un paquete de Doublemint.

—¿No prefieres un chicle?

Will se rio.

—De todas formas, mis padres están mejor así. Todavía no entiendo cómo pudieron ser pareja. Papá es uno de esos engreídos abogados inmobiliarios y ni siquiera disimula que le importe el arte. Y mamá vive por y para su obra. No paraban de pelearse. Ella ahora vive en Roma.

Observé el minúsculo coliseo en la mochila de Will.

—Italia. Qué lejos.

Tardó un buen rato en responder:

—Solía visitarla un par de veces al año, en vacaciones. —Levantó los ojos entornados para protegerse del sol antes de volverse hacia mí—. Pero ahora que tengo a mi padre y a mi hermana aquí, me cuesta más viajar hasta allí.

—¿Estás muy unido a tu hermana?

—Sí. A Annabel le saco tres años, así que tenía once cuando mamá se fue. Antes ya nos llevábamos bien, pero luego éramos nosotros dos solos frente a papá. Eso nos unió mucho.

Enderecé el coliseo.

—¿Crees que algún día volverá?

—¿Mamá? Qué va. Dice que Toronto es la cuna de la mediocridad y que necesita estar en algún lugar que la inspire. Para ella, el arte es lo primero.

—Debió de ser duro.

Will se encogió de hombros y se miró las manos.

—A veces creo que soy un gilipollas egoísta por mudarme y dejar a mi hermana sola con papá.

—¡Oye! —exclamé antes de empujarlo con el codo hasta que sus ojos se encontraron con los míos. Con la luz del sol vi que no eran negros, sino de un intenso color café con un borde ébano alrededor del perímetro del iris—. No creo que vivir en Vancouver te convierta en un gilipollas. También es cierto que te he conocido hoy; seguro que hay un montón de motivos más para ello. Ese no será el único.

Will me fulminó con la mirada.

—Eres un encanto.

—Yo no he estado en ninguna parte —dije al cabo de un momento.

Will ladeó la cabeza.

—¿En serio? Me sorprende.

Yo imité su gesto.

—Me lo tomaré como un cumplido. Una vez visité a mis abuelos en la Columbia Británica, pero no llegué a Vancouver. Ellos viven en Victoria.

Los cuatro vivimos juntos hasta que tuve unos siete años; entonces el abuelo y la abuela se trasladaron a un apartamento reacondicionado en el albergue del resort. Después del cole me los encontraba jugando a las cartas en la biblioteca con un montón de huéspedes de pelo blanco y yo me ponía a hacer los deberes en el sofá delante de la chimenea. Los viernes, Peter y yo intentábamos ganarles al *euchre*, en balde, y mamá nos mandaba pescado con patatas fritas del restaurante. Cuando terminaba de hacer la ronda por el comedor, se nos unía con tres cervezas heladas y una Sprite en una bandeja. Todos la vitoreábamos al verla entrar y, si no había nadie más en la biblioteca, cerraba las puertas y se quitaba los tacones, hacía girar los tobillos y estiraba los dedos de los pies hasta hacerlos crujir dentro de las medias.

—¿Y qué te pareció Victoria? —me preguntó Will—. He estado un par de veces en la isla de Vancouver. El verano pasado subí hasta Tofino con un par de amigos. Para que conste, el surf se me da de pena.

—No llegué a salir de la ciudad, pero me gustó. Beacon Hill Park, Butchart Gardens, el puerto. En noviembre iré a Banff durante la temporada de esquí a trabajar en uno de los resorts.

Jamie y yo ya estábamos buscando un alquiler amueblado de corta duración, pero me estaban entrando los nervios. Como novio en la distancia estaba bien, pero no sabía cómo sería compartir piso con él. Había visto el estado de su litera en las cabañas para el personal y el nido dorado en que se convertía su pelo a la segunda semana de verano.

—¿Por qué Banff?

Tiré de una hebra del bajo deshilachado del pantalón.

—Mamá tiene un resort en Muskoka; es nuestro negocio familiar. Así que Banff es en parte una oportunidad de viajar, pero también supondrá una experiencia profesional valiosa.

Cuando le mencioné la idea a mamá con la esperanza de conseguir unos meses más de libertad, supuse que no aceptaría. Pero le pareció que pasar una temporada en uno de los hoteles grandes sería de utilidad.

—¿Te criaste en un resort?

—Ajá. —Me enrosqué la hebra al dedo y tiré hasta que la yema se me puso blanca—. Vuelvo dentro de nueve días.

Will me cubrió la mano con las suyas y desenroscó la hebra. La sangre volvió a correrme por el dedo. Cuando lo miré a los ojos, me soltó.

—Cuando dices que es un negocio familiar, ¿quieres decir que algún día lo dirigirás tú?

—Esa es la idea.

—Pero no quieres.

—No, sí que quiero. —Mi voz había subido una octava y notaba una presión en el pecho, como si mis pulmones no tuvieran espacio suficiente en la caja torácica.

Will se inclinó hacia mí, robando todo el oxígeno entre los dos, y su mirada se clavó en la mía.

—Una de las mejores cosas de conocer a alguien a quien con toda probabilidad no volverás a ver es que puedes contarle cualquier cosa sobre ti sin que haya consecuencias.

Negué con la cabeza.

—Todo tiene consecuencias.

Eso lo aprendí a los diecisiete años.

7

En la actualidad

El centro de Huntsville se llena de turistas y propietarios de segundas viviendas desde mayo hasta que los árboles se desprenden de los últimos colores otoñales. Por suerte, doy con una plaza de aparcamiento lo bastante grande para meter el Cadillac que el tío de Whitney me ha prestado. Manejar semejante bicharraco es como maniobrar con un yate y, además, huele a algo indefinido, pero me hace falta un coche —el resort está a veinte minutos del pueblo— y no tengo.

Hace seis semanas, cuando murió mamá, fue Whitney quien me trajo. En el momento en que Peter me llamó para contarme lo del accidente, ella ya estaba conduciendo hacia Toronto con el pequeño Owen. En todos los años que he vivido en esa ciudad es la única vez que se ha aventurado en coche. Me hizo la maleta y me trajo de vuelta a casa, con los nudillos blancos de tanto apretar el volante hasta que estábamos a una hora al norte de la ciudad.

Llamo al timbre de una casa azul clarito y me recibe Reginald Oswald. Hace tiempo que cumplió la edad de jubilación; como siempre, luce tirantes y una camisa de cuadros arrugada. Lleva siendo el contable del resort desde que mis abuelos compraron la propiedad a finales de los años sesenta.

—Rosemary está en misa, pero me ha dicho que te dé un fuerte abrazo. —Reggie no comparte con su mujer la dedicación al oficio dominical—. ¿Qué tal están tus abuelos? Llevo días queriendo llamarlos.

Volar desde Victoria era demasiado trajín para la abuela Izzy, así que el abuelo Gerry vino solo al funeral. Parecía mucho mayor. Menudo y frágil, muy distinto del hombre impresionante con quien me crie.

—Dicen que van tirando, pero creo que solo intentan hacerme sentir mejor.

La última vez que hablé con la abuela Izzy se le quebró la voz en mitad de la conversación. «Es que suenas igualita que ella», me dijo.

Mis abuelos vivían en la otra punta del país, pero mamá conocía a todo el personal de su comunidad de jubilados. Se sabía su calendario de actividades mejor que ellos mismos. Había entablado amistad con los hijos adultos de los vecinos para contar con alguien que echara un ojo de vez en cuando. Les daba información periódica a los abuelos de todo lo que pasaba en el resort.

«Espero que hagas lo mismo cuando yo me jubile», solía decirme, y yo ponía los ojos en blanco. «Mamá, las dos sabemos que eso no va a pasar».

—Los llamaré esta tarde —dice Reggie mientras me conduce por el pasillo hasta su despacho. En el aire flota el olor del beicon con huevos del desayuno. Una vez dentro, extiende la mano hacia una de las sillas para los clientes—. ¿Te apetece un café? Puede que te venga bien uno.

Reggie me prepara una taza y luego me da la noticia. No es buena.

—Voy a serte franco, Fern —me advierte, observándome por encima de las gafas metálicas. Yo sigo jugando con el agujero de los vaqueros, pero mis dedos se detienen cuando le veo la cara—. Maggie era una mujer avispada; levantó el negocio ella sola cuando tomó el testigo de tus abuelos. Pero tal y como está el turismo desde hace un par de años, apenas tiene rentabilidad. Tu madre había dejado de percibir un sueldo.

Me froto el entrecejo. Esto es mucho peor de lo que imaginaba.

Reggie se suena la nariz bulbosa con un pañuelo de lunares antes de proseguir.

—Espero que este año las cosas vayan mejor que los dos anteriores. ¿Sabes cómo andan las reservas para la temporada de otoño-invierno?

Niego con la cabeza. Jamie comentó que la reserva de habitaciones para julio y agosto estaba estable, pero no dijo nada acerca del resto del año. Ni siquiera sé qué porcentaje de ocupación tenemos ahora mismo. El resort tiene dos salas de conferencias: los dermatólogos van a usar una esta semana, pero ¿hemos tenido más grupos desde que volví a casa? Llevo más de un mes aquí, debería saber estas cosas. Aunque termine vendiendo el resort, tengo que conocer los números.

La inquietud se me debe de notar en la cara, porque la expresión de Reggie se suaviza.

—No seas dura contigo misma —me dije—. Has sufrido una pérdida terrible y no es fácil ponerse a la altura de Maggie. Cuando estés lista, aquí estoy yo para ayudarte en lo que haga falta.

Cuando por fin le dije a mamá que no quería trabajar en el resort, dejó de hablarme del negocio. Pero Brookbanks fue su primer amor y, con el tiempo, volvió a hacerlo: me preguntaba mi opinión sobre la orquesta que tenía pensado contratar para el baile de final de verano o sobre un plato que quería retirar del menú. ¿Se amotinarían los clientes si quitábamos el pescado con patatas fritas? (Respuesta: sí). Enterarme de que mamá me ocultaba los problemas del resort me da que pensar. Creía que estábamos más unidas.

Cuando era pequeña, le echaba en cara lo mucho que trabajaba. Odiaba cada cena sola, cada telefonazo de urgencia que la separaba de mí cuando se suponía que íbamos a pasar la noche juntas. Yo jamás quise atarme al trabajo como hacía ella, pero he terminado pasando cincuenta horas a la semana en Filtr. Sé lo que supone llevar un negocio. Sé lo mucho que a mamá le importaba este. «Estresada» ni se acercaría a describir cómo debía de sentirse. La preocupación sería constante y la reconcomería todo el tiempo. La culpa que siento es como una chaqueta de plomo. Mientras yo ayudaba a Philippe a lograr el éxito con Filtr, Brookbanks estaba en la cuerda floja. Por primera vez desde que murió mamá siento un mazazo de realidad: Brookbanks ahora es mío. Mío de verdad. No de mi madre.

—Estoy lista —le respondo a Reggie—. ¿Tienes tiempo ahora mismo para ponerme al día?

Le pido papel y boli, así que saca del escritorio un bloc de notas amarillo por estrenar. Señala las áreas en las que podríamos recortar gastos y algunas actualizaciones costosas que mamá había ido retrasando para compensar la bajada de clientes. Pienso en las capotas de los coches de golf y en la máquina de hielo que se rompió la noche del accidente. Jamie me contó que llevaba tiempo funcionando a trancas y barrancas.

Cuando acabamos, horas después, la cabeza me da vueltas y tengo un calambre en la mano de escribir tanto. Esta noche he quedado con el señor y la señora Rose para tomar unos cócteles en su cabaña, pero me bebería un martini ahora mismo.

Es evidente que los gastos en comida del restaurante son demasiado elevados, pero, por lo demás, mamá ha mantenido bajos los costes, y las horas del personal, controladas. Tendré que examinar los horarios y los pedidos para ver si podemos apretarnos aún más el cinturón. De todas formas, lo que está claro es que necesitamos atraer más clientes. Estoy apabullada, pero por debajo arde una chispa de emoción.

Siempre he sido competitiva. Antes de que me expulsaran del equipo de fútbol del instituto, vivía por el subidón de la victoria. Me doy cuenta de que Brookbanks es algo con lo que deseo triunfar. Puede que mamá no me pidiera ayuda, pero quiero demostrarle que puedo conseguirlo.

—¿Mamá comentó alguna vez que iba a contratar a un consultor? —le pregunto a Reggie antes de encaminarme al jardín para saludar a Rosemary. Hace rato que ha vuelto de la iglesia.

Reggie se quita las gafas y se limpia las lentes con la camisa.

—Sí. No me podía creer la oferta que le hizo, pero Maggie era capaz de convencer a una monja de que le regalase las bragas.

Eso es cierto. Mamá poseía una energía y un sentido del espectáculo que atraía a la gente hacia ella. Era de natural hablador, pero en casa, cuando no tenía que estar al pie del cañón, su carácter se suavizaba un poco.

Reggie ríe como para sí mismo.

—¿Por qué me lo preguntas? ¿Se ha puesto en contacto contigo?

—Se presentó ayer en el resort.

—Vaya, pues es un buen golpe de suerte. Espero que no te ofendas si te digo que necesitas refuerzos. Sé que tienes un título en dirección de empresas, y Maggie decía que llevabas un negocio impresionante en Toronto.

—¿En serio?

—No pongas esa cara de sorpresa. Estaba muy orgullosa de ti. Maggie no habría dejado el resort en tus manos si no te creyera capaz de llevarlo.

Siento un nudo en la garganta. Mientras agradezco a Reggie su ayuda, parpadeo para que no se me escapen las lágrimas y me escabullo por el jardín trasero.

Encuentro a Rosemary entutorando las tomateras. Lleva un vestido veraniego amarillo y un sombrero de paja, y cuando me acompaña por todo el huerto, explicándome su truco para que las babosas no se le coman las lechugas, me percato de que voy más informal que ella para hurgar en la tierra. Es probable que los vaqueros rotos y las Birkenstock no hayan sido lo más apropiado para una reunión de negocios, aunque fuera con alguien a quien conozco de toda la vida.

Si tengo intención de implicarme más en Brookbanks, voy a necesitar ropa apropiada. Los vestidos de colores chillones de mi madre no son lo mío y, aunque los vaqueros gastados y las camisetas de algodón encajan con el minimalismo de Filtr, no es el atuendo más adecuado para trabajar en el resort. Mientras recorro las tiendas de Main Street, me doy cuenta de que eso es lo que quiero: trabajar. No seguir a Jaime sin ton ni son, como he estado haciendo, sino ponerme manos a la obra. Eso no significa que no vaya a vender el negocio, me digo. No significa que vaya a quedarme.

Encuentro más de cuatro cosas que no me horrorizan: prendas sencillas que no me harán sentir horrible por el peso que he ganado tirada en el sofá de mamá. Nunca me ha vuelto loca la moda. Me gustan los vaqueros. Sé que las camisolas me quedan bien. Ir mucho más allá supone colmar mi paciencia, de por sí limitada, para la ropa. Antes era de buscar hallazgos en las tiendas de segunda mano, pero ya no tengo tiempo para esas cosas.

Mientras camino de vuelta al coche, veo una tienda de discos con muy buena pinta en un lugar que no conocía y una tienda de guitarras que también sirve comida. Siempre he querido aprender a tocar. Me detengo delante de El Delantal Salpicado, una tiendecita de menaje de cocina muy mona, y entro. Cuando salgo, soy treinta y cinco dólares más pobre. Puede que mamá se conformara con beberse esa agua de fregar por las mañanas, pero yo no.

En cuanto estoy de vuelta en casa, guardo la cafetera de cápsulas y pongo en la encimera mi nueva cafetera francesa. Siento que es un paso monumental. Aunque solo vaya a quedarme un tiempo, no tengo por qué beber el café como hacía mi madre, igual que no tengo por qué llevar el negocio como ella.

Entonces agarro el teléfono y llamo a Philippe.

Cuando llego a la cabaña 15, ya voy acelerada. Qué bien me ha sentado dejarlo. Philippe no me creía capaz de hacerlo, y eso que sabía que quería abrir mi propio establecimiento. Pero es que él siempre ha sido tremendamente arrogante. Desde el algodón (solo pima) de las camisas (siempre blancas) hasta la temperatura de la leche de avena en el café (57 grados), es quisquilloso hasta decir basta. Durante mucho tiempo fue eso lo que me gustaba de él. Que alguien tan perfeccionista se sintiera atraído por mí le venía genial a mi ego, que se pasó años tocado por lo de Will.

—Te veo muy bien, hermosa. Tienes algo más de color que la semana pasada —me dice la señora Rose, agarrándome del brazo para inspeccionarme con detenimiento.

El señor y la señora Rose llevan celebrando la hora del cóctel de los domingos en la cabaña 15 desde antes de que yo naciera. Primero eran mis abuelos quienes se les unían, luego mi madre y ahora yo. A veces hay más gente, un grupito de visitantes de Brookbanks de larga data y nuevos con quienes han trabajado amistad en la cancha de jugar a la herradura, pero por lo demás el ritual no ha variado en todos estos años: martinis helados con ginebra y patatas onduladas en el porche a las cinco en punto.

No han tenido hijos, y no estoy segura de si fue por decisión propia o porque las cosas salieron así, pero son la viva imagen de unos abueletes excéntricos. La señora Rose siempre lleva en el cuello tantos collares de cuentas de madera que cualquiera diría que la chepa es de eso. El señor Rose era crítico teatral «en los tiempos en que el teatro merecía crítica alguna». No creo que ninguno de los dos haya probado jamás otra verdura que las cebollitas encurtidas de los cócteles.

Cuando era joven me molestaban los huéspedes, me cabreaba que sus necesidades estuvieran por delante de las mías, pero los Rose eran como de la familia. Antes de que me fuera a la universidad celebraron un fiestón de vino y queso que empezó en su cabaña pero que se extendió a las de los alrededores; la señora Rose se dedicaba a pasarme de extranjis copas de plástico con chardonnay cuando mamá no miraba. Desde que volví a casa llevan insistiendo todas las semanas en invitarme a la hora del cóctel. Creo que quieren comprobar cómo estoy.

—He estado nadando en el muelle de la familia y sacando el kayak por las mañanas, antes de que el lago se llene de gente —les cuento—. Y he salido a hacer senderismo. Me estaba anquilosando.

Al principio necesitaba salir de casa y hacer que la sangre circulara por mi cuerpo, pero estoy disfrutando de las caminatas por los alrededores de la propiedad y del tiempo en el lago. De pequeña no sabía apreciar lo alucinante que es la zona.

—Me alegro mucho —dice el señor Rose. Está de pie tras el carrito de las bebidas, removiendo una jarra enorme de ginebra. La abuela Izzy se lo hizo llevar en los ochenta, justo antes de que los Rose aparecieran para disfrutar de sus vacaciones de verano anuales. Es de latón, con unas enormes asas curvas y no pega ni con cola con la pintoresca decoración de la cabaña. Todos nos referimos a él como «el carrito de Izzy», aunque el señor Rose se reserva en exclusiva el privilegio de su uso.

—Me alivia ver que ya no vistes como un niño de la calle —añade la señora Rose.

Me he puesto unos pantalones pirata con una blusa de seda beis nueva, sin mangas, con cuello halter y abierta en la espalda. Los señores Rose son de los que se «visten» para la hora del cóctel, aunque nunca los he visto con una hebra fuera de sitio. El señor Rose siempre va con un traje impoluto, y la señora Rose, con vestidos de seda amplios y vaporosos. Esta noche, el de él es de color amarillo mantequilla y ella lleva un caftán turquesa con bordados dorados en el pecho y las mangas. Hasta ahora yo me presentaba en pantalón corto y camiseta de tirantes, pero ninguno de los dos me había dicho nada.

—He estado de compras hoy —le respondo mientras tomo asiento en el canapé de ratán, igual que el de casa, y la señora Rose se acomoda en una mecedora de bambú. En la mesita de centro, además del cuenco de patatas de siempre, forrado con una blonda de papel, hay una bola de queso —de las de verdad, de las viejunas, con su rebozado de perejil y nueces incluido— rodeada por un círculo de galletitas saladas Ritz.

La señalo con un gesto.

—¿Qué celebramos?

—Que tenemos compañía, querida —responde la señora Rose mientras su marido sirve el cuarto martini. Adorna dos de los cócteles con cebollitas encurtidas y el mío con un trío de orondas aceitunas verdes.

—Hemos pensado en invitar a tu amigo —añade el señor Rose.

—¿Qué amigo? —Recorro el porche con la mirada. No hay nadie más.

—Lo hemos mandado dentro a ver si nos puede arreglar el televisor —explica la señora Rose—. No sé qué hemos hecho, pero no hay manera de que salga la imagen.

—Mira, ahí está —anuncia el señor Rose en el momento en que Will aparece en el umbral con el mando a distancia en la mano. Lleva un traje azul marino y una camisa de un blanco inmaculado, con el botón superior desabrochado, y el cabello peinado hacia atrás, igual que anoche. Los pulmones se me comprimen.

—Hola —dice lanzándome una mirada indescifrable. Aunque, en realidad, es más que una mirada. Sus ojos se prenden de los míos y se vuelven más oscuros, pero enseguida pestañea y le tiende el mando a la señora Rose—. Ya está arreglado. Solo tiene que pulsar este botón varias veces. —Le enseña cómo hacerlo.

—¿De qué conoces a los Rose?

—Coincidimos el verano pasado y me los he encontrado esta tarde.

—Siéntate, William. —El señor Rose apunta hacia el minúsculo cojín que hay a mi lado antes de tendernos las copas a su mujer y a mí. Están llenas a rebosar—. Recuérdame cómo tomas el martini —le dice a Will—. O, espera, que lo adivino: ¿eres de los que lo toma con un *twist* de limón?

—En efecto —responde al tiempo que se sienta a mi lado.

Observo al señor Rose mondar la cáscara con el cuchillo y, de pronto, noto en la boca el sabor del caramelo de limón y siento el cuerpo de Will, con la piel húmeda y los músculos tensos, presionado contra el mío.

—Espero que no te importe que haya venido —me susurra mientras el señor Rose se acomoda en su mecedora.

—Claro que no —respondo a la vez que intento no pensar en su aroma dulce y ahumado, en su muslo pegado al mío o en la piel erizada de mis brazos.

Will abre los ojos como platos al ver el tamaño del cóctel que le tiende el señor Rose y se le derrama un poco sobre la mesa. Sin que este se dé cuenta, lo limpia con una servilleta de papel cuando no mira.

Después de todo lo que Reggie me ha dicho, estoy casi segura de que necesitaré su ayuda, pero ¿en serio podré trabajar con él? Llevo dándole vueltas a la cabeza como si fueran piezas de un puzle volcadas de la caja.

Brindamos con las copas y le doy un gran sorbo a la mía. Por el rabillo del ojo veo que Will me observa. Su mirada se detiene en mi hombro.

—Estás muy guapa.

Me coloco el pelo por detrás de las orejas y le doy las gracias sin alzar la voz.

—A mí también me han dado un código indumentario estricto —dice Will—. Prohibido el pantalón corto y las sandalias.

—No hay nada más desagradable que unos pies de hombre descalzos —afirma la señora Rose con voz cantarina.

—Bueno, contadnos cómo os conocisteis —suelta el señor Rose.

El estómago me da un vuelco y me llevo la copa a los labios.

—Fern y yo nos conocimos hace diez años. Pinté un mural en la cafetería en la que trabajaba. —Noto que Will me está mirando, pero no aparto los ojos de la bola de queso mientras les cuenta a los Rose lo de aquel día.

Lo que él no sabe es hasta qué punto aquel día juntos hizo que la ciudad cambiara para mí. Es como si hubiera dejado su huella en los lugares que visitamos y ahora, en mi memoria, los Will y Fern de veintidós años deambulasen por toda la eternidad por el centro de Toronto.

—Qué bonito que mantuvieseis el contacto todo este tiempo —dice la señora Rose, y ninguno de los dos se molesta en corregirla.

—Conque un mural, ¿eh? Pues no tienes pinta de artista —añade el señor Rose, y mis ojos se clavan en Will al tiempo que un extraño sentimiento de protección me palpita en el pecho.

—Ya no lo soy —responde con voz monótona—. Nunca fui demasiado bueno. Fern puede dar fe de ello.

Los Rose me miran. Los sentimientos hacia el hombre sentado a mi lado son muchos y contrapuestos, pero el que más me confunde es la necesidad de defender al Will que conocí una vez. Es como si fuera distinto de este. Este es el Will que me hizo daño; aquel, el que me dibujó un retrato que aún cuelga enmarcado en mi dormitorio. Es por aquel Will por quien doy la cara.

—Estaba segura de que algún día se convertiría en un ilustrador famoso. Era muy muy bueno.

Trato de hacer caso omiso de la mirada de Will clavada en mi rostro. Me sirvo otra ginebra. Su muslo se aprieta contra el mío con un gesto intencionado y, colorada como un tomate, me atraganto con la bebida.

—A mi edad, ya debería saber que la cara no es el espejo del alma —dice el señor Rose—. Mira a Fern. Ahora nadie lo diría, pero le hizo pasar las de Caín a su madre cuando era adolescente. Menuda rebelde. Una vez hasta tuvo que venir la policía a casa. Maggie estaba que trinaba; todos los huéspedes se enteraron.

Me tenso; Will se remueve a mi lado.

—Y aquello ni siquiera fue lo peor —prosigue el señor Rose, sin percatarse de mi incomodidad; pero, cuando está a punto de continuar la frase, Will da una fuerte palmada y todos nos volvemos hacia él.

—Esta historia ya me la sé —concluye con un tono que deja clarísimo que no quiere volver a oírla.

Me quedo mirándolo y, por segunda vez, me da un empujoncito en la pierna con la suya.

—¿Y tú, William? ¿Te metiste en algún lío cuando eras un chiquillo? —pregunta el señor Rose.

—Lo normal: fiestas, cerveza, puede que algo de marihuana —responde—. Fui un chaval bastante aburrido.

—Pero qué ibas a ser aburrido —lo contradigo. Por lo visto, soy la mayor defensora del «joven Will Baxter». No me gusta esta versión estoica y autocrítica, por mucho que parezca un dios del sexo. Me pongo a untar en una galletita salada un pedazo anaranjado de la bola de queso con la esperanza de que cambiemos de conversación, pero no es así. Tengo tres pares de ojos clavados en mí—. Eras… único.

Vuelvo a ponerme colorada y Will me observa durante un segundo, mientras se le forman arruguitas alrededor de los ojos. Hay algo reconfortante en ese atisbo de sonrisa y le devuelvo el gesto.

—Creo que el día que pasé con Fern fue el más emocionante de mi vida. —Al decirlo, Will me mira fijamente a la cara, y yo me quedo boquiabierta.

—Pues si dar vueltas por Toronto fue lo más fascinante que hiciste en tu juventud, espero que, una vez adulto, te hayas tomado la revancha —señala la señora Rose, rompiendo el silencio.

—Ni mucho menos —responde Will antes de darle un sorbo al martini con expresión impenetrable.

No suena exactamente triste, pero ¿puede que algo nostálgico? Quiero que me lo cuente. Quiero saber por qué este Will Baxter es tan distinto de *mi* Will Baxter. Sigue siendo la persona más fascinante que haya conocido nunca, pero ahora es un verdadero misterio.

A la señora Rose se le escapa una risita.

—Estos jóvenes ya no saben divertirse —dice, justo antes de lanzarse a contar una anécdota sobre Christopher Plummer, una fiesta con actores y una propuesta de matrimonio que, estoy casi segura, nunca tuvo lugar.

La conversación enseguida se desvía hacia las vacaciones de Will.

—¿Qué vas a hacer para mantenerte ocupado durante cuatro semanas? —quiere saber el señor Rose.

—La mayor parte del tiempo trabajaré. Solo necesito una buena conexión a internet. —Me mira como si me pidiera permiso y asiento. No me importa que los Rose se enteren de por qué está aquí—. Iba a echarle una mano a Maggie, a ayudarla con algunas ideas para el resort —añade. Me chirría que se refiera a mamá con tanta familiaridad—. Cuando llegué, me enteré de lo sucedido.

—¿Cómo que «ibas»? —pregunta la señora Rose. A esta mujer no se le escapa una. Su mirada me atraviesa como un rayo láser—. Vas a necesitar toda la ayuda posible, querida. Y no es una crítica, que conste.

Sé que tiene razón. Lo que no sé es si aguantaré un mes entero. Estar sentada a su lado ya me está poniendo de los nervios. O poniendo, directamente…

—¿Y esa muchacha con la que andabas el verano pasado? —pregunta el señor Rose mientras nos rellena las copas. ¿Will tiene novia? Una punzada de celos, bien conocida, se me agarra a las costillas—. ¿Cómo se llamaba?

—Jessica —responde Will lanzándome una rápida mirada de reojo.

Pues qué bien. Queda terminantemente prohibido que este

hombre me ponga. Mejor así, me digo, aunque es casi una cruel-
dad que, cuando Will por fin vino al resort, lo hiciera acompañado de otra mujer. Le doy un buen trago al cóctel.

—Jessica, es verdad. Una muchacha preciosa. —Noto que
Will me mira mientras el señor Rose lanza un silbido entre
dientes—. Les enseñamos a jugar al *cribbage* —me cuenta. En
respuesta le dedico una sonrisa, pero debe de notarse lo falsa
que es.

—¿Y dónde está Jessica? ¿No va a venir? —le pregunta la
señora Rose a Will.

—No —contesta, y tengo la impresión de que me da un empujoncito en el brazo con el codo, muy leve—. Rompimos.

Ha caído la noche cuando los Rose nos echan de su cabaña. Will
y yo recorremos el sendero de grava y cada una de las cabañas
junto a las que pasamos ofrece su propia banda sonora: el cho-
que de las mosquiteras al abrirse y cerrarse, el tintineo de los
platos de la cena, el repiqueteo de unos dados y un clamor de
victoria. Mi casa y la cabaña 20 son las más alejadas del albergue
y, a medida que avanzamos, el bosque se vuelve más denso. El
sendero está flanqueado por helechos y begonias plantados en
viejos troncos huecos. No es fácil saberlo, pero diría que Will
está achispado. Yo, desde luego, lo estoy.

—Creo que, ahora mismo, dos tercios de mi sangre son ginebra —dice con un brillo en los ojos que no le había visto desde
que llegó.

—Eso como poco. —Me siento alegre. Es por el alcohol, claro. Pero hay algo más. Es por haber dejado el trabajo y por la
bella noche estival y por la sensación de recobrar algo de control por primera vez desde que murió mamá.

Es culpa de los martinis que alargue la mano y le toque el
brazo.

—Oye, Will...

Este se detiene.

—Gracias por desviar antes la conversación con la señora
Rose. No es mi anécdota favorita.

—Ya lo sé.

Los dos nos quedamos mirándonos; la luz de una farola hace que el rostro de Will quede oculto por las sombras.

—¿Lo decías en serio, lo de que aquel día fue lo más emocionante que te ha pasado nunca?

—Sí. No suelo pasar por esa parte de la ciudad, pero cuando bajo al centro siempre me acuerdo.

Parpadeo sorprendida.

—¿Vives en Toronto? —No sé por qué no se me había ocurrido hasta entonces.

—Sí —responde con lentitud.

—¿Desde hace cuánto? —le pregunto mientras se me acelera el pulso.

Will clava la mirada en los árboles. No quiere responder.

—Dímelo.

—Desde hace mucho.

Lo miro desafiante. Esa respuesta no me vale.

—Desde hace casi diez años —responde en voz baja.

Asiento una vez, pero es solo para asegurarme de que sigo teniendo la cabeza pegada al cuello. Y yo que pensaba que lo peor era que había desaparecido de mi vida sin dar ninguna explicación.

—Guau...

—Fern —dice, pero le hago callar con un gesto de las manos, mientras el dolor y la decepción se me suben a la garganta.

—No.

—Fern.

—Escucha, tengo que irme. Estoy borracha. Y tú eres... —alzo la mirada— demasiado alto.

Dejo a Will plantado en mitad del sendero, entre los pinos y los álamos.

Esa noche, el sueño empieza como siempre. Huelo las tortitas antes de bajar a la planta baja, pero, al llegar a la cocina, en lugar de mi madre, es Will quien está a los fogones. Lleva un traje azul oscuro y se encuentra de espaldas a mí. El pelo le tapa las orejas, lo lleva igual de largo que a los veintidós años, y al volver la cabeza se le dibuja en la cara la sonrisa más maravillosa que haya visto nunca. Tiro de él hacia la mesa y empiezo a quitarle la chaqueta poco a poco. Su sonrisa se vuelve pícara; sus ojos, voraces. Voy aún más despacio mientras le desabrocho la camisa y veo que se muere de hambre. Entonces poso los dientes sobre su piel, a la altura del corazón, y las tortitas se queman.

8

14 de junio, diez años antes

Will y yo nos quedamos parados en la estrecha entrada a una bocacalle, delante de unas paredes largas de ladrillos arcoíris. Graffiti Alley era el ejemplo más famoso de arte callejero autorizado.

—¿Habías venido ya alguna vez? —me preguntó Will.

—No. —Había oído hablar del lugar, pero no sabía dónde estaba exactamente—. Esto es como la semana de introducción para novatos: no dejes tu bebida sin vigilancia; no toques a los mapaches; no deambules por los callejones, aunque estén cubiertos de bonitos grafitis.

—¿Te parecen bonitos?

Asentí mientras contemplaba las letras de color naranja chillón a nuestro lado. Metí la mano en la bolsa, saqué mi monedero de Ziggy Stardust y lo agité en el aire.

—Pero sé lo que hará que me lo parezcan aún más.

—Ah, ¿sí? —Will sonrió de oreja a oreja.

Nos adentramos en la bocacalle hasta situarnos entre dos edificios. A pesar de estar a la sombra, hacía calor. Todo a nuestro alrededor estaba cubierto de pintura en aerosol: las paredes, las alcantarillas, las puertas de los garajes, los contenedores. Un destartalado banco de madera que parecía diseñado a base de palitos de helado estaba cubierto de remolinos azules y amarillos. También estaba cubierto de una capa reseca de cagadas de pájaro, por lo que nos refugiamos en un rincón junto a un contenedor para encender el porro, que inhalé con fuerza antes de pasárselo a Will. Este le dio una larga calada, con los ojos entornados y la mano cubriendo la punta encendida; me pareció que debía de ser el gesto más sexy que hubiera presenciado jamás.

—Bueno, ¿y qué es lo que tanto te mola de Toronto? —me preguntó cuando levantó la cabeza en busca de aire.

—¿A qué te refieres? —Di una calada antes de pasarle el porro de nuevo.

—Tengo la impresión de que no estás lo que se dice feliz de marcharte.

Apoyé la cabeza en la pared y me quedé mirando la franja de cielo azul por encima del callejón. Empezaba a notar el efecto de la hierba en el riego sanguíneo, como un relajante arrullo. Se me subió enseguida. Miré de reojo a Will mientras inhalaba y luego alcé la vista al cielo, cavilando mi respuesta. Había un montón de cosas que me gustaban de Toronto, pero había un motivo por encima de todos.

—En casa todo el mundo lo sabe todo de mí —dije girando la cabeza hacia Will—. En la ciudad puedo desaparecer.

Él me recorrió con la mirada y noté la piel tensa.

—Me cuesta creerlo.

Di una última calada y froté el porro contra la pared para apagarlo.

—Hay cierta libertad que solo se encuentra viviendo en la ciudad. Aquí no soy nadie.

—¿Y eso es bueno?

Echamos a andar a paso lento, con el sol en los ojos.

—Sí. En casa soy Fern Brookbanks.

Will esbozó una sonrisilla.

—¿Y aquí no?

—Sí, pero no significa nada. Allí soy la hija de Margaret Brookbanks. —La niña mimada del resort. La que la cagó. La que se reformó y estudió Administración y Dirección de Empresas—. Suena como si fuera alguien importante, pero no. Es más bien que quien soy es inamovible; las comunidades pequeñas son un poco así, y el resort es como un imperio en miniatura.

—Vale. Y tú eres la princesa Fern.

—Ja, ja. —Me hice visera con la mano sobre la frente para no deslumbrarme—. Pasé por una fase un poco… —Me detuve. Llevaba años sin hablar de lo que había pasado cuando estaba en el instituto con alguien que no fuera Jamie, ni siquiera con Whitney.

Cuando leí el diario de mamá, la llamé de todo. Le arrojé el cuaderno con intención de darle desde la otra punta de la habitación. Me comporté de la forma más irresponsable durante meses, hasta que al final terminé en el hospital. Me vino a la mente la imagen de mamá sentada junto a mi cama, con la cara colorada de tanto llorar. Cerré los ojos con fuerza para hacer que desapareciera. Desde entonces las cosas habían mejorado mucho.

—¿Estás bien? —preguntó Will.

—Sí, se me ha ido el santo al cielo.

—Me estabas contando que pasaste por una fase.

—Sí, una fase un poco rebelde, cuando era más joven, y todo el mundo se enteró. Allí no hay privacidad de ningún tipo. Sé que vivir en un resort puede parecer alucinante, y a veces lo era. Pero tú prueba a tener que ir a desatascar un baño o dar indicaciones de cómo llegar a las pistas de tenis cada vez que sales por la puerta de casa. Hay huéspedes por todas partes.

Había cogido carrerilla y ya acompañaba con las manos la lista de agravios.

—Cuando eres la hija de la dueña, eres parte del personal, te guste o no. Llevo trabajando allí todos los veranos desde que cumplí los catorce años, además de hacer turnos durante el curso. A los diez ya me preparaba la cena, porque mamá casi no paraba por casa. A ver, vale que técnicamente el resort es «casa», pero trabajaba tanto que nunca estaba en la nuestra.

Al oírme el tono de voz, le agarré a Will el bajo de la chaqueta.

—Lo siento. Me he puesto un poco quejica. Creía haber superado la fase de adolescente cabreada.

—Tú cabréate —respondió Will—. Creo que no habías hablado tanto en todo el día. —Se giró para mirarme de frente y empezó a caminar hacia atrás con los brazos abiertos—. Hazme un retrato de Fern, la adolescente torturada.

Le di un empujón en el hombro.

—Tampoco es que todo fuera horrible. El lago es la leche. Si te gustan las actividades al aire libre, hay mogollón de cosas: canoas, kayaks, rutas de senderismo. El albergue se construyó hace más de cien años, así que el lugar parece salido de otra era, y eso mola un puñado.

—Me encantaría verlo —reconoció Will—. Nunca he estado en un lugar así. He ido a algún chalet de amigos, pero cuando mi familia viajaba, solía ser fuera de Ontario.

Puse cara rara. Me molestaba cuando mamá se quejaba de que la gente no apreciase nuestra provincia, pero entonces me trasladé a Toronto y conocí a un montón de personas como Will, que habían tenido la oportunidad de viajar, pero habían preferido irse lejos en lugar de explorar su tierra.

El callejón desembocaba en un pequeño aparcamiento a pleno sol. El asfalto desprendía calor. Will dejó la mochila en el suelo y se quitó la chaqueta de lana.

—La verdad es que no le pillé el gusto a lo del aire libre hasta que me trasladé al oeste. La belleza natural de la Columbia Británica alcanza cotas absurdas —dijo a la vez que doblaba la chaqueta y la guardaba en la mochila. Yo me limpié el sudor de la nuca, incapaz de apartar la mirada de él—. La primera vez que fui en bici a Stanley Park no podía parar de reír, tal cual, mientras pedaleaba por el rompeolas. No me podía creer todos aquellos tonos de verde. Aún no me he acostumbrado.

Murmuré algo para demostrarle que prestaba atención, pero en lo que me estaba fijando era en su cuerpo. Donde antes había estado cubierto por completo, ahora se veía piel. Piel que se tensaba sobre unos músculos bien formados y se extendía bajo la manga de su camiseta. Lunares, venas, codos y pliegues.

Will cerró la mochila y se la echó al hombro. Cuando el bajo de la camiseta se le quedó pillado, dejó al aire un pequeño triángulo a la altura de la cadera.

Lo del porro había sido mala idea. Debería haberlo imaginado. La hierba me hacía sentir como la cera líquida de una vela, caliente y fluida. Había empezado a sentir un cosquilleo en los dedos.

Antes de Jamie había tenido dos relaciones sexuales con dos tíos y ninguna de las experiencias había sido agradable. Así que le dije que quería tomarme las cosas con calma, por lo que esperamos a nuestro segundo verano juntos y luego nos pasamos de mayo a agosto sin quitarnos las manos de encima, escabulléndonos para echar un polvo rápido entre turnos, magreándonos en su litera, escondiéndonos entre los árboles, escapándonos a mi dormitorio. Más de una vez colgamos en cartel de VUELVO EN CINCO MINUTOS en la puerta del cobertizo del equipamiento. El sexo con Jamie era divertido y despreocupado, y en cuanto le pillamos el punto al otro, resultó mucho más placentero de lo que habría imaginado.

Marcharme a la universidad en septiembre después de pasar cuatro meses follando sin parar fue como que nos negaran agua fresca después de haber vivido junto a un manantial en los Alpes. Jamie sugirió sexo telefónico. La primera vez, tumbada en la cama, me quedé mirando la grieta del techo del apartamento para no reírme. Jamie, en cambio, se lanzó de cabeza. Yo no dejaba de disculparme y él no dejaba de decirme que me relajara. Al final lo conseguí, pero no lo suficiente como para llegar al orgasmo. «Tengo una idea», dijo Jamie cuando hubo acabado.

A pesar de que los porros eran tan comunes como los cigarrillos en las noches de fiesta en Toronto, la cuestión me preocupaba. Era una Fern nueva, que tomaba decisiones inteligentes, pero Jamie me aseguró que un poco de hierba no me haría perder el control y me puso en contacto con un colega que trapicheaba por el centro. La siguiente vez que lo intentamos, primero me coloqué. La hierba me permitía decir cosas como «lamer» o «húmeda» sin avergonzarme, pero también convertía mis entrañas en miel caliente. El sexo telefónico se convirtió en nuestro rollo.

Will se pasó la mano por el pelo y seguí el gesto con la mirada como si se produjera a cámara lenta. Tenía una mancha de pintura en el interior del brazo derecho y al lado una raya de tinta negra. El deseo me golpeó como una ola. Jamie me hacía sentir bien, pero jamás me había provocado una punzada de deseo así.

Will se me quedó mirando confundido.

—¿Qué te pasa?

Tragué saliva. La lengua se me había vuelto de trapo.

—Tienes una mancha de pintura en el brazo.

Al girar el codo dejó ver una parte más del tatuaje.

—Ya la veo. La pintura debió de traspasar la tela del mono.

El cosquilleo se fue extendiendo hasta convertirse en una palpitación. Will me pilló observándolo absorta.

—¿Es un árbol? —le pregunté señalando el tatuaje. (Resultaba evidente que era un árbol).

—Sí. —Se subió la manga. Un magro perennifolio se le extendía por la región posterior del brazo, desde el codo hasta la axila—. Me lo hice hace un par de años. Supongo que es un poco manido.

—¿Y eso?

Will me dedicó una sonrisa indolente. Me di cuenta de que estaba colocado.

—Bueno, es que fui a Emily Carr.

—Eso tengo entendido.

—Emily Carr es una escuela de bellas artes —añadió—. También fue una de las pintoras más importantes del país, que en paz descanse.

Me reí.

—Sigue contándome, Dalí.

—El árbol solitario era un tema recurrente en su obra, así que es casi como tatuarse el símbolo de la facultad. Pero los abetos tienen algo majestuoso. Es lo que más me gusta de Vancouver, el contraste entre la ciudad y la naturaleza.

Me incliné para observarlo de cerca. La mayoría de los tatuajes que había visto eran de los que se eligen de un catálogo, pero el de Will parecía único. Estaba claro que se trataba de un trabajo a medida: el sombreado era delicadísimo.

—Bueno, será manido, pero es precioso —dije.

Al levantar la vista descubrí que Will me estaba mirando. Nos quedamos los dos parados durante lo que debió de ser un segundo, pero parecieron minutos, hasta que el sonido de una sirena nos sobresaltó.

—Supongo que eso significa que prefieres mis ilustraciones a mis murales —respondió Will bajándose la manga.

—¿El dibujo es tuyo?

Saqué una botella de agua de la bolsa de tela, me bebí la mitad y le ofrecí el resto a Will, que echó la cabeza hacia atrás y cerró los ojos al sol. Al tragar se le movió la nuez en la garganta. Una gota de agua le resbaló por la comisura de la boca. Observaba el recorrido por la barbilla abajo como un leopardo acechando a su presa cuando me vibró el teléfono.

Lancé una mirada ceñuda a la pantalla. Jamie no llamaba a menos que antes hubiéramos quedado para «hablar».

—Lo siento, tengo que cogerlo —le dije a Will al tiempo que me alejaba algunos pasos.

—Hola —le dije a Jamie—. ¿Todo bien?

Oí una risita al otro lado de la línea.

—Por supuesto. Estoy a punto de llevar a un par de chavales de paseo en canoa por el lago Smoke. —Jamie bajó la voz—. Te echo de menos, Fernie. Quería oír tu voz un segundo. Llevamos tiempo sin hablar.

Se me formó un nudo en el estómago.

—Ya lo sé. Es que era difícil con Whitney en el piso —respondí, aunque los dos sabíamos que hacía más tiempo. Habíamos hablado unas cuantas veces desde que acabó el curso, pero habían sido poco más que sexo. No podía contarle a Jamie las pocas ganas que tenía de volver a casa, lo que hacía que me sintiera aún peor. Daba igual cómo lo maquillara, al final el mensaje siempre sería: «Eh, cariño, no quiero volver a casa, aunque eso suponga pasar el verano contigo. ¡No te lo tomes a mal! Es solo que la idea de pasarme el resto de la vida trabajando en el resort hace que me quiera arrancar la piel a tiras. No es nada personal, pero ¿no te parece un poco raro que te apasione el negocio familiar más a ti que a mí?».

Sabía que lo que quería de verdad supondría dinamitar nuestra relación. Odiaba ocultarle nada a Jamie, así que en vez de eso empecé a evitarlo a él.

—Whit me ha dicho que estás rara.

Eso me dolió. Creía que se me había dado bien disimular.

—Ah, ¿sí?

—Me ha mandado un mensaje. ¿Has dicho que la visita fue rara?

Eché una ojeada a Will. Estaba escribiendo algo en su móvil.

—Sí, fue rara. A veces tengo la impresión de que no me entiende, ¿sabes? Cree que en cuanto vuelva a casa todo será como cuando teníamos doce años, pero ahora somos personas distintas. —Whitney nunca quiso hablar de lo que pasó en el instituto; fingía que jamás nos peleamos, que no habíamos comenzado a distanciarnos años antes, cuando empezó a salir con Cam—. Me da la impresión de que no confía en mí.

La noche anterior vi cómo me miraba cuando pedí la segunda copa en el bar, pero no tenía de qué preocuparse. Ya no solía tomar más de un par.

—Le estás dando demasiadas vueltas, Fernie. Dile a ese cerebro tuyo que descanse. En cuanto estés de vuelta, ya verás como no hay de qué preocuparse. Whit y tú vais a ser colegas toda la vida.

—Eso espero —suspiré.

Will dejó su teléfono a un lado y se acercó a un banco de peces pintado en el lateral de un edificio de tres plantas.

—Tengo que dejarte —dijo Jamie—. Te quiero.

—Y yo a ti.

Observé a Will desde una distancia prudencial. Estaba de espaldas a mí, con las manos apoyadas en la cabeza.

Habían pasado cuatro años sin que me interesase por nadie más que por Jamie. Había flirteado un poco. Había bailado con algún tío, pero no había permitido que nadie fuera más allá de invitarme a una copa. Y había soportado las bromas constantes sobre mantener una relación a distancia con alguien a quien conocía desde niña.

«Jamás vas a estar más buena que ahora —me sermoneó Ayla en cierta ocasión. Nos habíamos conocido en la primera clase de Macroeconomía de primero y era mi mejor amiga en la ciudad—. Estás echando a perder tus mejores años». Pero entonces conoció a Jamie y la conquistó en menos de treinta minutos al proponer ir a un karaoke para pasar la noche. En cuanto se puso a cantar a «You Oughta Know», de Alanis, a voz en grito, se la metió en el bolsillo. La noche acabó con Ayla llevándonos a rastras a su apartamento y los dos cantando temas de Nelly Furtado cuya letra ninguno recordaba.

Jamie está entrelazado en cada parte de mi vida. Y yo creía que quería que permaneciera así para siempre.

—¿Todo bien? —preguntó Will cuando me aproximé hacia él.

—Sí. Solo era un amigo.

Me quedé mirando el perfil de Will un rato larguísimo. Estaba fumada, toda mi vergüenza había desaparecido y una teoría me rondaba la cabeza. Recorrí con los ojos la línea firme del pómulo y el mentón. Contemplé sus brazos y su torso. Al volver a subir hasta su cuello, lo tenía sonrojado. Ese cosquilleo que Will me provocaba era puramente físico. Estaba segura.

—¿Cómo es Fred? —le pregunté.

Will arrugó la nariz.

—¿Fred?

—Sí. —Me adentré en el callejón. Aún quedaban pintadas por estudiar—. ¿Es un tema delicado?

—No —respondió, echando a andar detrás de mí—. Claro que no. Fred… —Se detuvo—. Fred es peculiar. No hay nadie como ella. —Se rio—. Bien se asegura de ello. Si alguien entra por la puerta delantera, ella busca la lateral. Todo lo encara a su manera.

Bajé la cabeza para que no me viera poner los ojos en blanco.

Will me lo contó todo sobre Fred. Tenía un tapiz expuesto en una galería en Gastown. Se titulaba *Maldición* y entretejía el dolor, la fortaleza y la fecundidad de la menstruación. Mientras trabajaba en el proyecto, durante su último año de universidad, Fred solo vestía de rojo. Sus ideas no tenían fin. Por ejemplo, se le ocurrió el tema del «fracaso» para el número especial de la graduación de su boletín y ayudó a buscar a antiguos alumnos de Emily Carr para que compartieran cuáles habían sido sus mayores descalabros.

«Fred parece tomarse muy en serio a sí misma», pensé.

—Tiene que ser la caña —dije—. ¿Cuánto tiempo lleváis juntos?

—Unos cinco meses.

Casi se me escapa un «¡¿solo?!».

—¿Qué? —dijo Will.

—Nada.

—Venga ya. Con la cara que has puesto.

—Claro que no.

—Claro que sí. —Apuntó a mi boca y ambos dejamos de andar—. Tienes la cara una chispa rara…

—Bueno, ahora sí, pero solo porque has dicho «una chispa». ¿Qué manera de hablar es esa?

—¿No ha sido cuando te he dicho el tiempo que llevo saliendo con Fred?

Me llevé la mano al pecho.

—Qué va. Para nada.

Me fastidiaba tener celos de Fred, pero ¿qué le iba a hacer? Will estaba buenísimo. Y punto. No había nada más.

Entonces se inclinó y me miró a los ojos. Los suyos centelleaban.

—Mentirosa.

9

En la actualidad

—¿Cómo que no lo has buscado en Google? —Whitney agita un pañal en el aire.

La he convencido de que me deje cuidar de Owen mientras Cam y ella disfrutan de una cita. Solo van a cenar en el restaurante de Brookbanks; la idea es dejarme al niño en casa para que ellos pasen un rato a solas, pero aún no he conseguido que salgan por la puerta.

Han metido al bebé en la cuna de viaje, me han explicado cómo darle el biberón, me han descrito con todo lujo de detalles el sarpullido del pañal y me han entregado una hoja de *Preguntas frecuentes* sobre Owen. Whitney ha intentado que resulte gracioso, con apartados como «¡Mierda, se ha hecho caca! ¿Y ahora qué hago?», pero me sigue pareciendo casi ofensivo. Y muy impropio de mi amiga.

Entonces la miro, arrodillada sobre el bebé, que se agita sobre el colchoncito sin el pañal. Lleva un vestido ajustado de color magenta con un discreto panel en el delantero para facilitar la lactancia. Tiene las tetas enormes. Le ha aparecido una fina línea de sudor en el nacimiento del pelo; ha estado quejándose de los pelillos a la altura de las sienes, cortos y rebeldes. Por lo visto, al tener un bebé se pierde pelo y el que vuelve a crecer es así. La maternidad la está cambiando de una manera que me había pasado inadvertida, y es probable que a ella también.

—¿A ti qué te parece que la gente cotillee la vida de los demás por internet? —le pregunto mientras busco un pañal en el bolso donde los guarda. Nunca le he puesto uno a un bebé, pero tampoco puede ser tan difícil—. Deja que lo haga yo, Whit. Que tenéis la reserva hecha y vais a llegar tarde.

—Pues no cambies de tema —responde mi amiga, clavando la mirada en el paquete que tengo en la mano—. No hacen falta toallitas cuando es solo un poco de pis.

Cuando termina de envolverle el trasero a Owen, se levanta del suelo y lo coge en brazos con la agilidad de quien lo ha hecho ya cientos de veces, que es el caso: Whitney está hecha una madraza. Ya lo sabía, claro, pero no como lo sé ahora, en este momento. Llevábamos sin vivir en la misma ciudad desde el instituto. Me he perdido muchas cosas de nuestro camino a la vida adulta.

—Así que no lo has buscado nunca —dice—. ¿Ni siquiera entonces?

—La verdad es que no. —Mentira cochina.

—¿Vas a poner el futuro del resort en sus manos y ni siquiera te has puesto a buscar si su negocio es legítimo? —Mira a Cam para que le dé la razón, pero este encoge un hombro corpulento. Es varios centímetros más alto que Whitney y sus brazos deberían aparecer en un calendario de bomberos.

Los dos son inseparables desde que teníamos quince años. Cam era bastante bobo en primaria, pero el verano entre el noveno y el décimo grado dio el estirón y era imposible no darse cuenta de lo mucho que Whitney se fijaba en él cuando volvimos a clase en otoño. Cam tenía a su amor de toda la vida justo donde quería, y recuerdo que le pidió que lo acompañara al baile de invierno como si fuera un reto, con la barbilla alta y desafiante. Y, si a Whitney le ponían un reto delante, tenía que responder.

Ahora es consejero en nuestro antiguo instituto, y es una persona tan recta y bondadosa que estoy segura de que hará genial su trabajo. Sé que Whitney es buena en el suyo. Es la higienista dental más apasionada del mundo, no tengo dudas.

—Aún no he aceptado nada, y puede que hace unos años hiciera una búsqueda rápida. Pero nada más.

Ayer cometí el error de buscar a Will en Google, pero llevo

sin verlo en persona desde los cócteles del domingo con los Rose. De eso hace ya tres días; he estado evitándolo desde entonces. En cierta medida me sorprende que no haya hecho las maletas y se haya largado.

Paso la mayor parte del tiempo con Jamie, poniéndome al día. Hasta hemos ido al comedor. Al entrar noté todas las miradas fijas en mí y quise esfumarme, pero no lo hice. Es evidente lo mucho que Jamie ha estado protegiéndome desde que me abrí paso a través de la espesa neblina del duelo.

Ahora, cuando me despierto en mitad de la noche, voy de puntillas hasta la ventana del dormitorio y observo el leve brillo procedente de la cabaña 20. No soy la única insomne. Contemplo el cuadrado de luz a través de los árboles y me pregunto si sería capaz de sobrevivir una hora trabajando junto a Will. Porque, cuanto más sé del resort, más claro tengo que no puedo rechazar su ayuda.

Whitney le pasa el bebé a Cam, que de inmediato empieza a cambiar el peso de una pierna a la otra, haciéndole morisquetas mientras se mece. Desde que Owen aprendió a reírse, sus padres andan obsesionados por sacarle una carcajada. Es un niño precioso, con la piel oscura de Cam y los ojazos de Whitney.

Mi amiga rebusca en el interior del bolso y saca el teléfono. Da un toquecito en la pantalla.

—¿Es este? —pregunta, plantándome el móvil delante de la cara. Es un primer plano de Will, con el pelo peinado hacia atrás, vestido con chaqueta y corbata. Estudio cada píxel de la imagen: las pestañas densas, los ojos marrones oscuro, la curva del labio superior, el contorno potente de la mandíbula, el perfil alargado de la nariz. Es atractivo hasta el ridículo—. Por tus pupilas dilatadas, entiendo que sí —concluye.

Le tiende el móvil a Cam, que echa un rápido vistazo antes de pararse a mirar de nuevo y acercarse tanto la pantalla que casi choca con las gafas.

—¡Joder! —exclama—. Buen trabajo, Baby.

—Cam, por lo que más quieras, no me llames así —respondo—. ¿Y cómo que «buen trabajo»?

—Te enrollaste con él, ¿no?

—No —respondemos Whitney y yo en estéreo.

Cam frunce el ceño.

—Espera, ¿no te lo estás tirando? Entonces ¿por qué hablamos de este tío?

—Porque hizo que Baby se enamorara de él y luego le rompió el corazón. No te enteras, Candem.

—Ah, ¿este es el fulano por el que dejaste a Jamie? —pregunta Cam.

—No fui yo quien dejó a Jamie —salto. Odio que estos dos piensen que fue cosa mía. El verano que Jamie y yo estuvimos saliendo, solíamos quedar los cuatro, pero luego Cam y Jamie mantuvieron el contacto. Son buenos amigos.

—Técnicamente, vale; pero lo obligaste a cortar.

Lanzo una mirada asesina a Cam mientras Whitney empieza a leer en la web.

—«William Baxter es socio de Baxter-Lee». Bla, bla, bla, paja y más paja. «Está especializado en marketing y estrategia de marca, y fue nombrado uno de los "nuevos visionarios más prometedores" de 2019 por *Canadian Business*. William es graduado en Bellas Artes por la Universidad Emily Carr y posee un máster en Administración y Dirección de Empresas por la Rotman School of Management».

A Whitney casi se le salen los ojos de las órbitas. Esto era lo que me temía.

—Creo que Will pertenece a la alta sociedad o algo así —dice—. Hay un montón de fotos suyas en fiestas y alfombras rojas.

Vuelve a estudiar la pantalla con la misma determinación que mostraba cuando jugábamos al huésped misterioso.

—Dame eso, anda.

Le quito el teléfono, trato de apagarlo y se lo paso a Cam para que lo guarde, pero mis ojos se quedan pegados a la foto que ocupa la pantalla. Esta también la había visto ya. Will aparece de esmoquin y rodea con el brazo a una mujer con un vestido de noche verde esmeralda. Es guapa hasta decir basta. Tiene el pelo tan oscuro como él, pero a ella le cae hasta debajo de los hombros en suaves ondas de peluquería. Él mira con desconfianza a la cámara; ella sonríe con unos dientes blanquísimos y rectísimos, y con el tipo de labios carnosos y rosados para los que se acuñó la palabra «turgentes».

—Sale en muchas de las fotos —señala Whitney—. Jessica Rashad. En uno de los pies de foto dice que es coleccionista de arte y filántropa. ¿Eso no quiere decir que es rica y punto? —Los ojos se le abren aún más, más brillantes que unos faros antiniebla—. ¡Podemos googlearla a ella!

—Ni de coña. Se te acabó el móvil —le advierto, tratando de actuar como si no me molestara que la ex de Will esté tan buena como la mujer de uno de los hermanos Jonas—. Ya es hora de que los dos dejéis al bebé en mis manos y os larguéis de aquí.

Le tiendo el teléfono a Cam para que lo guarde a buen recaudo y le quito a Owen de los brazos. Mis amigos se miran entre sí con rostro preocupado.

—Estaremos bien, en serio. —Le doy un toquecito a Owen en la nariz y me responde con una sonrisa desdentada. Miro a Whitney enarcando las cejas en un silencioso: «¿Lo ves?»—. Y no tengáis prisa por volver. Tomaos un cóctel. Pedid postre —les digo, aunque sé que no tardarán ni una hora en regresar.

Antes de que, por fin, se despidan, le llenan la cabeza de besos al bebé. Los veo bajar por el porche mientras le sujeto el brazo regordete y lo agito diciéndoles adiós.

Owen no tarda ni quince minutos en empezar a chillar.

He hecho todo lo imaginable. Le he cambiado el pañal sucio. He tratado de darle el biberón. Lo he subido a caballito sobre la rodilla. Le he hecho morisquetas. Le he cantado una versión estupenda de «La granja de Pepito». Pero el niño no deja de llorar. Temo que acabe poniéndose malo. Y estoy sin pantalones, porque me los he puesto perdidos de leche y lo he puesto perdido a él.

—Owen, mi amor. Porfa, porfa, porfa, deja de llorar —le ruego mientras lo paseo por todo el cuarto de estar. Yo también estoy a punto de hacerlo.

No es que sea llorona, pero desde que murió mamá, es como

si alguien me hubiera instalado un grifo que gotea detrás de los párpados.

Algo fundamental cambió entre nosotras cuando le dije que no quería incorporarme al negocio familiar. Me sentí culpable, pero también libre. Ella no podía entender por qué quería vivir cobrando una paga cada mes en Toronto cuando podía volver a casa y ganar un sueldo de verdad. Nos telefoneábamos todos los domingos, pero a menudo nos pasábamos la llamada entera discutiendo. Hace seis años, cuando me convertí en gerente de Filtr, pensé que se había resignado y por fin había entendido que iba a quedarme en la ciudad. Habíamos dejado de discutir. Me visitó y, cuando fuimos a comer, le impresionó la afluencia que tenía nuestro establecimiento insignia.

Cuando Philippe y yo empezamos a salir, noté que no se fiaba. «Parece un poco creído», dijo. La descripción era correcta, pero imaginaba que no era para menos: tenía un negocio de éxito, unos músculos abdominales bien visibles y un apartamento fantástico en una iglesia remodelada. Mamá me advirtió que tuviera cuidado.

Cuando lo pillé con la diseñadora de sombreros, era domingo. Los dos habíamos pasado la tarde en la oficina, revisando unos planos para reformar nuestra tercera cafetería y, aunque me quedaba en su casa con frecuencia, me había dicho que necesitaba los domingos por la tarde para él, para sus «autocuidados». A mí me pareció bien. Yo también tenía mis costumbres: primero iba a hacer la compra y luego llamaba a mamá. Acababa de bajarme del tranvía cuando me di cuenta de que me había olvidado el teléfono. Decir que me sorprendió encontrarme a Philip tirándose a alguien encima de mi escritorio sería quedarme corta. Cuando me llamó mamá, yo seguía en estado de shock y le solté toda la historia; jamás le había contado tantas cosas sobre mi vida amorosa. Se presentó en mi apartamento al día siguiente con una maleta pequeña, que no sabía que tenía, y una hogaza del pan de masa madre de Peter. Se quedó tres noches; solo en las Navidades pasábamos tanto tiempo juntas. No me hizo ninguna pregunta. No me presionó para que le contase si intuía que había estado engañándome. Sospechaba que estaba haciendo tiempo para decirme que volviera a casa, que fuera a trabajar a Brookbanks. Pero tampoco lo hizo. Vimos un montón de series de Netflix y comimos un montón de pan. Cuando me abrazó para despedirse, no quería que se fuera. Y cuando le dije que iba a echarla de menos, noté que algo cambiaba de nuevo, la tensión se había disipado. En ese momento estábamos aún más unidas que antes del distanciamiento.

Murió dos años después.

Tengo la impresión de que la perdí cuando empezábamos a encontrarnos de nuevo. Me duelen los recuerdos de mamá. La forma en que se colaba en mi cuarto y me daba un beso de buenas noches al volver del albergue, creyendo que estaba dormida cuando, en realidad, había estado esperándola. Las frías mañanas de otoño, cuando el ritmo se ralentizaba y me despertaba pronto para que me sentara con ella junto al agua mientras se bebía el café. El modo en que me presentaba como «mi Fern». Sus tortitas. Se empeñaba en prepararlas con suero, aunque nunca había en casa, así que mezclaba zumo de limón con leche. Pero también me duele el futuro que nunca tendremos, la relación que apenas habíamos empezado a afianzar.

Me cansé tanto de llorar —del escozor en los ojos, el moqueo de la nariz, la sensación de que no podría parar jamás— que traté de cortar por completo unas semanas después del funeral. He recaído un par de veces, pero ahora, mientras trato de calmar a un inconsolable bebé de cinco meses, me caigo con todo el equipo.

Con todo el ruido que hace Owen, casi no me entero de que llaman a la puerta. Me callo un instante y lo oigo de nuevo. Whitney y Cam deben de haber decidido regresar antes de lo previsto. La sensación de alivio es tal que no me importa haber fracasado estrepitosamente como canguro.

Pero al abrir la puerta no me encuentro a Whitney y a Cam.

Es Will.

No sabría decir qué es lo que hace que este hombre me nuble el entendimiento: los vaqueros azules y la camiseta gris desvaída, lo altísimo que es, el simple hecho de que esté aquí… Si tuviera que elegir, sería el pelo. Lo lleva más corto que en aquella época, pero al verlo así, sin peinar y descuidado, formando una franja negra sobre la frente, me siento como si volviera a tener veintidós años.

—He venido al sacrificio ritual de infantes. Era a las ocho en punto, ¿verdad? —me pregunta mientras lo miro perpleja y Owen sigue retorciéndose en mi brazo.

Pienso en la imagen que debo de estar dándole: los ojos hinchados y llorosos. El bebé desnudo salvo por el pañal. La nariz moqueando. Sin sujetador ni pantalones, y la camiseta gris de tirantes salpicada de leche materna de mi mejor amiga.

—¿Has oído los llantos? —Trato de poner el mismo tono que si llevase pantalones y no me encontrara en mitad de una debacle espectacular. Agradezco que Will no aparte la mirada de mi cara.

—Diría que los llantos se oyen en Alaska.

—Lo siento. —Alzo la voz por encima de la pirotecnia vocal del bebé—. Ahora cierro las ventanas.

—La verdad es que he venido a ver si puedo echar una mano.

—¿Con el niño? —Por el tono de incredulidad, igual podría haberle preguntado si con el sacrificio ritual.

—Sí, bueno, sé alguna cosa al respecto.

En una situación así, lo más inteligente sería decirle que tengo las cosas bajo control y pedirle con toda la educación que se vaya.

—Entonces ¿puedo entrar?

Pero la realidad es que Owen lleva como mínimo veinte minutos con la rabieta y estoy desesperada. Sostengo la puerta abierta con la cadera.

En cuanto Will entra, sé que he cometido un error. Se queda frente a mí en el recibidor, y hay una gran parte de su cuerpo demasiado cerca del mío. Ha traído consigo su aroma a azúcar tostado y, al inclinarse sobre Owen, veo el roción de pecas que le salpica la zona superior de las mejillas. He imaginado tantas veces finales alternativos al día que pasamos juntos que da hasta vergüenza, pero nada me retrotrae a aquellos momentos como tener a Will Baxter en mi casa. La humillación y el deseo me golpean con igual fuerza.

Will posa la mano en mi codo.

—¿Por qué no me pasas a…? —Se detiene.

—Owen.

Le da un apretón tierno en el piececito.

—¿Por qué no me pasas a Owen y así puedes vestirte? —Levanta la mirada y el brillo pícaro en sus ojos casi hace que me ahogue. Es la primera vez que veo en ellos al Will de entonces—. A menos que tengas algún tipo de regla que obligue a no llevar los pantalones en tu casa.

—Se me derramó la leche —susurro—. Encima de los dos.

—No me chivaré —responde.

Le pongo a Owen en brazos y se lo coloca sobre el hombro con un movimiento ágil.

—El cuarto de estar está a la izquierda —le digo. Yo no voy a guiarlo. Llevo unas bragas en las que se lee LUNES en la parte posterior, bajo un dibujo de Miss Cabezota. Y hoy es miércoles.

En la planta de arriba, me echo agua fría en la cara, agradecida por no llevar maquillaje y no tener rastros de rímel en las mejillas. Me paso un cepillo por el pelo, me aplico desodorante y me pongo un sujetador, una camiseta de tirantes limpia y unos vaqueros cortos. Me miro de arriba abajo en el espejo.

Al bajar me encuentro a Owen en brazos de Will, mirándolo en silencio mientras este le canta. Los observo desde el rellano. Owen lleva un pelele turquesa y me doy cuenta de que Will lo está arrullando con «Closing Time», la canción con que terminaba cada uno de los bailes en la escuela primaria a la que fui. Cuando acaba, se acerca al bebé a la cara y Owen, el muy pillo, va y se ríe.

—El indiscutible poder de Semisonic: funciona igual de bien con las niñas de séptimo que con los bebés —digo mientras camino hacia ellos. Will se da la vuelta y se queda mirando mi ropa.

—¿Qué?

Will niega con la cabeza.

—Besé a Catherine Reyes mientras bailábamos esta canción.

Me rio casi a mi pesar.

—Yo besé a Justin Tremblay. —Le acaricio la cabeza a Owen—. ¿Cómo has logrado aplacar al dragón? Conmigo no había manera de que se calmase. —Al alzar la vista hacia Will, su mirada es tan cálida que doy un paso atrás. Entonces caigo en la cuenta—: Ah, ¿que tienes uno?

—¿Un hijo? Qué va. —Suena asombrado.

—¿No quieres tenerlos?

—No. —Se queda parado—. No lo sé. ¿Y tú?

—Tengo cinco —le suelto con toda seriedad—. Owen es el benjamín.

Mi recompensa es una minúscula sonrisa. Will baja la vista al bebé.

—Te he visto despidiéndote de una pareja que, imagino, serán sus padres.

—Mi mejor amiga, Whitney, y su marido. —Observo a Will por si da muestras de reconocer el nombre, pero no—. Es la primera vez que hago de canguro. Por si no se notaba.

Owen emite un chillido agudo en el momento justo y se mete el puño en la boca.

—¿Has conseguido darle de comer? —pregunta Will, sin dejar de mecer el tronco para tranquilizar al bebé—. Creo que tiene hambre.

—Lo intenté, pero no paraba de llorar. No logré que tomara nada. Podemos probar de nuevo.

Caliento la leche en la cocina y, cuando vuelvo, me encuentro a Will y a Owen acurrucados en el sillón, con un babero de tela alrededor del cuello del bebé. Antes ni se me pasó por la cabeza ponerle uno. Will coge el biberón.

—Ya lo hago yo —dice—. A menos que quieras dárselo tú.

—Todo tuyo —respondo antes de arrellanarme en el sofá.

—Qué hambre tiene —dice Will en cuanto Owen empieza a tomarse la leche tan feliz.

Me quedo contemplándolos fascinada. Will me mira; es imposible que no vea mi asombro, pero no ofrece explicación alguna para su buena mano con los bebés.

Cuando Owen comienza a revolverse, Will se levanta y le da palmaditas suaves en la espada hasta que suelta un eructo huracanado, digno de Homer Simpson, y, acto seguido, se vuelve a acomodar en los brazos de Will.

Acabado el biberón, Will le hace soltar los gases de nuevo, le limpia la barbilla y se lo lleva a la cuna de viaje que está en el rincón, donde lo deposita con ternura. Owen no mete ni un ruido.

—¿Hay alguna otra habitación en la que nos podamos sentar? —me susurra. La pregunta me sorprende, pues esperaba que se marchase—. A menos que prefieras que me vaya.

—Quédate —le digo—. Si se despierta, necesitaré refuerzos.

Lo llevo a la cocina. Las cajas con los diarios de mamá siguen sobre la mesa, justo donde llevan esperando, cerradas, desde que Peter me las trajo. Saco una botella de vino blanco del frigorífico y se la muestro con ademán interrogante. Will asiente y apunta con el dedo hacia las *Preguntas frecuentes* que me ha preparado Whitney, que están en la mesa.

—¿Qué es esto?

—¿La prueba de que mi amiga no se fía de mí en lo que respecta a su hijo? —Le sirvo una copa—. A saber por qué será.

—«Las nanas favoritas de Owen son "Edelweiss" y "What a Wonderful World"» —lee Will antes de lanzarme una mirada—. Esto es de nivel avanzado.

—Estoy convencida de que los médicos le hicieron un trasplante de personalidad a Whitney cuando dio a luz.

A medida que Will va estudiando la hoja, las arrugas de su frente se vuelven más profundas.

—La paternidad te puede dejar bien jodido de la cabeza.

Una afirmación un tanto contundente, viniendo de alguien que dice no ser padre.

—Me gusta —afirma mientras atravesamos el solárium que mamá usaba como oficina. No me agrada entrar en él, pero es la única forma de salir al jardín trasero—. Es muy moderno —dice cuando abro la puerta corredera de cristal que comunica con la terraza.

—Sí —respondo en un hilo de voz—, esta parte está remodelada.

Nuestras miradas se cruzan y veo cómo Will une los puntos. No quiero pensar en aquella noche ni en el trabajo extra que tuve que hacer para contribuir a los costes de la reparación.

Un destello de reconocimiento asoma en los ojos de Will, pero lo único que dice es: «Ah». Le indico que salga con un gesto de la cabeza.

La terraza da a la espesura, por lo que no hay vistas al lago, pero siempre me ha gustado la sensación de intimidad que produce, ya que no se ve ninguna de las cabañas de huéspedes. Dejo la puerta abierta para poder oír a Owen y me acomodo en una de las sillas.

—Parece que te manejas de maravilla con los pañales —digo—. ¿Seguro que no tienes un bebé en casa?

Will se queda petrificado con la copa a medio camino de la boca. Se queda mirando el vino antes de dejarlo con lentitud sobre la mesa.

—Tengo una sobrina, la hija de mi hermana —responde al cabo de un segundo. Suena cortante, como si le costara compartir la información.

—¿La tuvo hace poco?

—No.

Will, con la mandíbula tensa, baja la vista al vino. Casi puedo ver el muro que acaba de levantar entre nosotros.

Quiero sacudirlo. Quiero gritarle: «¿Quién eres y qué has hecho con mi Will?». Quiero afilarme las garras y derribar cada ladrillo de ese muro.

—¿Podrías darme un poco más de información?

Will bebe un trago antes de mirarme a los ojos.

—Mi hermana era joven cuando se quedó embarazada. Yo le eché una mano.

—¿Un tío orgulloso?

—Más o menos.

—No sé cómo mamá pudo con todo ella sola. —Es una idea que se me acaba de pasar por la cabeza y que, en realidad, no tenía intención de compartir en voz alta.

—Las madres solas son superhumanas —señala Will—. La tuya parecía una mujer muy decidida.

—Era una fuerza de la naturaleza.

Los dos nos quedamos callados. Will se recuesta en el respaldo y estira las piernas, con la mirada perdida entre los árboles.

—Es bonito esto —dice—. Todo el lugar es fantástico, pero aquí reina la calma.

—Sí. Cuando era pequeña salía mucho a la terraza. Y también bajaba al muelle familiar.

—¿Para esconderte de todos los huéspedes?

—Algo así —respondo, sin dejar de mirar la espesura.

—Debes de plantearte venderlo.

—¿«Debo»?

—No estabas interesada en llevar un resort, así que entiendo que te lo estarás planteando.

Inspiro hondo y exhalo con lentitud.

—No lo descarto.

—No es una decisión fácil de tomar.

—No, no lo es. Me resulta imposible.

Will me mira fijamente.

—¿Jamie tiene algo que ver con ello?

Ahora mismo no me apetece tocar ese tema.

—Supongo que no tiene mucho sentido trabajar con un consultor si voy a deshacerme de la propiedad, ¿no?

Will ladea la cabeza.

—¿Hasta qué punto vas en serio con lo de venderla?

Tomo un sorbo.

—La pregunta del millón.

—No es que quiera presionarte.

—Aunque sí que necesitas saber si quiero trabajar contigo.

—Cierto. —Cruza un tobillo sobre el otro—. Pero no te lo estoy preguntando como posible consultor, sino como tu... —El resto de la frase se pierde.

Enarco las cejas, esperando a ver cómo la acaba. No hay etiqueta que describa lo que Will es para mí.

—Yo solo te lo pregunto —concluye. Pero me clava una mirada dura—. Y supongo que me sorprende que te lo plantees siquiera. Que no vendas y punto.

—¿Por lo del plan? —respondo con voz ronca. Hace años que no miro la lista que confeccionamos Will y yo. Si cierro los ojos, aún veo su letra: «Plan anual de Fern». Tengo memorizados los cuatro puntos.

—Porque no querías acabar aquí.

Los dedos me hormiguean por las ganas de rascarme.

—Desde hace mucho tiempo, mi plan es abrir una cafetería en la ciudad.

—Sin un mural de Toronto en la pared, supongo. —A Will le tiembla el labio—. Demasiado básico para ti.

Siento un cosquilleo placentero.

—Puede que te dejara pintar un helecho en la pared. Pero pequeñito.

—Es que solo los hago así —responde—. Me gustan mucho los helechos pequeñitos.

Me quedo inmóvil, aunque bajo la piel soy una brasa. Con ese «helechos» parecía referirse más bien a mí, Fern. Nos quedamos mirándonos un minuto entero. O puede que sean cinco segundos. En cualquier caso, es un peligro.

—¿Todavía haces murales? Por afición, digo.

—No —me responde de inmediato en voz baja, y su mirada se pierde en la oscuridad—. Llevo un montón de tiempo sin agarrar un pincel.

—¿Y un lápiz?

Niega con la cabeza.

—Pues deberías. Es una lástima desperdiciar un talento como el tuyo.

Sus ojos se vuelven disparados hacia los míos.

—Cuidado —me advierte—. Que eso ha sonado a halago.

—No lo era. Solo señalaba que estás desperdiciando un don.

Una especie de gruñido le brota del fondo de la garganta. Es como si me acariciara la espalda.

—Da igual —digo, retomando el tema inicial—. Brookbanks era la vida entera para mi madre, así que no es fácil decirle adiós. No tengo ni idea de qué hacer.

Will suelta la copa con sus ojos fijos en mí, y se pone a darle vueltas al anillo. Me quedo mirándole las manos y retrocedo en el tiempo. Casi puedo notar su meñique enlazado con el mío.

—Si de verdad no lo sabes, podemos trabajar con dos supuestos: en uno, vendes; en el otro, decides quedarte el resort y dirigirlo.

—Suena a mucho más trabajo para ti.

—Contemplar las dos opciones podría ayudarte a tomar la decisión.

Niego con la cabeza.

—No estás segura de querer trabajar conmigo, ¿verdad? —me pregunta—. Soy bueno en lo mío, pero esa no es la cuestión, ¿no?

La pregunta me toca una fibra que no quiero irritar.

No puedo aferrarme tanto al dolor como para no ser capaz de hacer lo mejor para el resort. Soy una buena gestora, pero nunca he levantado un negocio que tenga dificultades. Puede que con tiempo lo consiguiera, pero Brookbanks precisa ayuda urgente.

—La verdad es que estaba pensando en aceptar que me eches una mano.

La sonrisa que se apodera del rostro de Will podría guiar a un barco hasta puerto. Parece diez años más joven. Se parece al Will que recuerdo.

—¿Molestamos? —Whitney asoma la cabeza por la puerta trasera.

—¡Hola! —Me levanto de un salto—. Habéis vuelto. ¿Qué tal?

—Genial —responde con la mirada fija en Will, quien también se pone en pie—. Pero eso da igual. —Acompaña sus palabras con un gesto de muñeca. Whitney es de las que se emociona enseguida y, cuando está a punto de lanzarse, los ojos se le agrandan y chasquea los labios como si le costara contenerse. Yo lo llamo su cara de mala malísima. Y ahora mismo la lleva puesta—. Veo que has roto tu descanso de hombres.

Lanzo una mirada a Will, cuyas cejas enarcadas están unos dos centímetros por encima de su lugar habitual.

—¿Un descanso?

Antes de que pueda confirmarlo, negarlo o caer muerta de la vergüenza, Cam sale a la terraza.

—Owen está como un tronco —anuncia, pero nadie le hace ni caso porque Whitney ha alargado la mano como si fuera un resorte.

—Tú debes de ser Will. Es un placer conocerte.

Él se la estrecha, visiblemente perplejo.

—Te hemos buscado antes en Google —añade Whitney. Traidora.

A Will se le abren los ojos al oírlo y, en la mirada vanidosa que me dirige, vislumbro una vez más al Will más joven.

—Solo queríamos comprobar tus credenciales —tercia Cam al tiempo que le tiende la mano—. Soy Camden, y esta lianta es mi mujer, Whitney.

—Encantado de conoceros —responde Will—. A Owen lo he conocido antes. Es un niño precioso.

—No sabíamos que Fern iba a traer un chico a casa esta noche —dice Whitney—. No estoy segura de haber dejado dinero suficiente para una pizza para dos. —Aunque está bromeando, la pregunta subyacente está clara: «¿Qué estás haciendo aquí exactamente, Will Baxter?».

Cuando voy a explicar que Will ha estado echándome una mano con el bebé, se me adelanta.

—Vi a Fern y a Owen despidiéndose de vosotros y pasé por la casa para conocer al chiquitajo. Nos liamos a hablar y... —Will señala el vino y el porche—. Hace una noche estupenda.

—¿Queréis una copa? —les pregunto.

Whitney nos mira al uno y al otro con una expresión de evidente agonía. Ya sé qué anda calculando: si se queda y le hace la ficha a Will o si nos deja para que sigamos con lo que sea que han interrumpido. Una elección dificilísima.

—Nos encantaría, pero tenemos que llevar a Owen a casa —responde. Suena tan decepcionada que es hasta gracioso.

Will se queda en la parte trasera mientras salgo a despedirlos. Whitney lleva al bebé dormido en brazos y Cam carga con el bolso de los pañales y la cuna de viaje.

—Whitney parece maja —me dice Will en cuanto vuelvo a la terraza.

—Está como una regadera.

—Yo también debería irme ya. —Estoy a punto de decirle que se quede y se tome otra copa—. Gracias por el vino.

—Te debo una botella entera solo por tu ayuda esta noche. No sé qué habría hecho si no llegas a aparecer.

—Cuando quieras. —Se queda parado y examina mi rostro como si fuera una linterna—. Antes hablabas en serio, ¿no? Con lo de trabajar juntos.

—Sí. —Aunque la idea de pasar más tiempo con Will me provoca cierto mareo—. La semana que viene he quedado con una agente inmobiliaria. ¿Podrías venir?

—Claro —responde—. Pero ¿podríamos vernos nosotros dos primero? Hay muchos puntos que hay que tratar. Mañana sería perfecto, si tienes tiempo…

Quedamos en vernos por la tarde y lo acompaño a la puerta delantera, que le sujeto para que salga.

—Buenas noches, Fern —se despide—. Espero que duermas bien.

Cuando Will se ha marchado, me quedo de pie en la cocina, delante de la pila de cajas de zapatos. Pienso en Will y en el pasado, y en cómo las cosas se ven distintas después de tanto tiempo. Luego me llevo las cajas a mi habitación. Los muelles de la cama chirrían cuando las dejo encima.

Hay más de una docena de diarios; empiezan cuando mamá tenía ocho años y acaban cuando nací yo. Los leí todos el verano en que cumplí los diecisiete años, pero nunca acabé el último. Antes de encararme con ella, llegué hasta el momento en que mamá descubría que estaba embarazada.

Aguanto la respiración cuando lo encuentro. La tela de la cubierta tiene un estampado alegre de girasoles y solo están escritas la mitad de las páginas. La letra de mi madre me resulta muy familiar, con su inclinación a la derecha y las astas alargadas de sus íes griegas, sus jotas, sus ges y sus efes. La primera entrada tiene fecha del 6 de mayo de 1990. Mamá tendría entonces veintidós años; fue justo después de graduarse en la Universidad de Ottawa.

«¡Ciento veintisiete noches antes de marcharme a Europa!», escribe al principio de la página. Muchas de las entradas comienzan así, con la cuenta atrás para su gran viaje.

> *Peter me ha traído un calendario y me ha dicho que tengo que empezar a tachar los días hasta que me vaya. Solo llevo en casa una semana, pero creo que ya está harto de oírme hablar del viaje. Así que, ahora, cada mañana entro en el obrador y pongo una equis en la fecha.*
>
> *¿He mencionado que la música que pone Peter es aún más deprimente que la compilación que me mandó el invierno pasado? ¡Pobre de su personal! Mañana, en cuanto no mire, voy a colar una cinta de Anne Murray en el estéreo.*

Sonrío para mí: Peter aún conserva ese viejo radiocasete. Echo un vistazo al diario en busca de su nombre. Aparece un montón de veces.

Esta noche, después de prepararme para irme a la cama, me acurruco con el diario y suelto una carcajada por la descripción que mamá ha hecho de los Rose y de los abuelos.

> *Es el último día del puente y por fin se empieza a notar el verano. Muchos de los habituales llegaron ayer. Los Rose han traído una caja entera de ginebras. Casi todos los trabajadores temporales han empezado ya (el nuevo socorrista es el más guapo de calle) y las cabañas para el personal están llenas. Esta noche lanzarán fuegos artificiales desde los muelles. Debo tener cuidado con papá. El último Día de la Reina Victoria se pasó con los martinis de los Rose y casi se queda sin nariz al encender una candela romana.*

Mamá escribe acerca de lo mucho que quiere implicarse en el negocio de «forma significativa». Menciona que Peter fue a visitarla a la universidad en Ottawa un par de veces por su cumpleaños. No pasó nada entre ellos, pero para mí ahora es evidente que los sentimientos iban más allá de una mera amistad.

Cuando me empiezan a pesar los ojos, dejo el diario y apago la luz. Mi mente vaga hasta llegar a Will, repaso nuestra noche juntos y no dejo de pensar en la sonrisa que le iluminó el rostro cuando le dije que quería que trabajáramos juntos.

Por segunda vez en mi vida, Will Baxter me va a ayudar a trazar un plan.

10

14 de junio, diez años antes

—Tengo algo que confesarte —le advertí cuando llegamos al final del callejón.

Will se había detenido un par de veces para señalar un grafiti que le parecía «sincero», «vívido» o «brutal», pero sobre todo charlamos y paseamos. Me habló de *Compañeros de piso*, su cómic sobre «vivir en la miseria con otros tres tíos en un apartamento de dos habitaciones», y de que los murales habían empezado como un pasatiempo, pero que enseguida se había dado cuenta de que tenía demanda suficiente como para pagarse el alquiler con ellos. Mientras me lo contaba, traté de no quedarme embobada mirándole el tatuaje o las manos o la curva del hombro durante una cantidad de tiempo indecente.

—La verdad es que no estaba prestando atención al arte —le dije, fingiendo un susurro exagerado.

—Yo también tengo algo que confesarte —respondió con voz seria. Cuando se inclinó hacia mi oído, el calor de su aliento en el cuello me erizó la piel de los brazos—. Me muero de hambre.

—¿Quieres irte? —Sonreí para mostrar que el cambio de planes no me decepcionaría para nada.

—La verdad es que estaba pensando que podíamos pillar algo antes de nuestra próxima parada. Es decir, a menos que tengas cosas que hacer.

—Mi plan para hoy era caminar —respondí—. Y echar el rato en el piso. Así que soy toda tuya. —Apreté los ojos por la desafortunada elección de palabras.

La sonrisa de Will se ensanchó.

—Perfecto. —Se sacó el teléfono del bolsillo—. ¿Te importa si llamo a mi hermana? Anoche tuvo una pelea gorda con mi padre. Creo que debería ver cómo está.

—Claro que no. Yo me… —Señalé a mis espaldas con el pulgar.

Me indicó con un gesto que no hacía falta que me alejara al tiempo que se llevaba el móvil a la oreja.

—Eh, Bells —dijo, sin dejar de observarme. Yo paseé la mirada a mi alrededor mientras escuchaba cómo le preguntaba qué tal se encontraba, dónde estaba y si iba a volver a casa aquella noche. La respuesta a la última pregunta se oyó con claridad: un enfático «no»—. Se lo he dicho, créeme —afirmó Will al cabo de unos segundos, frotándose la frente con el talón de la mano—. Estuvimos hablándolo después de que te fueras. Pasé la noche donde Matty. Pero nuestro desayuno de mañana sigue en pie, ¿verdad? —preguntó tras un minuto.

Una vez concretados el lugar y la hora con su hermana, Will se rio y me miró a los ojos.

—Se llama Fern.

Achiqué los míos en cuanto volvió a guardarse el móvil en los vaqueros.

—¿Le has hablado a tu hermana de mí?

—Ajá. Me ha dicho que te diga que la visita guiada a Toronto con Annabel Baxter es un noventa y nueve por ciento menos pretenciosa.

—¿Está comprobado?

—Por lo visto…

—¿Está bien?

—Lo estará. Todavía no se le ha pasado. Mi padre se pasó tres pueblos, pero a ella se le fue la olla del todo y la cosa acabó fatal. Aún peor que de costumbre. Tengo la impresión de que ha pasado algo…

Le toqué el brazo.

—Escucha, Bellas Artes. Sé que el tour es cosa tuya, pero esta también es mi ciudad, así que la comida la elijo yo.

Estábamos cerca de un garito conocido por sus bocadillos vietnamitas que había abierto hacía un par de años, y me sorprendió que Will no hubiera oído hablar de él. Al abrir la puerta, nos recibió una ráfaga de aire acondicionado y música a todo volumen. Ya había pasado la hora punta del almuerzo, por lo que en la fila que normalmente se extendía hacia la calle solo había tres personas. Comprobé que Will no fuera vegetariano (supuse que existía la posibilidad de que lo fuera) y que comía cerdo antes de mandarlo a coger mesa.

Pedí dos tipos de bocadillo de cerdo *banh mi* (de panceta y de carne deshilachada) y un cartón gigante con patatas con kimchi, cubiertas de mayonesa y cebolleta con más cerdo deshilachado, además de un par de exóticos refrescos de limón.

—Está buenísimo —dijo Will tras darle el primer mordisco a su bocadillo.

Comimos con fruición en silencio hasta que Will dejó el refresco sobre la mesa.

—Te oí antes hablar por teléfono. ¿Quién es Whitney?

Vacilé.

—¿Prefieres que finja que no oí nada? —Will se chupó un poco de mayonesa del pulgar y me quedé callada un instante.

—Tal vez… —respondí mientras se limpiaba las manos con una servilleta.

No sabría decir por qué me sentía tan cómoda con Will, pero sabía que no era por la hierba. Necesitaba hablar con alguien, me asfixiaba el peso del secretismo, pero tampoco quería soltarle lo de Whitney en medio de un restaurante abarrotado.

—¿Proseguimos con la visita guiada?

Salimos a la acera y Will sacó de la mochila la latita de caramelos de limón y me la tendió. Esta vez cogí uno.

Íbamos chupándolos mientras Will me conducía por Chinatown hasta nuestro siguiente destino. No paraba de colocarse en el lado que daba a la calzada.

—No tienes por qué hacer eso —le advertí—. Resulta raro.

—Es de buena educación —respondió.

—En 1954. —Lo agarré del brazo y tiré de él para que quedara del lado de dentro de la acera—. Whitney es mi mejor amiga —dije al cabo de un rato—, desde que estábamos en quinto.

Entonces le conté cómo nos conocimos, que le había pegado a Cam un puñetazo en el estómago por lanzar el rumor de que

Whitney se metía relleno en el sujetador. Will sonrió de oreja a oreja al oír que Cam, que me doblaba en tamaño, se encogió con lágrimas en los ojos, que Peter tuvo que ir a buscarme al colegio y que le dijo al subdirector que Cam había tenido su merecido y que no iba a disculparme con él.

—Ahora están saliendo —le conté a Will.

—¡No! —El sonido de su carcajada descendió por mi garganta como sirope de chocolate.

—Llevan juntos desde el décimo grado. Resultó que Cam estaba coladísimo por ella. En fin, que es mi mejor amiga desde entonces. Yo soy hija única, pero Whitney es como mi hermana. —Esquivamos un perchero dispuesto en la acera con camisetas a diez dólares—. Ha estado aquí unos días de visita, pero toda la estancia ha sido un poco rara.

—No insultarías su arte, ¿no?

Solté una risotada divertida, pero de inmediato ahogué un grito cuando un mensajero en bicicleta me dio un golpe en la bolsa de tela al pasar como una exhalación. Will me pasó el brazo por la cintura y me arrimó a él.

—¿Estás bien?

Me quedé mirando su mano alrededor de mi cintura y él la apartó rápidamente, mientras el sonrojo se le extendía por el cuello hasta las mejillas como la granadina en un cóctel Shirley Temple.

—Entiendo entonces que no llamaste básica a Whitney, así que ¿por qué fue rara la visita? —me preguntó una vez que echamos a andar de nuevo, lo bastante lento como para que la gente nos adelantara.

—Creo que yo quería un imposible —respondí—. Pensé que podía hacer que se enamorase de Toronto, pero eso nunca sucederá.

—¿Qué más da? Pronto tú también dejarás de ser una urbanita.

Eché la cabeza hacia atrás de golpe.

—Yo siempre seré una urbanita. No se trata de ser una cosa o la otra: de campo o de ciudad.

—Vale, ahí tienes razón. —Will levantó las manos—. Pero ¿por qué te importa tanto que a Whitney le guste Toronto?

Me rasqué el interior de la muñeca.

—Supongo que imaginé que si veía la ciudad con mis ojos, tal vez entendería...

Will me miró antes de bajar la vista a mi muñeca.

—Es una reacción provocada por el estrés —expliqué, cerrando los dedos. Arrancarme la propia piel era una costumbre repugnante, pero no pareció que a Will le diera asco.

Me apartó hacia el lateral de un edificio imponente. Tenía la vaga sensación de que un montón de personas se movían a mi alrededor, pero solo podía mirar a Will, parado delante de mí, observándome y esperando.

—¿Que entendería el qué, Fern?

No quería contarle a Will toda la historia, que era horrible, pero sí que podía contarle una parte. Solté aire.

—No quiero volver a casa. Todavía no se lo he contado a nadie, pero no quiero trabajar en el resort de la familia. Todo el mundo espera que algún día me haga cargo de él, pero no quiero hacerlo. Yo ni siquiera quería estudiar Administración y Dirección de Empresas; fue idea de mi madre.

Will me escuchó en silencio. Esperaba que su expresión cambiara cuando empezase a juzgarme, pero no lo hizo, así que proseguí.

—Creo que pensaba que, si Whitney entendía por qué me encantaba vivir aquí, tal vez le podría contar todo lo demás. Pero detesta Toronto. No entendería por qué quiero quedarme. Así que de alguna manera le he estado mintiendo, a ella y a los demás.

—¿No ha sido duro guardarte todo dentro? —Will me clavaba la mirada como si buscase algo en mi cara.

Asentí.

—Crees que soy patética, ¿verdad?

—No. —Nos quedamos mirando a los ojos fijamente y, por un momento, pensé que diría algo más. Por un segundo creí que me besaría. Pero entonces volvió la vista y anunció—: Hemos llegado.

—¿La AGO? ¿En serio? —pregunté con la mirada fija en el edificio al lado del cual nos habíamos detenido: la Art Gallery of Ontario. Me sentía más ligera tras la confesión que acababa de hacerle—. Es un poco…

—No lo digas —me interrumpió—. Ya oigo lo que se cuece dentro de tu cabeza. Eres más transparente que una ventana.

Alcé la voz.

—Es un poco *básico*, ¿no crees?

Su risa sonó cristalina, alegre, explosiva como un globo al pincharle un alfiler. Un acorde perfecto que reverberó por todo mi cuerpo.

—Es uno de mis lugares favoritos de toda la ciudad. La renovaron hace unos años. Frank Gehry se encargó del diseño; es una obra maestra de la arquitectura, por fuera y por dentro. —Will agitaba las manos al hablar, imitando la curva de su fachada de cristal, que ascendía por encima de la calle y se extendía a lo largo del edificio—. Y luego están las obras, por supuesto.

—Por supuesto. —Apreté los labios para no reírme.

—Y ahora ¿qué pasa?

—Solo estaba pensando que debería ver si tu hermana está libre. Quizá pueda unirme a su visita guiada.

—Anda ya. Hay una exposición que estoy seguro de que te gustará.

—¿En serio? —La mayoría de las asignaturas que había cursado tenían que ver con mi especialidad: Derecho Mercantil, Cálculo, Teoría de Juegos…; pero todas las de libre elección estaban relacionadas con la música: Música y Cine, La Guitarra en el Mundo, Historia de la Música en las Ciudades. No podía imaginar qué arte creería Will que me gustaba… Ni yo sabía qué arte creía que me gustaba. Pero entonces vi por el rabillo del ojo un cartel enorme colgando en el escaparate.

—¿Patti Smith? —Miré a Will con perplejidad.

—Hay una exhibición temporal de su fotografía. He pensado que podría interesarte.

—Y tanto que podría interesarme.

Pagamos las entradas y fuimos derechos a la exposición de Patti. Yo me esperaba unas imágenes enormes llenas de polvo y suciedad. Me esperaba algo punk, pero el estilo era contenido, austero. Las paredes estaban pintadas de blanco y las fotos eran pequeñas Polaroid en blanco y negro de objetos inanimados: un querubín de piedra, la tumba de Walt Whitman, la celda de un papa, un tenedor y una cuchara. Un montón de objetos personales de Patti expuestos en una vitrina.

—No es muy rock and roll, ¿no? —le susurré a Will una vez que acabamos.

—No sé. La muerte es un tema recurrente en su obra —respondió, señalando con un gesto hacia la foto de una flor mustia—. ¿Qué? Estás poniendo cara rara.

—Nada —siseé—. «La muerte es un tema recurrente». Sigue. —Me gustaba oír a Will hablar de arte.

—Como te decía, hay una importante presencia de la muerte. La muerte es muy rock and roll.

Me incliné hacia él.

—¿Pensarás que soy imbécil si te digo que prefiero su música?

Will se rio y el sonido me recorrió la columna vertebral como un latigazo. Un hombre con una riñonera en la cintura y una cámara réflex digital colgada al cuello nos lanzó una mirada.

—Ese sí que no es muy rock and roll —me dijo Will al oído.

—Te equivocas —repliqué, apuntando hacia los pies del hombre. Llevaba unos calcetines estampados con hojas de cannabis—. Pero es una exposición de Patti Smith. Es absurdo que no podamos reírnos o hablar a un volumen normal.

—Claro que podemos —respondió Will a su volumen habitual, por lo que el hombre volvió a fruncir el ceño—. Pero ¿quieres que sigamos?

—Claro. Tú ya has venido más veces, ¿verdad? ¿Tienes alguna obra favorita?

—No tengo una obra favorita, pero sí una zona favorita.

Will me condujo hasta un enorme atrio de madera y cristal que se extendía a lo largo de todo el edificio. Era la Galleria Italia. Sus grandes ventanales, que iban desde el suelo hasta el techo, tenían unas magníficas vistas a la ciudad y proporcionaban una gran luminosidad. Con sus gigantescos arcos de madera laminada, daba la impresión de que estuviéramos en el casco de un barco, puesto boca abajo. Una serie de enormes esculturas a partir de troncos de árboles surgían por la estancia y, conforme la recorríamos, decidí que la sensación no era como estar en un barco del revés.

—Es como estar en el bosque —le dije a Will. Aunque se podía ver claramente Toronto al otro lado de los ventanales, ese espacio me recordó a casa. Tenía las dos cosas: la ciudad y el campo—. ¿Esta es tu zona favorita?

—Sí. Me gusta que el espacio sea tan abrumador que te haga sentir insignificante y vivo al mismo tiempo. Básicamente te obliga a respirar hondo. Es justo como me siento cuando miro hacia las montañas en el oeste.

Pensé que era lo más bonito que había oído nunca.

—¿En serio?

—Sí, ¿por? —Se frotó la nuca, que se le estaba poniendo colorada.

—Por nada.

Una vez que dejamos la galería, nos adentramos en la colección permanente de arte canadiense.

—Ahí está tu chica —dije, apuntando hacia los cuadros expuestos de Emily Carr. Will me miró, impresionado—. Oye, puede que no haya estudiado artes plásticas, pero reconozco su obra. —Nos acercamos a uno de sus colosales perennifolios—. Alguien me dijo una vez que Emily Carr pintaba mogollón de árboles solitarios.

—Seguro que algún pedante de Bellas Artes.

Reconocí vagamente unas cuantas piezas en la zona del Grupo de los Siete. Constituían algunos de los cuadros más famosos de paisajes de Canadá, todos ellos obra de siete pintores. Lagos de punta a punta del lienzo, nieve y montañas, y árboles, infinitos árboles. Otros, sin embargo, me resultaban familiares porque me recordaban a casa.

—Imagino que a Emily no la dejarían entrar en el grupo —dije.

—Desde luego que no —respondió Will—. Emily pintó su obra en la misma época y Lawren Harris incluso le dijo que era uno de ellos. —Señaló con un ademán una de las cumbres heladas de Harris —. Pero la verdad es que no lo era. Ninguna mujer perteneció al grupo.

Me quedé callada mientras deambulábamos entre los cuadros. Había un óleo de un lago durante uno de los últimos días del invierno: cielo gris, árboles desnudos, nieve deshaciéndose en charcos marrones. Casi se olía la pinaza húmeda, la promesa de la tierra enfangada y las yemas formándose en las ramas. Alcé los ojos a las lámparas y, con un nudo en la garganta, parpadeé.

Me di cuenta de que Will me miraba. Llevaba haciéndolo desde que habíamos entrado en la AGO. Me recordó a la actitud de Whitney durante su visita. Estaba intentando averiguar lo que pensaba.

Llegamos ante un Tom Thomson: un lago de un azul tormentoso al fondo, con una orilla pedregosa y árboles jóvenes en primer plano. Era como estar delante del muelle de mi familia. En ese cuadro, los árboles también estaban desnudos, pero no era invierno. Era finales de otoño o principios de primavera: temporada media, cuando el resort no tenía tanta actividad. Cuando mamá y yo íbamos a bañarnos por la mañana y ella se bebía el café sin prisa. Cuando volvía a casa pronto por la tarde. Cuando la vida no parecía girar por completo en torno a Brookbanks y los huéspedes.

Me empezó a picar la nariz. Volví a alzar la vista a las lámparas, pero se me escapó una lágrima, y luego otra.

Will se situó a mi lado.

—¿Estás bien?

Asentí. Tardé un poco en responder.

—Aquello es precioso, ¿sabes?

—Me gustaría conocerlo.

—A veces lo echo de menos. —Echaba de menos a mi madre, muchísimo. Cuanto mayor me hacía, más parecía añorarla.

—Suenas sorprendida.

—Supongo que lo estoy. —Entonces lo miré; él le dio la espalda al cuadro—. Lo siento. La hierba a veces me pone… blanda.

—No pasa nada por ponerse blanda.

Inspiré de forma entrecortada.

—No lo tengo tan claro.

—¿Sabías… —dijo Will al cabo de un momento— que Tom Thomson no formó parte del Grupo de los Siete? Murió en Algonquin Park justo antes de que lo fundaran. Hay quien dice que fue asesinado. Muy misterioso todo.

Sorbí por la nariz.

—Creo que eso sí que lo sabía.

Will se me acercó más.

—¿Sabías que los árboles eran un tema recurrente en la obra de Thomson?

Se me escapó una carcajada.

—Lo aprendí en Bellas Artes —añadió.

Alcé la vista hacia él y me limpié las lágrimas.

—Ay, perdona. ¿Dices que has estudiado Bellas Artes?

—Pues sí. —Sonrió—. ¿Puede que lo haya mencionado en algún momento?

—Emily Carr, ¿no?

—Emily Carr —repitió—. Venga. Salgamos de aquí. Creo que sé lo que necesitas.

2 de junio de 1990

He pasado la mañana en el obrador con Peter, rellenando profi-
teroles y contándole las mejoras que voy a introducir si mamá y
papá me dejan tomar las riendas como directora. Me preocupaba
que las cosas fueran distintas cuando regresase este verano, que
Peter no tuviera tiempo para mí ahora que es jefe de repostería.
Supongo que siempre me ha preocupado que se harte de mí. Pero
sigue siendo el mismo, solo que este verano anda experimentan-
do con tipos de masa madre y tiene el control de la música que se
escucha en la cocina. Si no vuelvo a escuchar a Sonic Youth en la
vida, por mí, perfecto. Además se está dejando barba, por lo que
está aún más guapo; aunque tampoco es que esas cosas le preocu-
pen. Y tampoco es que me preocupen a mí. Hace años que supe-
ré mi amor platónico por Peter: él nunca me verá de ese modo.

Eric no le cae bien, pero es que a Peter nunca le caen bien los
socorristas. Dice que tanto sol debe de haberle frito las neuronas.
Pero da igual, Peter no sería Peter si aceptase a los tíos con los
que salgo. En cualquier caso, sé que Eric es inteligente: los títulos
de ingeniería no los regalan. Y en bañador está que te mueres.

11

En la actualidad

Deslizo el kayak por el borde del muelle familiar hasta introducirlo en el agua y me subo como hago cada mañana antes de ir a trabajar al albergue. Es un kayak de aguas tranquilas, sin cubrebañeras ni nada que me tape, y mientras remo rumbo al sur, me observo la piel dorada de las espinillas. No había estado tan bronceada desde que era una adolescente.

Hace un día gris y el lago está casi desierto. Al pasar por delante del chalet de los Pringle, levanto la pala en el aire para saludar a la madre de Jamie, que está sobre el muelle. Hay una pequeña excavadora trabajando en la pendiente de la finca de al lado, perturbando el silencio mientras retira piedras para hacer sitio a la casa de los sueños de Jamie. Así se lo imaginaba cuando salíamos juntos: los dos viviendo allí y trabajando en el resort. El lago Smoke siempre ha sido su lugar preferido.

Este verano se diría que también es el mío. Remar después del café se ha convertido en un ritual. Algunos días inspecciono una zona pantanosa, cubierta de juncos, en la que una garza azul se ha construido el nido en un árbol. Siempre miro con la esperanza de descubrir algún alce —alguna vez se han divisado por estos lares—, pero nunca veo nada. Otros días me quedo cerca de la orilla, cotilleo los chalets y saludo a todo el que ya esté despierto y en su muelle. Estas pequeñas excursiones me permiten olvidarme un rato de todo lo que está sucediendo en Brookbanks y de Will, aunque a él nunca consigo quitármelo de la cabeza del todo.

Hace una semana que acordamos trabajar juntos, y ya hemos

encontrado nuestro ritmo. Dividimos las jornadas en dos: las mañanas las paso en el albergue mientras Will trabaja en su cabaña. Después del mediodía nos reunimos en casa. Noto cuando ha tenido una videoconferencia, porque aparece con camisa blanca de vestir, y cuando ha tenido una agenda más tranquila, porque se viene a casa en cuanto me ve subir por el sendero. Hoy es distinto. Hoy vamos a enseñarle la propiedad a una agente inmobiliaria.

Encuentro a Will en el vestíbulo y, por un momento, lo observo en la distancia, sorprendida una vez más por lo familiar que ya me resulta verlo aquí. Está examinando una serie de fotografías que representan a las tres generaciones de Brookbanks y las décadas anteriores.

Hay una de Clark Gable durante su famosa estancia en los años cuarenta, y otra clásica de mis abuelos cuando compraron el resort. La abuela Izzy lleva un vestido teñido con nudos, y el abuelo Gerry, un chaleco con flecos y una barba descomunal. Nadie habría dicho que venía de familia rica, aunque ¿cómo si no iban a comprar un resort tan grande y algo decadente unos soñadores veinteañeros? Para ellos era poco más que una aventura.

Hay más fotos, claro. Mi madre cuando era una bebé de cabello algodonoso, jugando con un cubo de metal en la orilla. Mamá y yo con vestidos de cuadros escoceses a juego, delante de un gigantesco pino albar cubierto de espumillón en el vestíbulo.

La foto que está mirando Will es del baile de fin de verano. Debo de tener cinco años y llevo un vestido blanco de volantitos con un lazo de satén azul claro a la cintura. Voy de la mano de mamá, a quien miro con veneración. Ella lleva un vestido de cóctel azul del mismo tono que mi lazo. Estamos en el centro de la pista de baile del comedor; el fotógrafo nos ha pillado en una especie de vals absurdo. Me encantaba bailar con ella; disfrutaba de ese momento de atención absoluta. Era algo poco común, incluso a tan tierna edad.

—¿Debería ofenderme por el hecho de que la agente inmobiliaria merezca un trato mejor que yo? —le digo. Will siempre va perfectamente afeitado y bien vestido, pero no es habitual que aparezca con chaqueta y corbata.

Se mira el traje.

—¿Es demasiado? Tenía el mono en la lavadora.

Trabajar al lado de Will exige no pensar en el pasado. No ha habido más alusiones a lo «básico» ni menciones de helechos que parecen referirse a mí. No hablamos de aquel día. Hay como una especie de acuerdo tácito para no hacerlo.

Da un toquecito con el dedo sobre la foto en la que estoy yo con mamá.

—Eras una niña monísima.

No tengo tiempo de responder porque en ese momento suenan las campanas de su teléfono. Ya reconozco el tono; quien sea ya ha llamado varias veces desde que trabajamos juntos.

—Tengo que contestar —se excusa—. Perdona.

No le importa hablar con sus colegas delante de mí —nosotros también lo somos—, pero para hablar con esta persona siempre se aleja. Si nos encontramos en la terraza, entra en casa. Si estamos en la cocina, se va al porche delantero. Ahora sale por la puerta principal a hablar con quien esté al otro lado de la línea.

No son solo las llamadas. A nuestros treinta y dos años, Will Baxter es un hombre muy reservado y yo soy una detective de incógnito. Recopilo cualquier dato por nimio que sea, le lanzo miradas de reojo mientras escribe y lo anoto todo en mi libreta de espionaje mental. Aunque, si se tratara del juego del huésped misterioso, no tendría gran cosa de la que informar. No solo no hemos abordado *aquel* día, sino que apenas hablamos de nada que no sea el resort. Sé que tiene una casa en propiedad en el centro, cerca de la oficina. Sé que es socio de un gimnasio y que queda con su entrenador a la hora de comer. Sé que tiene una ducha en el despacho. Después de que me lo contara, me lo imagino a menudo con la piel brillante de sudor, y luego brillante del jabón, y tengo que ponerme seria y echarme la bronca a mí misma.

Luego están las cosas de las que me he enterado simplemente por pasar tiempo con él. Lo que suele beber a diario es agua con gas con dos rodajas de limón. Juguetea con el anillo cuando está ensimismado. Durante las llamadas de trabajo pone un tono de voz específico, agradable y a la vez muy… firme. Al oírlo, siento cosas que no debería y tengo que soltarme otra buena reprimenda.

Pero nada es suficiente. Will es como un cofre sin llave y, cuanto más tiempo paso con él, más ganas tengo de abrirlo. A veces vislumbro un destello del antiguo Will, pero desaparece tan pronto como apareció. Me desespero por oírlo reír.

Aunque tengo cosas más importantes por las que preocuparme, despierta a las dos de la madrugada, imagino frases ingeniosas con las que se partiría de risa. Me pregunto qué ha pasado para que se haya vuelto tan reservado, por qué dejó de pintar y con quién habla cuando le suenan campanas en el teléfono. A veces me asomo a la ventana en plena noche y veo que casi siempre tiene la luz encendida. Pero no le pregunto qué es lo que lo desvela y él tampoco lo menciona.

Will regresa al vestíbulo y se pasa la mano por la corbata. Es otra señal que he descifrado: está estresado.

—¿Todo bien? —le pregunto al tiempo que le noto el cuello colorado.

—Bien —responde tras un leve gruñido.

—Vale. —Que no se diga que no sé pillar una indirecta.

La línea tensa que forma con los labios se suaviza, y parece que va a decir algo más, pero entonces veo entrar en el vestíbulo con paso decidido a una mujer con falda y chaqueta rojas. Reconozco a Mira Khan por la foto de la web, los carteles de se vende y sus numerosos post en Instagram.

Le voy enseñando el resort mientras Will nos acompaña sin apenas abrir la boca. Hay algo en ella que me recuerda a mamá. Podría ser la velocidad a la que habla o la impresión de que está evaluándome tras las gafas de sol, o quizá es que no dejo de ver a mamá en todas partes. La sensación es aún más fuerte desde que empecé a leer su diario. Sea lo que sea, me agobia no darle a entender que lo tengo todo bajo control. Le cuento que tengo previsto cambiar la decoración y añadir nuevos servicios.

—Una de las cosas que Will y yo hemos estado discutiendo es cómo generar beneficios de algunas partes de la propiedad que ahora mismo no estamos monetizando —le digo cuando llegamos a la biblioteca.

Mamá sustituyó el mobiliario colonial cuando los abuelos se mudaron al oeste, ahora hay sofás de cuero marrón dispuestos de dos en dos, por lo que la sensación es más de un refugio de montaña que de un gabinete victoriano. Hay una chimenea de piedra flanqueada por altos ventanales que dan al lago. Las paredes están forradas de estanterías de madera oscura, gruesa y con los bordes sin redondear, llenas de libros, algunos de los cuales ya estaban aquí cuando los abuelos se hicieron con la propiedad. Otros los ha ido añadiendo mamá a lo largo de los años. Algunos se los han dejado los huéspedes. Una vez, mamá descubrió un ejemplar del *Kama Sutra* entre *Amigas de verano* y *El ángel de piedra*, y se horrorizó al pensar cuánto tiempo llevaría allí. A Peter le pareció divertido y le dijo que volviera a colocar el libro, pero en una de las baldas superiores. «Dales una alegría a los huéspedes, Maggie». Mamá le atizó con él en el pecho, pero meses después me lo encontré en su mesilla y me lo leí de cabo a rabo mientras ella trabajaba.

Le cuento a Mira la idea de añadir una barra de cafés y una mesa común para que la gente pueda trabajar con el portátil.

—Atraeríamos más gente y le añadiríamos valor.

Espero que responda con entusiasmo, pero se limita a ofrecerme una sonrisa cortés.

Me guardo mis ideas durante el resto de la visita.

—¿Estás bien? —me pregunta Will, formando las palabras con los labios sin emitir sonido alguno mientras acompañamos a Mira hasta su Mercedes.

Asiento, pero estoy bastante alicaída.

—Es una propiedad preciosa, Fern —me dice Mira—. Adorable de verdad. Tengo que investigar un poco más antes de sugerirte un precio de venta. Para una operación de este calibre, con tantos metros de ribera incluidos, rondaremos las siete cifras como mínimo.

Cuando menciona la cifra aproximada, hago un esfuerzo para

ahogar una exclamación. Lanzo una mirada a Will, pero él no parece inmutarse.

—Dentro de unos días te enviaré un correo con mis impresiones. Como es lógico, con los resorts y hoteles de gran envergadura, el número de compradores potenciales es limitado: están las cadenas de lujo y puede que un grupo de empresarios independientes. Y luego está la opción, importantísima, de los promotores, claro.

—¿Promotores? —repito.

—Sí. Estáis un poco lejos del pueblo, pero las cabañas y el albergue se podrían derribar para construir una urbanización. Casas, edificios de apartamentos de poca altura, ese tipo de cosas, siempre que la parcelación no diera problemas. Podría quedar muy bonito.

—No. —Me sale sin pensar. Vender el resort es una cosa. Tirarlo abajo es otra—. Nada de promotores.

Mira frunce el ceño, aprieta los labios y asiente.

—Entendido. —Levanta la barbilla para dirigirse a Will, cosa que me molesta: se lo presenté como mi consultor, pero la cliente potencial soy yo—. Seguro que no hace falta deciros lo importante que es mantener un precio razonable para no perder competitividad.

—Por supuesto —responde Will.

El sonido que Mira emite da a entender que tiene sus dudas.

—Vale, pero es mejor que todos lo tengamos claro.

Lo que está claro es que yo me estoy perdiendo algo.

Mientras el coche sale del aparcamiento, Will dice:

—En cuanto estemos donde no nos oiga nadie, te cuento.

Abro la boca para protestar, pero Will me corta.

—Escucha, esta no es una conversación que quieras tener en público, ¿vale?

Y, como para darle la razón, en ese momento nos interrumpe una mujer con ropa de tenis y nos pregunta dónde están las canchas.

—¿Vamos a casa? —le pregunto a Will una vez que le he indicado a la mujer cómo llegar.

—¿Sabes qué? Tengo una idea mejor.

Bajamos por la pendiente hasta la orilla. Will tenía unas llamadas que hacer después de la visita con Mira, pero aquí está, de pie junto al cobertizo del equipamiento, en bañador y camiseta, con una pala en cada mano. El estómago me da un vuelco al verlo; es gracioso, porque lo tengo revolucionado desde que me pidió que nos viéramos en los muelles. No me ha dicho para qué, pero yo también me he puesto el bañador y un pantalón corto. Tenía un presentimiento.

—Me preguntaba si la oferta seguía en pie —me dice Will mientras me aproximo. Ya hay una canoa en el agua.

No sé si reírme o tirarlo al agua de un empujón. Primero el comentario del mono y ahora esto.

—¿Qué te parece? —me pregunta.

—Me parece que llegas nueve años tarde para la clase.

—Ya lo sé —dice encogiéndose de hombros—. Y lo siento. —Señala la canoa con un gesto de la cabeza—. Esperaba que me enseñases de todas formas. Dijiste que te asegurarías de que no hiciera el ridículo.

—¿Te acuerdas de eso?

Will estudia mi cara. Aquí fuera, más que al café expreso, el color de sus ojos se asemeja a un vaso de Coca-Cola al sol.

—Me acuerdo de todo —responde con lentitud, sosteniéndome la mirada, y el estómago me da un nuevo vuelco.

Cojo la pala corta, procurando que no me tiemblen las manos.

—Vale. —Cuadro los hombros—. Súbete a la canoa.

El cielo está encapotado y, para ser una tarde de julio, no hay casi nadie en el agua. Precisamente por eso me gustan los días plomizos. Remamos un rato sin hablar; deslizándonos sin más por el agua, pasamos junto a los chalets que salpican las orillas: tradicionales cabañas de madera con los marcos de las ventanas pintados de rojo, ostentosas casas de verano con enormes cobertizos para barcas. Will va delante, por lo que observo cómo se le mueven los músculos de la espalda. Se me van los minutos contemplando el abeto que tiene tatuado en el brazo.

Me parece surrealista estar aquí con él, disfrutando de un momento en el que me pasé un año pensando después de conocernos. Mientras caminaba hasta el trabajo, cuando preparaba cafés o antes de irme a la cama, me imaginaba ofreciéndole a Will Baxter la mejor visita guiada del lago Smoke del mundo.

—Bueno —dice volviendo la cabeza—. ¿Tengo buena pinta? —me pregunta al tiempo que esboza aquella sonrisa de antaño. No acabo de entender lo que pasa; hoy está distinto.

—Eres demasiado alto para ir en canoa.

Señalo una franja arenosa de propiedad pública y subimos la embarcación a la orilla. Nos sentamos en la estrecha playita con los pies en el agua, igual que imaginaba que haríamos nueve años atrás.

—Todavía no hemos entrado en detalles de lo que supondría la venta y, ahora mismo, solo estamos especulando —dice Will, trayéndome de vuelta a presente—, pero, básicamente, el número de compradores para una operación de esta envergadura es limitado. Y, aunque el negocio no sea tan boyante como nos gustaría, solo por la propiedad y las edificaciones, el precio ya será elevado.

—Mira ha dicho que tenemos que hacer que sea competitivo.

—Cierto. Para eso, muchos negocios en una situación así se asegurarían de funcionar con lo mínimo. —Se detiene—. Eso normalmente implica hacer una auditoría del personal al completo y... despedir gente.

El alma se me cae a los pies.

—¿Cuánta gente? —pregunto en un hilo de voz al cabo de un minuto.

—No lo tengo claro. Podrían ser un par de puestos aquí y allá, o podríamos plantearnos llevar a cabo un recorte más sustancial. Con algo más de tiempo, puedo mirarlo. —Will me observa—. Pediremos una segunda opinión, pero la cuestión es que, si decides vender, podemos dejarlo todo tal como está, pero nadie se va a hacer cargo de esto sin introducir cambios, algunos de ellos significativos, lo que posiblemente implicará recortes. Las cadenas hacen las cosas a su manera. Lo estandarizarán todo, traerán a su gente para cubrir algunos de los puestos sénior.

Pienso en Jamie y en lo muchísimo que le gustan nuestros champús y jabones de elaboración local, o en el comentario que

Peter hizo no hace mucho sobre los pocos hoteles que siguen contando con panadería propia. Ahora todo viene prehorneado y congelado.

—No quiero ponerte nerviosa, pero tampoco quiero endulzar las cosas.

Me quedo mirando el agua y trato de calmar las náuseas.

«A mamá se le va a romper el corazón». La idea llega y se va en un breve y doloroso instante, y tengo que cerrar los ojos.

—¿Fern?

—He empezado a leer el diario de mi madre, el del verano antes de que yo naciera. —La voz me tiembla, por lo que me callo. No sé por qué se lo estoy contando.

Will me rodea el hombro con el brazo. No es más que un gesto de aliento, pero su tacto me provoca el mismo alivio que si se me abriera una válvula de presión en el corazón. Huele fenomenal; tengo que hacer un esfuerzo mayúsculo de autocontrol para no apoyar la cabeza en su hombro y acurrucarme contra él.

—Ella siempre lo supo —añado cuando consigo controlar la voz—. Siempre supo que quería dirigir el resort. Venderlo la habría matado.

—¿Me dejas que te dé mi opinión? —me pregunta Will al cabo de un minuto.

—Claro. —Me giro para mirarlo a los ojos.

Will deja caer el brazo y apoya la mano en la arena, entre los dos.

—Cuando hablas del resort y de las posibilidades de futuro, se te ilumina la cara. Este lugar te apasiona, tus ideas están bien fundamentadas y, espero que no te importe, pero he estado en una de tus reuniones con el personal.

—¿Cómo?

Cuando Jamie me dijo que mi presencia estaba «poniendo de los nervios a la gente», celebré dos reuniones para presentarme como es debido, agradecer a todo el mundo que siguiera adelante tras la muerte de mamá y atender a sus preguntas... a muchas de las cuales no pude responder, incluida la de si iba a vender el negocio o no. Las ganas de vomitar no me abandonaron en ningún momento. A mamá le encantaba ser el centro de atención, pero a mí me sigue incomodando que me miren. Me aterroriza que la gente pueda adivinar que la mitad de lo que digo me lo voy inventando sobre la marcha.

—Quería verte en acción. —Se inclina hacia mí—. Estuviste genial. Confiada, transparente en la medida de lo posible, fuerte, pero empática. Es difícil ponerse delante de un grupo grande de personas y decirles que no tienes todas las respuestas; hay muchos líderes que no son capaces de hacerlo.

El elogio me sorprende. Estaba segura de que todo el mundo había visto que me temblaban las manos y la voz. Los notaba escépticos. El jefe de cocina no dejó de mirarme en ningún momento con cara de pocos amigos y los brazos cruzados.

—No creo que me los haya ganado.

—¿Te habría ganado alguien a ti si estuvieras en su lugar? Te has criado en el resort, sí, pero para la mayoría de ellos has surgido de la nada.

—Es que ni me veía aquí —murmuro. Incluso a mis oídos, el argumento empieza a sonar gastado, como una camiseta tan usada que la tela se transparenta: es cómoda, pero va siendo hora de tirarla a la basura—. La verdad es que estoy empezando a disfrutar de la vuelta. Hay una parte que me gusta. —Da miedo admitirlo, pero es la verdad. Exceptuando las reuniones con el personal, me gusta casi todo lo que hago. Me encanta estar cerca de Whitney. Casi no echo de menos la ciudad—. Quién lo diría, ¿eh?

Dado todo lo que Will sabe sobre mí, espero que me dé la razón.

—No te creas. A veces, los planes cambian.

Tiene toda la pinta de ser una indirecta. Me quedo mirando pasar un bote; en el extremo, un hombre lanza el sedal. Tras un momento de silencio, Will añade:

—No somos los mismos que a los veintidós años. Es lógico que queramos otras cosas.

Bajo la vista a nuestros dedos, separados apenas por unos centímetros de arena. Me preocupa seguir queriendo algunas de las mismas cosas de entonces.

—Bueno, cuéntame lo de ese descanso de hombres tuyo —dice Will, y mi mirada se levanta disparada. Por lo visto, mis pensamientos se retransmiten por una frecuencia que solo Will puede oír.

—No hay gran cosa que contar —respondo precavida. Nuestra vida amorosa entra dentro de la categoría estanca de cosas de las que no hablamos—. Una ruptura fea, un voto de castidad y esas cosas...

—Conque voto de castidad, ¿eh? ¿Y qué tal lo llevas?

—Duré cinco meses.

La carcajada que espero oír no llega. En cambio, Will se queda inmóvil.

—Así que estás con alguien. ¿Jamie?

Hundo los dedos de los pies en la arena y apoyo la barbilla en las rodillas.

—Jamie y yo rompimos hace muchísimo tiempo.

—Pero sigue enamorado de ti.

Clavo la mirada en los ojos de Will.

—Qué va.

—Y yo te digo que sí. He visto cómo te mira.

—Y yo te digo que no. Te equivocas: Jamie adora el resort —respondo, tratando de convencerme a mí misma tanto como a Will—. De todas formas, el descanso tiene más bien que ver con renunciar a las relaciones.

—Ah... ¿Y cuánto tiempo llevas así?

—Unos dos años.

—Dos años —repite—. ¿Ibas en serio? ¿Con la persona que lo dejaste antes de tomarte este descanso?

Me muerdo el carrillo. Tengo que pensármelo. Philippe y yo nos habíamos dicho «te quiero». Habíamos conocido a la familia del otro. Consideraba mío a su perro, y sigo quedándome con Mocha cuando se va de la ciudad. Pero nunca llegué a vernos juntos para siempre.

—Estuvimos como pareja un año y medio, y llevábamos mucho más tiempo trabajando juntos.

—Entonces ¿por qué lo dejasteis?

Exhalo con lentitud.

Yo no pensaba que fuera de las que salen con un tipo determinado de chico, aunque Whitney insiste en que tengo dos: aquellos que son perfectamente normales, aunque están lejos de ser prefectos para mí (casi todos con los que he salido) y los gilipollas (Philippe).

Nunca he estado preparada para compartir llaves y juntar los muebles de ambos, pero hasta que llegó Philippe no me planteé que Whitney tuviera razón y que una parte de mí estuviera eligiendo a los peores tíos adrede. Supongo que no hay nada como pillar al novio con los pantalones por los tobillos dándole a otra para que una se replantee sus elecciones.

—Lo siento —dice Will—. No era mi intención entrometerme.

—Ah, ¿no? —respondo con una breve carcajada. Es rarísimo hablarle así de nuevo, pero descubro que me apetece compartir esto con él. Con Will siempre ha sido así—. No pasa nada. Supongo que me avergüenza un poco. Me engañó. Me lo encontré con otra. Rompimos.

—¿Por qué va a avergonzarte? —me pregunta con un tono tan frío que alzo la vista. Tiene la mirada perdida en el lago y la mandíbula apretada.

Me encojo de hombros. No quiero contarle hasta qué punto la infidelidad de Philippe me dejó el orgullo tocado. Trato de cambiar de tema.

—¿Y tú? ¿Qué te cuentas? —Will frunce la frente—. No es así exactamente como te imaginabas que acabarías —afirmo, pensando en lo que escribió en su plan.

—No, no lo es —concede. Sospecho que no va a decir nada más al respecto, pero entonces añade—: No es una historia corta.

—Tenemos tiempo.

Se inclina hacia delante y se pone a darle vueltas al anillo.

—Lo haces mucho —le digo. Will me mira por el rabillo del ojo—. ¿Quién te lo regaló?

—Mi abuela —responde al cabo de un instante—. Era de mi abuelo.

—Estabais unidos.

—Con mi abuela sí. ¿Te acuerdas? —La sombra de una sonrisa asoma en sus labios; me gustaría meterle los pulgares en las comisuras y tirar de ellas hacia arriba.

—Por supuesto —respondo en voz baja—. Me acuerdo de todo.

Murmura algo sin dejar de contemplar el agua.

—Mi abuelo murió cuando yo tenía cuatro años. No recuerdo gran cosa de él, pero mi abuela sí era una presencia constante. Era una señora de armas tomar. Dottie. Te habría caído bien, creo.

La afirmación me resulta extrañamente gratificante.

—Ah, ¿sí?

—Sí. Era de las que hablaban sin tapujos. Muy independiente. De pequeños, mi hermana y yo nos quedábamos a dormir en su casa casi todos los fines de semana. Teníamos un dormitorio propio cada uno. Me enseñó a usar un destornillador y a cambiar el aceite al coche. Cuando mi madre se marchó, me regaló este anillo y me dio una buena charla sobre la responsabilidad y sobre cuidar de mi hermana.

Se me queda mirando. Asiento. También me acuerdo de eso. Me imagino trazando con el dedo la cicatriz que tiene en la barbilla, pero me quedo quieta.

—Era divertida, pero tenía un sentido del humor muy especial. Nunca sabía si decía las cosas en serio o no. Cuando crecí, me di cuenta de que casi siempre estaba de coña. Murió hace más o menos un año.

—Lo siento.

—Murió con noventa y nueve años. Tuvo una vida larga.

—Aun así es muy triste, aunque viviera muchos años.

—Sí que es triste, sí. Mucho.

Comienza a lloviznar. Es poco más que bruma, pero nos subimos a la canoa y volvemos remando a buen ritmo. Y menos mal, porque a medida que nos aproximamos al resort la lluvia arrecia.

Sacamos la embarcación del agua y la acarreamos hasta su sitio. Cuando vamos a guardar las palas y los chalecos salvavidas en el cobertizo, los dos ya estamos completamente empapados. Termino de colgar los chalecos y, al darme la vuelta, veo que Will me observa a un par de metros de distancia.

La lluvia cae al otro lado de la puerta a sus espaldas y repiquetea sobre el tejado metálico. Tiene la camiseta chorreando y se le pega a las costillas. Nos quedamos mirándonos y me da tiempo a respirar hondo tres veces antes de que él avance un paso, con la mirada fija en mi boca.

—No lo hagas —le advierto.

—¿El qué? —me pregunta con voz ronca.

Inspiro de forma entrecortada.

—No me mires así. —No sé cómo tratar a este Will, al que estudia mi cara como si fuera el mapa de un tesoro.

—Así... ¿cómo?

—Como si yo te importara una mierda —respondo, apretando las uñas contra la palma de las manos.

Avanza un paso más.

—¿Y si me importaras una mierda?

—Pues no te dejo. —Doy un paso atrás.

—¿Por qué no?

Llevo toda la tarde escondiendo el dolor, pero sale a flote como una boya.

—Porque me dejaste tirada, esperándote en ese muelle, hace nueve años.

—Yo no quería —responde en un hilo de voz.

—Entonces ¿por qué lo hiciste? Sabías que estaría aquí. Sabías lo que sentía por ti. —Mi voz suena ahogada.

Will traga saliva.

—Sí que lo sabía.

Siento el labio inferior tembloroso y me lo muerdo. Con fuerza. Tengo que irme. Esquivo a Will, pero me agarra del brazo y me gira. Se agacha y sus ojos se mueven sobre los míos.

—Tenía miedo de no ser como me recordabas y que te llevases una decepción.

—Pero es que me decepcionaste —musito—. Me hiciste creer que todo estaba en mi cabeza.

—No lo estaba —responde—. Créeme, que todo estuviera en tu cabeza no era el problema.

Quiero preguntarle qué quiere decir, pero me limpia una lágrima de la mejilla y me coloca el pelo por detrás de las orejas antes de atraerme hacia él.

Le agarro el bajo de la camiseta con el puño y tiro hacia mí. Quiero recorrerle los hombros con los dedos y pegar la lengua a su cicatriz y hacer todo aquello que tanto deseaba cuando no odiaba a Will Baxter.

Se inclina y me toma la cara entre las manos. Su nariz roza la mía. Deslizo las manos por debajo de la camiseta mojada y, cuando las abro sobre su estómago, Will cierra los ojos. Tiene la piel caliente, los músculos duros. Me ciño contra él.

Will traza con el dedo un camino desde el puente hasta la punta de mi nariz.

—Perfecta.

Cuando acerca sus labios a los míos y murmura mi nombre, me saca de golpe de la neblina de nostalgia en la que me había sumergido.

—Lo siento —me disculpo, dando un paso atrás—. No debería haberlo hecho. No podemos.

—Vale. —Su respiración está tan agitada como la mía.

—Esto es demasiado para mí —digo con voz entrecortada—. Necesito tu ayuda. Necesito que ambos estemos bien, que seamos capaces de trabajar juntos.

Will se me queda mirando.

—Jamás haría nada que pusiera en peligro tu negocio, pasara lo que pasase entre nosotros —afirma—. Quiero que lo sepas. Puedes confiar en mí.

Niego con la cabeza. Confiar en Will sería como confiar en un espejismo.

—No puedo. No sé quién eres. Y tú tampoco me conoces.

Salgo del cobertizo sin importarme que llueva.

Cuando oigo el golpecito, son más de las dos de la madrugada. Es suave. No como cuando Peter llama a la puerta ni como cuando viene un cliente asustado porque ha visto un par de ojos amarillos entre los arbustos.

Ya estoy despierta. Hace unos minutos que asumí que no iba a conciliar el sueño.

Cuando bajo, no hay nadie en la puerta, pero encuentro un paquete delgado y cuadrado sobre el felpudo. Está envuelto en papel de rayas de colores vivos y encima tiene un sobre con mi nombre. Al instante reconozco la letra de Will. No ha cambiado.

Dejo el regalo en la mesa de la cocina y abro la tarjeta. En el interior hay un boceto de una mujer, sujetando en el aire una pala como si fuera una espada, y una breve nota.

Me conoces. Y yo también te conozco a ti.

Rompo el papel y me quedo mirando la portada del disco, sonriendo en la oscuridad.

12

14 de junio, diez años antes

Will me llevó a Sonic Boom. Era una de las mayores tiendas de discos de la ciudad y ya había estado un montón de veces, pero eso no se lo iba a decir. Tenía razón; era justo lo que necesitaba después de la escenita en la galería. No era la primera vez que echaba de menos mi casa, pero los cuadros me habían despertado un tipo más hondo de añoranza.

Me sentí mejor rebuscando entre los vinilos, mostrándole a Will los discos que me compraría si pudiera permitírmelo. Aunque tampoco tenía tocadiscos: no había sitio en mi apartamento.

—Si pudieras comprarte uno ahora mismo, ¿cuál elegirías?

—¿Solo uno?

Will asintió.

Me quedé mirando los estantes, pensativa, antes de llevarlo a otra sección en busca de mi premio. Saqué *Horses*, un LP de Patti Smith, y sosteniéndolo entre ambas manos se lo mostré.

—En conmemoración.

—Se me acaba de ocurrir una cosa —respondió sin decir más.

Pasamos el resto de la tarde deambulando por Kensington Market, un pequeño barrio de tiendas vintage, puestos de baratijas y vendedores de comida que se mantenían obstinadamente destartalados a pesar de la llegada de boutiques y establecimientos de delicatessen. Buscamos un posible tesoro en cada montón de cachivaches. Me fui derecha a un expositor de gafas de sol a por unas baratas que me pegaran con el nuevo corte de pelo mientras Will iba a la zaga de algo, aunque no me dijo el qué.

—¿Y estas? —le pregunté en nuestra última parada. Él había visto algo cerca de la caja. Las gafas que llevaba eran de montura extragrande, con patillas de plástico y lentes de color ámbar. Costaban 7,99 dólares.

—Pareces una estrella de cine de los noventa.

Volví a mirarme en el espejo.

—Adjudicadas.

Al caer la tarde, el aire se volvió húmedo y el cielo se había cubierto de un espeso manto de nubes grises. Acordamos que nos hacía falta beber algo.

—Este gin-tonic es excelente —dije una vez que nos sentamos a una mesita de metal en la minúscula terraza de un bar diminuto. Era lo que mi madre siempre bebía el primer día de calor del año.

—No sabía que el gin-tonic tuviera distintos grados de excelencia.

—Pues sí, y en esta ciudad he bebido algunos terribles de verdad. Con la tónica sin burbujas. Las limas resecas. Una ginebra penosa.

Will se rio.

—Me alegro de haber llegado al momento de la noche en que tu lado pijo ha decidido hacer acto de presencia.

—Tú pruébalo. Está riquísimo —dije, empujando el vaso hacia el otro extremo de la mesa.

Will le dio un traguito, seguido de otro más largo.

—Es refrescante —reconoció—, pero extraño.

—¿Extraño por qué?

—A saber por qué, pero de repente me han entrado ganas de jugar a squash y aprender a navegar a vela.

—Ja, ja…

—Pero está bueno. —Sonrió—. Mucho mejor que mi cerveza, la verdad. —Will había pedido algún tipo de *ale* artesanal—. Ahora vuelvo.

Lo vi dirigirse a la barra, por lo que saqué el móvil. Tenía un mensaje de Whitney.

Gracias por acogerme en tu casa!
En cuanto estés de vuelta, Cam y yo
queremos invitaros a ti y a Jamie
para celebrarlo. QUE EMPIECE
LA CUENTA ATRÁS!!!

También había un mensaje de Jamie, diciendo que esa noche iba a hacer una hoguera donde las cabañas del personal.

«No te pases», le respondí. Desde luego que se iba a pasar. Habría demasiada cerveza y demasiados porros. Patatas fritas de marca blanca y perritos calientes asados en un pincho sobre las brasas, aunque serían más los que acabasen en el fuego que en las bocas. Alguien sacaría una guitarra acústica, lo que solía ser la señal para que me marchara, aunque solía quedarme si era Jamie el que tocaba. Tenía un repertorio de tres canciones (todas de Neil Young) y cuando no se ponía tonto, tenía una voz bonita. La noche en que lo besé por primera vez, delante de una docena de empleados alrededor de la hoguera, había cantado «Heart of Gold». Cuando entrelazó sus dedos con los míos, los tenía pegajosos de nubes de azúcar. Aun así no me solté en toda la noche.

Will regresó con dos gin-tonics y se dobló para acomodarse en la silla.

—Como me he bebido la mitad del tuyo…

—Muchas gracias. —Cuando fui a alcanzar el posavasos, mi pie chocó con el suyo por debajo de la mesa—. Perdón, tengo unos pies gigantes.

—¿En serio? —preguntó Will con las cejas enarcadas.

—Sí, soy una persona bajita con unos pies desproporcionadamente grandes.

—Eso no es posible.

—Que sí. —Levanté una de mis Converse número cuarenta y dos—. ¿Ves?

—No sé. A mí me parecen normales. —Ladeó la cabeza—. Tal vez si te pones de pie, pueda ver el conjunto…

Me levanté de un salto con los brazos en jarras.

Me miró de arriba abajo y se echó a reír.

—La verdad es que tienes razón. Son gigantescos. Es un milagro que no te tropieces todo el rato.

—Gracias —respondí—. Seguro que tú tienes unos pies de tamaño normal.

Bajé la vista a sus botas, que eran descomunales. Cuando levanté los ojos, Will sonreía de oreja a oreja.

Me hundí en la silla, roja como un tomate.

—¿Decías...?

Le lancé la rodaja de lima al pecho.

—No seas chulito.

Abrí los ojos como platos al mismo tiempo que Will y, acto seguido, los dos estallamos en carcajadas. Ya me estaba recuperando cuando Will me dio una patada en el pie por debajo de la mesa y de nuevo nos entró la risa floja.

Cuando nos acabamos la segunda ronda, el cielo ya se había oscurecido. Recorrí con el dedo el borde del vaso. No quería despedirme, pero casi podía ver los títulos de crédito deslizándose por la pantalla de nuestro día juntos.

—Me lo he pasado bien. —No sabía qué más decir.

—Yo también —respondió Will—. Lo cual me recuerda una cosa. —Se metió la mano en el bolsillo de los vaqueros y sacó dos bolsitas de plástico, que dejó sobre la mesa. En cada una de ellas había un pin con un tranvía rojo chillón—. Uno para ti y otro para mí. En conmemoración.

Prendí el mío en una esquina de la bolsa de tela mientras Will clavaba el suyo en la mochila. Cuando hubo acabado, lo miré a los ojos.

—Me encanta. Gracias.

Mientras nos acabábamos los gin-tonics me vino la idea repentina y aterradora de que Will seguramente fuera la mejor persona que jamás había conocido. Era mucho más de lo que aparentaba, mucho más que una cara bonita.

Una vez, Peter preparó una tarta de chocolate sin harina. Parecía perfecta, oscura y brillante, con la superficie salpicada de azúcar cristalizado. Pero, cuando le di un mordisco, me di cuenta de que no era azúcar, sino sal en escamas, y que Peter había añadido chile al cacao. No había probado nada tan increíble en la vida; era tan exquisita como inesperada. Will era igual.

—Un amigo mío toca esta noche —dijo. Levanté la vista de mi bebida—. En Sneaky Dee's. Nunca he llegado a pedir un gin-tonic allí. Seguro que son una mierda, pero ¿te apetece ir?

—Ya he estado en Sneaky Dee's —respondí despacio. Era una institución en Toronto, con bar abajo, una pequeña sala de conciertos arriba, todas las superficies imaginables cubiertas de grafitis y los nachos más famosos de la ciudad.

Will se puso a juguetear con el anillo.

—Dudo que haya un universitario en toda la ciudad que no haya estado.

—¿Esto formaría parte del tour oficial de Will Baxter? —Aunque permanecía inmóvil en el asiento, la sangre me hervía bajo la piel.

—El tour ha terminado. Estoy fuera de servicio. No bebo mientras trabajo.

—Por supuesto que no. No pretendía insultar tu profesionalidad.

—Empiezan a las nueve. Podríamos comer algo antes.

Apoyé la barbilla en la mano y lo observé durante más tiempo del recomendable.

—¿De verdad que te marchas mañana?

—Sí, de verdad.

—¿Y no volverás nunca?

Ladeó la cabeza, sin saber adónde quería llegar.

—Volveré, pero puede que en las próximas vacaciones.

Para entonces haría mucho que yo me habría ido.

—Así que ¿lo que quieres decir es que es una oportunidad única en la vida?

Los labios de Will se curvaron.

—Justo. La tomas o la dejas.

—Doy un poquillo de grima —dije cuando estábamos a un paso del bar. Llevábamos todo el día explorando la ciudad y estaba cubierta de una capa evidente de mugre urbana. Me hacía falta una ducha—. Mi casa queda cerca. Estaba pensando que podía ir a lavarme, cambiarme y ¿luego vernos en el bar? —Me daba tiempo a ir al apartamento y regresar antes de que empezara el concierto.

—¿Qué? Anda ya. Creía que primero íbamos a comernos unos nachos. Además, en cuanto entres en casa se te van a quitar las ganas de volver a salir.

—Es que huelo a pipa de agua rancia.

Will se inclinó y, acercando la cara a unos centímetros de mi cuello, inhaló hondo.

—Hueles a sol —me dijo al oído.

Giré la cabeza hacia la suya como si me hubieran tirado de un hilo y nuestras narices estuvieron a punto de chocar.

—Perdón, ha sonado muy raro —dijo, apartándose con una carcajada nerviosa.

—Sí. —Carraspeé—. En fin, que no estoy vestida lo que se dice para salir de fiesta. —Estaba a un tris de sugerirle a Will que se viniera a casa, pero la idea de ducharme con él en la habitación de al lado me parecía pésima.

—Estás fenomenal —dijo—. No hace falta que te cambies. Es Sneaky Dee's; no habrá nadie de tiros largos.

—Lo que te pasa es que tienes miedo a que te deje tirado y te toque escuchar solo a unos imitadores cutres de Nirvana. —Will se había guardado hasta hacía una manzana que era una banda tributo, pero de ska.

—Miedo no, pánico —respondió Will—. No me dejes solo, por favor.

Ya se veían las calaveras del logotipo de Sneaky Dee's.

—Vale. Pero esta me la debes.

Cuando llegamos, Will pilló uno de los reservados con bancos de madera mientras yo escapaba volando al cuarto de baño del sótano. Rebusqué por toda la bolsa con la esperanza de que apareciera por arte de magia un bote de rímel o un peine, pero lo único que encontré fue un chicle y un bálsamo labial Smith's Rosebud Salve. Yo no era de las que cargaban siempre con un kit de maquillaje; de hecho, ni me había molestado en pintarme esa mañana. Me limpié las axilas con una toallita de papel mojada y enjabonada, me lavé la cara con agua y me apliqué una gruesa capa de brillo en los labios. Habría besado el suelo por un desodorante.

Cuando volví a la planta principal, había un tipo sentado junto a Will. Incluso desde la otra punta se veía que iba arregladísimo. Tenía la piel aceitunada y una barba oscura recortada cual arbusto ornamental, perfectamente cuidada y acicalada.

—Fern, este es Eli —dijo Will.

—Encantado. —Eli se levantó y tomó mi mano entre las suyas. Llevaba unos vaqueros rojos, una estrecha corbata negra y una camisa blanca que, a todas luces, alguien había planchado esa misma tarde. Me apostaba algo a que el resto de su persona había pasado por un gimnasio poco antes.

—Igualmente —respondí al tiempo que me sentaba en el banco del reservado frente a ellos—. ¿De qué os conocéis?

—Fuimos al colegio juntos, y luego al instituto —explicó Eli—. Pero hacía tiempo que no nos veíamos. No me puedo creer que por fin haya conseguido que este buen hombre venga a un concierto.

Lancé una mirada a Will, pero no me hizo caso. Yo creía que ya habría escuchado a la banda y que no nos enfrentábamos a una noche de horrorosas versiones ska de Nirvana.

—Nos ha pillado por la zona y Fern es un poco friki de la música, así que se nos ocurrió pasarnos.

—Genial. Creo que hemos montado un espectáculo bastante chulo —dijo Eli. Hizo un gesto a un camarero para que viniera a tomarnos nota y luego se volvió hacia mí—. ¿Vives en Toronto, Fern, o también has venido de visita desde Vancouver?

—Qué va. Soy de aquí. Vivo a un par de calles.

Eli señaló a Will con la cabeza.

—¿Y qué tal os funciona la relación a distancia? Si ves que te cuesta, yo vivo en Liberty Village —concluyó, guiñándome un ojo.

—Ay, no —respondí, apuntándonos a Will y a mí—. No estamos juntos. Para nada.

Will se rio.

—¿Debería sentirme ofendido por lo asqueada que acabas de sonar?

—Desde luego que yo lo estaría —saltó Eli—. Ha puesto cara de haber comido marisco en mal estado.

El camarero nos dejó una jarra de cerveza y tres vasos, y serví a todos antes de dar un gran trago al mío.

Mientras Eli y Will charlaban, me di cuenta de que me había adentrado en territorio inexplorado. El día con Will había sido espontáneo y extraño, pero sin darnos cuenta nos habíamos impuesto un mapa, una serie de normas y un punto final. Ahora no solo nos habíamos desviado del camino, sino que nuestra peculiar relación había quedado expuesta al público.

Alguien me dio una patada por debajo de la mesa, por lo que levanté la vista del vaso.

«¿Estás bien?», articuló Will con los labios al tiempo que Eli rellenaba nuestros vasos.

Asentí.

El camarero nos dejó un plato en el centro de la mesa. Contenía una repugnante y magnífica montaña de nachos. Debía de haber un kilo de porquerías por encima, además de queso y salsa: carne picada, alubias refritas, verduras, guacamole, crema agria. Se nos escapó un gemido de aprobación.

—Bueno, ¿y cómo era este de pequeño? —le pregunté a Eli mientras despegaba un nacho.

—¿Billy el Niño? Pues básicamente igual que ahora —respondió.

«¿Billy el Niño?», repetí moviendo los labios en silencio hacia Will, que puso los ojos en blanco. Me pareció que el cuello se le sonrosaba.

—Era flaco y se pasaba el día dibujando. Un poco emo.

Enarqué las cejas.

—¿En serio?

Eli miró de reojo a Will, que negó con un ligerísimo gesto de la cabeza. Su amigo se volvió hacia mí sin hacer caso de mi pregunta.

—Y tenía cero capacidades atléticas.

—Pero participaba en las actividades deportivas —añadió Will—. Le pegaba patadas a un balón en los recreos.

—¿Y esa actividad deportiva en concreto cómo se llama? —Eli volvió a guiñarme el ojo.

Will se rascó la frente.

—¿Badminton?

—Badminton —repitió Eli—. Claro que sí, el típico juego de patio de colegio.

Cuando casi nos habíamos acabado los nachos, Eli se sacó de la cartera un billete de veinte dólares.

—Debería ir subiendo. Nuestro batería se pone nervioso si no estamos todos presentes y listos al menos quince minutos antes de empezar.

—¿Cómo os llamáis? —le pregunté.

Al otro lado de la mesa, Will abrió los ojos como platos. Me dio una patada por debajo de la mesa.

—Los Mighty Mighty Kurt Tones —respondió Eli impertérrito.

Me metí un nacho blandurrio en la boca. O cambiaba de tema ya o se me iba a escapar una carcajada.

—¿Queréis saber cómo estarían aún mejores estos nachos?

—Sí —respondieron al unísono.

Les expuse mi teoría, que implicaba repartir los ingredientes y freír los nachos por fases para que se mantuvieran más crujientes. Will y Eli me miraron impasibles.

—¿No estáis de acuerdo? —Me zampé otro nacho fofo. Seguía estando buenísimo.

Eli fue el primero en hablar.

—¿Fern? —Se llevó la mano al pecho—. Sé que acabamos de conocernos, pero creo que eres mi alma gemela. ¿Quieres casarte conmigo?

Me reí.

—Pues una cita, entonces.

Negué con la cabeza.

—Escucha: vivimos en la misma parte de la ciudad. Tú estás buenísima y yo estoy moderadamente bien dotado. —Apuntó a Will—. Tengo un buen trabajo, un piso en propiedad y toco el saxo que te cagas. Tenemos un amigo en común que puede darte referencias. La verdad es que no veo nada en contra.

—No es por ti, la verdad —respondí. Miré a Will en busca de apoyo, pero este tenía la vista clavada en Eli.

—¿Qué necesitas que haga? Puedo reservar en algún buen sitio.

Volví a negar con la cabeza. Las manos me empezaron a sudar. Ya sabía cómo iba a acabar la conversación.

—Fern, me estás matando. ¿Y un café?

Tragué saliva.

—Lo siento —respondí en voz baja—. Tengo novio.

En cuanto las palabras salieron de mi boca, la cabeza de Will se giró de golpe hacia mí.

—A mí me suena a excusa —respondió Eli antes de volverse hacia Will—. ¿De verdad que está fuera del mercado?

Will me fulminó con la mirada y el estómago me dio un vuelco.

—De verdad que sí —dije sin dejar de mirar a Will—. Se llama Jamie y llevamos cuatro años juntos.

14 de junio de 1990

Peter me está ayudando con el proyecto de jardinería. Papá ha dicho que podía plantar helechos y begonias por el camino hasta las cabañas si luego me ocupaba de cuidarlos. Hoy hemos salido con uno de los coches de golf para enseñarle a Peter dónde quiero que vaya todo. Cuando le he contado que Eric y yo hemos decidido formalizar nuestra relación, casi se choca con un árbol. Dice que Eric es engreído, superficial, que no tiene nada interesante que decir. Que no es lo bastante bueno para mí, pero, teniendo en cuenta que lleva diciendo lo mismo de cada uno de mis novios desde los diecisiete, tampoco es que me haya sorprendido. Antes creía que era porque me saca cinco años y me ve como una hermana pequeña. Ahora ya no lo tengo tan claro.

A principios de este año, cuando Peter se quedó conmigo el fin de semana en Ottawa, tuvimos un momento extraño. Era la noche de mi vigésimo segundo cumpleaños y, en cuanto se fue todo el mundo, empezó a recoger vasos de plástico vacíos y me dijo que me fuera a la cama mientras él terminaba de limpiar. Le di un abrazo y, cuando fui a apartarme, él siguió rodeándome con los brazos. Juraría que iba a besarme. A decir verdad, me decepcionó que no lo hiciera. Pensé que habrían sido imaginaciones mías. Pero ahora ya no lo sé.

13

En la actualidad

Will y yo estamos trabajando en la terraza mientras entre los árboles reverbera el golpeteo sordo de un pájaro carpintero. Tiene las piernas estiradas y un atisbo de piel asoma por debajo del dobladillo del pantalón. No sé por qué, pero sus tobillos me resultan muy atractivos. Soy como un vizconde de la Regencia, deseoso de vislumbrar algo de carne.

Son más de las seis cuando le suena el teléfono, con el tono de las campanas, y se levanta a contestar.

Ha pasado una semana desde que salimos a remar por el lago Smoke. Desde que casi nos besamos. Ninguno de los dos ha vuelto a mencionarlo, pero cuando le di las gracias por el disco de Patti Smith noté cierta tensión en el aire. Por lo demás, es como si lo hubiera soñado. Solo que a veces lo pillo observándome o le oigo musitar «perfecta» y luego tardo la vida en volver a centrarme.

Estoy intercambiando mensajes con Jamie sobre el baile de agosto y el concurso de talentos. Era una tradición incluso antes de que los Brookbanks fueran propietarios del resort, una fiesta anual para despedir el verano con cena y música en directo. El señor y la señora Rose llevan interpretando «The Surrey with the Fringe on Top» de *Oklahoma!* todos los años desde que mamá recuperó los coches de golf con las capotas a rayas. El personal solía formar una línea de coro, pero mamá se la cargó en los noventa. Se trata de un espectáculo por todo lo alto y considero que este año es demasiado para nosotros. Llevo quince minutos debatiéndolo con Jamie. Cuando Will entra en casa con el teléfono en la mano y cierra la puerta corredera, pulso el botón de llamada.

—Pero si odias hablar por teléfono —suelta Jamie en vez de saludar, luego baja la voz—. ¿Te has fumado algo, Fernie?

—Muy gracioso. He pensado que así sería más fácil convencerte de que es mejor no celebrarlo este año.

He dado a Will acceso total a los libros de cuentas y tiene casi tantas preguntas que hacerle a Jamie como a mí. A Jamie lo noto desconfiado. No hace más que preguntarme de qué conozco a Will y lo único que le he respondido es que fue hace mucho tiempo. En cambio no se ha puesto a la defensiva por el hecho de que haya un consultor husmeando. Lo único en lo que insiste Jamie es en el baile.

—No vas a poder convencerme —dice.

—La idea de montar un espectáculo tan grande con todo lo que está pasando… no me parece bien. —Me cuesta imaginar el baile sin mamá presente; no sé si estoy preparada para algo así. «Lo haremos el verano que viene», pienso, pero me corto antes de decirlo en voz alta.

—Fern. —Pronuncia mi nombre como un suspiro, y sé que lo que va a decir a continuación irá en serio. Calculo que no me habrá llamado «Fern», sin el diminutivo, más de tres veces en la vida—. Todos queríamos a Maggie, pero se diría que el resort sigue de luto. No quiero dar a entender que sea hora de superarlo, pero hace falta algo que celebrar; tanto el personal como los clientes lo necesitan.

Cierro los ojos. De fondo, la voz alta de Will retumba a través de la puerta de cristal. No está gritando, pero suena frustrado.

—Es probable que tengas razón —le digo a Jamie.

—Pues sí y, además, ya he reservado la orquesta.

Se me escapa una carcajada.

—Yo me ocupo de todo —anuncia Jamie—. Tú déjalo en mis manos.

Cuando, al cabo de diez minutos, vuelve Will, trae dos de las latas de Perrier con limón que compro por él. Lleva las mangas de la camisa blanca subidas hasta los codos. Tampoco sé por qué sus antebrazos me resultan tan atractivos.

Levanto la vista del portátil. El jefe de cocina del restaurante me ha enviado un mensaje desdeñoso, explicándome los numerosos motivos por los que no debería entrometerme en la planificación del menú.

—Lo siento —se disculpa Will mientras me tiende el agua mineral.

—¿Por?

—Seguro que se me oía.

—Era una conversación privada. No me concierne. —Vuelvo a bajar la vista al portátil, tratando de dar con la fórmula más profesional posible de mandar al jefe de cocina a tomar por saco.

—¿Qué te parecería si me quedase otras dos semanas? —pregunta tras unos minutos de silencio. Levanto la mirada de golpe—. El segundo agente inmobiliario no viene hasta la semana que viene y, después, puedo revisar contigo las dos opciones: vender la propiedad o quedártela.

Se suponía que Will se marchaba el domingo que viene, algo que venía temiendo en silencio.

—Quédate todo el tiempo que quieras —respondo con tono neutro—. Me aseguraré de que la cabaña 20 siga disponible para ti.

Mando un correo a nuestro responsable de reservas. Si Will se queda otras dos semanas, estará para el baile. Si lo tuviera a mi lado, no sería tan terrible. Aunque tengo la vista clavada en la pantalla, mi mente ha retrocedido en el tiempo hasta aquel momento en que los dos bailábamos, sudorosos y pegados, en una pista muy diferente.

—Cuando lo hayas revisado todo, ¿me dirás lo que harías tú en mi lugar? —le pregunto, recuperando la compostura.

Will no me ha dicho si cree que debería vender o no. Y se lo agradezco, pero también me muero por conocer su opinión. Le he hablado de mi sueño de abrir una cafetería y de la tienda que hace esquina y por la que he pasado tantas veces que los propietarios sospechan que les robo.

—Te lo expondré todo con franqueza, pero la decisión es tuya. Y, aunque quisieras que la tomase por ti —añade Will, viendo que estoy a punto de contradecirlo—, no sé qué es lo mejor para ti. Eso solo lo sabes tú.

Entorno los ojos.

—Ay, Will Baxter, tan alto y tan cobarde.

Se echa a reír y deja escapar una carcajada enorme que resuena en mis oídos. Llevaba diez años sin oírla. Una sensación de victoria me inunda el pecho.

Will se inclina hacia delante y apoya los codos en los muslos.

—Cena conmigo.

—¿Cenar? —Nos hemos tomado unas cervezas un par de veces, pero cenar supondría cruzar la línea «estrictamente profesional» que hemos trazado—. ¿Con comida?

Will sonríe y se le forman arruguitas en los rabillos de los ojos.

—Suele ser con comida, sí.

Parpadeo sin dejar de mirarlo.

—Esta noche —añade—. En mi casa.

La risa ronca que se me escapa delata mi nerviosismo.

—Si nos ponemos puntillosos, la casa es mía. No sé si te habrás enterado, pero soy la propietaria del resort.

—Me suena haber oído algo. —Me sostiene la mirada—. ¿Eso es un sí?

—Pero si no me has preguntado nada. —Se suponía que debía sonar atrevida, pero parezco más bien un ratón negociando con un león.

Cuando Will sonríe, se me tensa la piel por la anticipación.

—Fern, ¿te gustaría venir a casa a cenar?

—Sí —respondo; la verdad es que me gustaría.

Will me pide treinta minutos para organizarse. En ese lapso, yo:

— Me he plantado delante del espejo del dormitorio, tratando de decidir si debo ponerme algo más elegante que unos pantalones cortos con una camiseta de tirantes o si parecerá que quiero impresionarlo (que sí, tal vez quiera).
— Me he probado un vestido de seda azul que me compré la semana pasada.
— Me he planteado si la seda azul queda demasiado lejos del negro, blanco y gris que constituyen mi zona de confort.

- He considerado cambiarme las bragas de abuela.
- Me he afeitado las piernas, en seco.
- Me he puesto un conjunto de lencería mínimo.
- Me he quitado el conjunto sexy y me he vuelto a poner las bragas de abuela (solo somos amigos, amigos. ¡Y ni siquiera eso! ¡Colegas!).
- He decidido que estoy neurótica y doy un poquito de asco por ponerme unas bragas sucias y me las he cambiado por unas limpias, cero sexis.
- He sudado el vestido y me he vuelto a poner unos pantalones cortos y una camiseta. Nota mental: la seda de colores es mi enemiga.
- Me he preguntado si llevar vino tinto o blanco.
- Me he pimplado una copa de vino blanco. Llevaré el tinto.
- Me he vuelto a mirar en el espejo y me he puesto un vestido de punto negro que es soso en plan «¿Esto? Lo tengo desde hace siglos», pero se ciñe tipo «Mira qué culito».

Cuando por fin llamo a la puerta mosquitera de la cabaña 20, estoy tan acelerada que me he cabreado conmigo misma por ponerme nerviosa y con Will por ser la causa.

Sin embargo, cuando sale al porche con todo el pelo alborotado, como si se lo hubiera mesado mil veces, me olvido de todo. Porque Will Baxter lleva delantal. Es negro, con rayas verticales blancas. Yo no sabía que un delantal pudiera resultar sexy, pero es evidente que este es el hermano Hemsworth que faltaba en versión delantal.

—Llevas delantal —le digo a modo de saludo.

—Llevo delantal, sí —responde—. No me gusta mancharme la ropa.

—Es que llevas ropa muy mona —añado; todavía no me he movido del escalón.

Will baja la vista para fijarse en lo que lleva: una camiseta negra y unos vaqueros cortados que le llegan a las rodillas.

—Normalmente —me corrijo—. No es que no estés mono, que lo estás. —Puede que me haya olvidado de los nervios, pero está claro que ellos no se han olvidado de mí.

La cabaña de Will es igual que la de los Rose, solo que sin el mueble bar. Porche trasero cubierto, con una terraza que da al lago. La cocina y el pequeño comedor también miran al agua. La estufa de hierro fundido es antigua pero bonita, y los suelos de madera se notan usados. Antes las paredes también eran de madera, pero mamá les puso aislantes y paneles de yeso para que las cabañas pudieran ocuparse todo el año.

Sigo a Will hasta la cocina y dejo el vino en la encimera. Veo verduras sobre una tabla de cortar, dos hamburguesas que parecen caseras y algo envuelto en papel de aluminio, listo para la barbacoa.

—¿Preparas las hamburguesas de cero? —pregunto, impresionada.

—Es una receta realmente compleja —responde—: carne, sal, pimienta.

—¿Te ayudo con algo?

—Creo que lo tengo todo bajo control. Hamburguesas, ensalada, patatas. ¿Suena bien?

—Suena perfecto. —Extraigo un sacacorchos del cajón de los cubiertos. Todas las cabañas están equipadas con lo básico—. Haré algo de utilidad.

Saco unas copas del armario superior y sirvo el vino mientras Will termina de cortar un pepino y unos pimientos para la ensalada. Lo observo con la cadera apoyada en la encimera. Sus habilidades con el cuchillo son dignas de elogio. A mamá le habría gustado. Cuando me enseña una cebolla roja, asiento.

—Eres una de esas personas odiosas a quienes se les da todo bien, ¿verdad? —le pregunto mientras la corta en aros finos e idénticos. Echa la mitad en la ensalada y pone el resto en un plato con los demás ingredientes para las hamburguesas.

—Qué va. Se me da fatal… —Levanta la vista al techo, frunce los labios hacia un lado y guiña un ojo antes de emitir un murmullo.

—¿Ser humilde? —sugiero.

—No. Se me da de vicio ser humilde.

Me gusta este Will: tranquilo y un poco bobo. Exceptuando el día que estuvimos a punto de besarnos, siempre se comporta de una manera muy formal. Me pregunto qué hizo que cambiara tanto.

Salimos a la terraza cuando el sol está empezando a ponerse sobre el lago, tiñéndolo todo de un brillo azafranado. Las libélulas revolotean por el cielo, a la caza de algo para cenar. Voy poniendo la mesa de pícnic: dejo los cubiertos y los pedazos de papel de cocina doblados, a modo de servilletas, en el mismo lado para que podamos compartir las vistas.

—Qué bonito —digo, con la mirada fija en el agua, cuando nos sentamos a comer.

Will sigue con el delantal puesto, pero no lo menciono. Espero que no se acuerde de quitárselo en toda la noche. Admirar a Will Baxter en delantal es mi nuevo pasatiempo.

—Suenas sorprendida.

Es la primera vez que me siento en una de las terrazas a comer como si fuera uno de nuestros huéspedes. Aunque hay cedros plantados entre las cabañas para preservar su privacidad, se distinguen las casas vecinas, con sus alegres toldos verdes. El murmullo de otras cenas llega hasta la orilla. Resulta reconfortante.

—Supongo que lo estoy. A ver, yo ya sabía que esto era genial. Cuando era pequeña, pasé tiempo suficiente limpiando cabañas como para verlas bien, pero pensaba que uno se sentiría un poco expuesto. —Señalo la fila de chalets con un gesto—. Pero no es así. Ni te fijas en el resto de la gente. Es… ¿cómo lo diría?, ¿acogedor?

—Creo que ese es el motivo por el que mucha gente viene a un lugar así: puedes estar rodeado de naturaleza sin sentirte aislado. Hay un sentimiento de comunidad.

Le doy un mordisco a la hamburguesa. Es buena, puede que la mejor que haya probado nunca. No sé cómo, teniendo en cuenta que es supersimple: lechuga, tomate, cebolla, cheddar, carne. Hasta la ensalada está riquísima, con su aliño casero.

—¿Dónde has aprendido a cocinar así? —le pregunto con la boca llena.

—No estoy seguro de que preparar una barbacoa se considere cocinar.

—No seas modesto, que no te pega —respondo, limpiándome las manos—. Además te vi antes con un cuchillo. Sabías lo que hacías.

—A cocinar aprendí solo, pero hace unos años hice un curso de técnicas de corte.

—No es por tirar de clichés —digo, y aparto la mirada del agua brillante para observar el perfil de Will—, pero los tíos como tú no suelen cocinar. Van de restaurantes o piden comida a domicilio.

—Ah, ¿sí? Cuéntame más sobre los tipos como yo.

—Lo que quiero decir es que tienes un trabajo sofisticado. Seguro que haces un montón de horas extra y vas a cenar con clientes.

—¿Sofisticado?

—He visto fotografías en internet. Fiestas y eventos de recaudación de fondos. Una exnovia superguapa.

—Ah...

Saca las piernas de debajo de la mesa y se levanta con un movimiento grácil a recoger los platos. He alcanzado el límite de la tolerancia del nuevo Will a compartir información personal.

Me pongo en pie, pero me hace un gesto para que vuelva a sentarme.

—Yo me ocupo —dice mientras coloca la fuente de ensalada sobre los platos y se lleva todo dentro.

Cuando regresa, ya no lleva el delantal. Se sienta frente a mí y, apoyando los brazos en la mesa, se inclina hacia delante. Me clava su mirada en los ojos.

—No hago un montón de horas extra —dice con el mismo tono que usa en las llamadas de trabajo, como si fuera información clave. Es verdad que Will suele acabar entre las cinco y las seis, pero también que está despierto en plena noche. Suponía que estaría trabajando.

—Vale.

Me estudia con mirada seria, casi estricta. Le tiembla un músculo en la mandíbula.

—Y cocino casi todas las noches.

Me siento como si me hubiera topado con una pared de ladrillos que no había visto venir. Sé que Jessica y él rompieron, pero no me atrevo a preguntarle si está con alguien más.

—Pero no para ti solo. —Intento que no se me note la decepción en la voz, pero se oye alta y clara, como si llevase un chaleco naranja de alta visibilidad.

—No.

Ya me torturaré más tarde por resultar tan transparente, pero no puedo permanecer sentada frente a él un solo segundo más. Me levanto del banco, pero Will se pone en pie a toda prisa y me toma de las manos.

—Quédate.

Me quedo mirándolo y niego con la cabeza. No quiero hablar. No quiero que ninguno de los dos oigamos el temblor de mi voz.

—Por favor —añade—. El día que salimos con la canoa me preguntaste por mi historia. —«El día que casi nos besamos»: no es que haya pronunciado las palabras, pero flotan entre nosotros, nos gritan desde un cartel luminoso. Will ciñe sus manos sobre las mías y me recorre con el pulgar el pulso de la muñeca—. Quiero compartirla contigo, si me escuchas.

Estoy segura de que lo que Will está a punto de contarme me va a doler, pero me siento mientras noto cómo la sangre se me agolpa en los tímpanos. Sigue cubriéndome las manos con las suyas y no las aparta cuando empieza a hablar.

—No he sido del todo sincero contigo —dice, y la sangre no solo se me agolpa, sino que retumba—. Pero no es lo que crees. La noche que vine a echarte una mano con Owen, me preguntaste si tenía hijos y te dije que no. Eso es verdad, pero no del todo. Vivo con mi hermana y su hija.

A pesar de mi silencio, debe de resultar obvio que no voy a escapar, por lo que Will me suelta las manos.

—Annabel era muy joven cuando nació mi sobrina. Más o menos entonces fue cuando aprendí a cocinar. Ellas son el motivo por el que no hago horas extra. Las cenas en familia son importantes en nuestra casa. —Se queda callado un instante—.

Mi ex odiaba que lo llamase «nuestra casa». Es mía, pero ellas siempre han vivido conmigo.

—Por eso sabes tanto de bebés...

Asiente.

—Y por eso tengo este trabajo «sofisticado».

—No te sigo.

—¿Recuerdas que fui a la universidad en Vancouver?

—Emily Carr —respondo rápida, como un acto reflejo.

—Emily Carr. —Will sonríe—. Volví cuando Annabel se quedó embarazada. Nuestro padre no lo puso fácil; estaba a punto de casarse de nuevo, y Linda, su mujer, quería que Annabel y la niña se quedaran con ellos, pero yo veía que aquello no iba a acabar bien para nadie. Papá y Annabel apenas se hablaban. Tuvieron una bronca monumental cuando él se enteró de su embarazo y de que quería tener a la criatura.

—Y tú no soportabas estar tan lejos.

—Exacto.

—¿Y el padre?

—David. No es mal tipo, pero también era muy joven. Solo llevaban saliendo unos meses y no estaban, en absoluto, listos para comprometerse. Nuestra abuela también empezaba a necesitar cuidados. Pensé que, como mínimo, podía ayudar a Annabel si le ofrecía un lugar en el que vivir.

Will rellena las copas y da un sorbo a la suya.

—Mi amigo Matty trabajaba en la consultoría de su padre, en Toronto. Me consiguió un trabajo como diseñador gráfico con un buen suelo y me ayudó con el alquiler del primer mes y el último. Mi idea era compartir piso con mi hermana para poder echarle una mano con la niña cuando naciera. —Juguetea con el tallo de la copa—. No tenía ni idea de a qué me había comprometido.

—¿Cuántos años tiene tu sobrina?

Will me mira de reojo.

—Nueve.

—Nueve —repito. Will no solo ejerció de canguro o de tío orgulloso—. Ayudaste a criarla.

—Sí.

Will me cuenta que el padre de Matty se ofreció a financiar su máster en Administración y Dirección de Empresas, que se sacó en horario nocturno. Su hermana, su sobrina y él vivieron en un apartamento hasta que ahorró lo suficiente para dar la entrada de la casa. Mientras lo escucho casi siento cómo mi mente va encajando la nueva información.

—Los primeros años fueron difíciles. —Will se rasca el cuello como si dudara en seguir hablando—. Pasé de hacer lo que me daba la gana a trabajar de nueve a cinco con un bebé en casa. En cierto modo me dejó tocado.

—¿Y eso?

Aprieta el dedo sobre un nudo en el tablero, como si quisiera incrustar algo en la madera. Al hablar no me mira.

—Dormíamos tan poco que casi no rendía durante la jornada.

No creo que esa sea toda la historia, pero tengo miedo a que se cierre si trato de presionarlo.

—¿Y tu arte?

—Lo he dejado, sin más. No tengo tiempo.

—Pero te encantaba —respondo, y alza la vista para mirarme—. Eras buenísimo.

Algo ilumina por un momento su expresión.

—Ya, bueno. Tuve suerte de encontrar algo que me permitiera mantener a mi familia. —Duda—. ¿Suena raro? ¿Que las llame «mi familia»?

—¿Por qué iba a ser raro? Tu hermana y tu sobrina son, literalmente, tu familia.

Los hombros se le relajan.

—Así es como lo siento yo también. Pero ha sido problemático… con las mujeres.

No reacciono cuando menciona lo de las mujeres, o al menos no lo exteriorizo. Por dentro se me revuelve la cena. Pero Will enarca un poco las cejas, como si quisiera saber si va a ser un problema con *esta* mujer, y la boca se me seca.

Cuando ve que no digo nada, se pasa la mano por el pelo y se lo revuelve aún más.

—En fin —añade—. Que me gusta mi trabajo. Mi colega,

Matty, es la cabeza pensante. Mi trabajo, básicamente, consiste en encandilar a los clientes.

—De ahí las fiestas de alto copete —digo, aunque no me lo creo ni por un segundo. He visto a Will en acción. Lo he rastreado en Google. Siempre ha sido mucho más que una cara bonita. Pero también recuerdo cómo hablaba del arte: me cuesta creer que este trabajo le aporte la misma satisfacción.

—De ahí las fiestas de alto copete —concede—. No es lo que me veía haciendo a los veintidós años, pero es que ¿quién va a saber una mierda a esa edad?

—Alguna que otra cosa sabías —contesto—. Me ayudaste a entender que yo no tenía por qué acabar aquí.

Will me observa.

—Pero puede que eso haya cambiado —responde al cabo de unos segundos—. Al final es posible que sea aquí donde debes acabar.

Yo también me he preguntado si habré estado dando un rodeo para al final encontrar el camino de vuelta a casa. La mirada se me pierde en el agua.

—Puede…

Estamos delante del fregadero cuando llega el mensaje. Will no quería dejarme fregar al acabar de cenar, pero agarré un paño y no le quedó otra que pasarme los platos limpios para que los secase. Lleva guantes de goma amarillos, y está casi tan sexy como con el delantal.

Mi teléfono se ilumina en la encimera. El mensaje es de Philippe y solo tiene dos palabras.

El destino

Frunzo el ceño, sin saber bien a qué se refiere.

—¿Todo bien? —pregunta Will.

Entonces llega el segundo mensaje de Philippe.

Es una foto nocturna del exterior de un edificio. Está algo borrosa, por lo que tengo que fijarme para reconocer la tienda de ladrillos rojos que hace esquina y ver el cartel en el escaparate. Pellizco la pantalla para hacer zoom.

—¡No puede ser!

—¿Fern? ¿Qué pasa?

Le tiendo el teléfono a Will, que se quita los guantes.

—Está en venta.

Se queda mirando la pantalla.

—Es tu cafetería.

—Sí. —Estamos hombro con hombro, mirando la foto juntos—. Esa es. No me puedo creer que de verdad esté en venta —añado, yo que pensaba que la pareja de ancianos propietarios había bebido el elixir de la juventud e iba a quedarse allí para siempre.

En pantalla aparece otro mensaje de Philippe:

No hay momento como el presente, BB. Vuelve a casa

Will parpadea con incredulidad y carraspea.

—¿BB?

—De Brookbanks.

Me fijo de nuevo en la foto. Philippe tiene razón. Es el destino. Este es el momento de cumplir mi sueño. Puedo disponer de dinero. Llevo años planeándolo. Tengo una pila de libros de recetas en el armario del apartamento y un trastero lleno de muebles vintage. Podría colocar el butacón de terciopelo naranja en el rincón junto al ventanal. Podría abrir Fern's.

—Deseaba tanto conseguir este local… —murmuro, sorprendiéndome a mí misma. ¿Cuándo dejó de ser así?

—¿Sigues hablándote con tu ex?

—¿Mmm? —Miro a Will distraída. En sus ojos hay un brillo más oscuro de lo habitual.

—La verdad es que no. Solo hemos intercambiado algunos mensajes.

Will frunce el ceño.

—Te ha pedido que vuelvas a casa.

—Se refiere a Toronto. Sabe lo mucho que deseaba abrir esa cafetería.

—¿En pasado?

—No lo sé. Ya no sé ni lo que quiero. —Me quedo mirando la foto; empieza a dolerme la cabeza—. Debería irme ya.

Tras darle las gracias por la cena, Will me acompaña a casa. Al pasar junto al sendero que lleva al muelle familiar, comenta algo, pero no capto lo que dice porque todavía estoy dándole vueltas al asunto. Ya no estoy segura de nada: Will, el resort, la cafetería.

No hago caso del modo en que me observa cuando me da las buenas noches. A los pocos segundos de cerrar la puerta a mis espaldas, alguien llama.

Will está en el umbral, con las manos apoyadas a ambos lados del marco.

—Creo que son chorradas —dice.

Me pongo a la defensiva. Nunca me había hablado así.

—¿Perdona?

—Creo que sabes exactamente lo que quieres. Creo que quieres quedarte y llevar el resort, pero que tienes miedo.

—No tienes ni idea de lo que quiero —le suelto, y Will echa la cabeza hacia atrás. El movimiento es sutil, pero me resulta muy satisfactorio. Quiero que se sienta igual que me sentí yo hace nueve años.

—No digas eso —responde—. Sé que tienes miedo de que… Lo corto.

—Te presentas aquí después de todo este tiempo, pasas unas semanas conmigo y ya te crees que me conoces. Pero no tienes ni idea de quién soy ni de lo que supone para mí estar de vuelta aquí.

Los nudillos con los que se agarra al marco se le ponen blancos. Bien.

—Eso no es verdad, y lo sabes —responde Will, con los ojos clavados en los míos—. ¿Quieres cabrearte conmigo? Adelante. ¿Quieres gritarme? Venga, me lo merezco. —Se inclina hacia mí—. Pero no me digas que no te conozco.

Abro la boca, pero no sale ningún sonido.

—Sé que esto te encanta —prosigue; la comisura de la boca le tiembla—. Se te nota en la cara, solo había que verte en el lago esta noche. Pero también es evidente al ver lo mucho que trabajas. No te plantearías venderle el resort a una constructora y tampoco creo que quieras que lo lleve nadie más. —Se detiene un instante—. Sé que no quieres convertirte en tu madre. —Baja la mirada al punto en el que me rasco la muñeca con las uñas—. Sé que te rascas cuando estás estresada. Te muerdes el carrillo cuando estás planteándote una decisión y jugueteas con el pelo cuando estás nerviosa. Canturreas a los Talking Heads cuando estás concentrada. Adoras a tus amigos. Y adoras esto.

Cada palabra es una flecha de verdad que se hunde en el centro de mi ser.

—¡Vete a la mierda! —le suelto, con el pecho igual de agitado que si hubiera estado corriendo por una pista de atletismo—. ¿Quién te crees que eres para decir nada de mi vida? Que tú renunciaras a tu sueño no significa que yo deba hacer lo mismo con el mío. —Me arrepiento de estas palabras en cuanto salen de mis labios, pero estoy demasiado furiosa como para desdecirme.

Nos quedamos mirándonos. Cierro los puños para no extender las manos hacia él…, no sé si para empujarlo o para atraerlo hacia mí.

—No creo que tengas que renunciar a nada, Fern —responde Will—. Lo que creo es que no estás dispuesta a admitir a qué quieres aferrarte.

Tras decir esto da media vuelta y se va.

14

14 de junio, diez años antes

Pensé que Will me había dejado tirada. Se excusó en cuanto Eli subió a prepararse para el concierto. Tardaba tanto que me incliné sobre la mesa para ver si se había llevado la mochila con él. Pero allí estaba, en el banco de enfrente.

Mientras esperaba, pedí un par de Jäger y me apliqué brillo de labios con mano temblorosa; el resto me lo limpié en el muslo.

Me había pasado el día mintiéndole a Will sobre Jamie. Ahora los dos lo sabíamos.

Cuando volvió, contuve el aliento. Tenía el pelo mojado y ya no le caía sobre la frente, como si se hubiera lavado la cara en el lavabo. Sin mirarme a los ojos, se sentó y, con los labios apretados, fijó la vista en los vasos de chupito. Consideré la posibilidad de disculparme, pero no tenía claro por qué debía hacerlo. Qué más daba que tuviera novio. Era cierto que no lo había mencionado desde el principio, pero tampoco me había insinuado a Will. Él tenía novia.

—Escucha —empecé a decir, aunque no tenía ni idea de cómo seguir.

Pero Will levantó el vaso que tenía más cerca y se lo acercó a la boca. Sus ojos se encontraron con los míos y se quedaron inmóviles hasta que yo hice lo mismo con mi vaso.

—Salud —dijo, y el líquido oscuro bajó por la garganta de ambos.

Will dejó el vaso sobre la mesa con un golpe y se puso en pie. Estaba segura de que iba a decirme adiós, pero caminó hasta mi lado del reservado y me tendió la mano.

—Bailemos, Fern.

Jamás habría imaginado que una banda de versiones ska de Nirvana tuviera demasiados seguidores, pero los Mighty Mighty Kurt Tones habían llenado el local. La sala de la planta superior era larga y estrecha, con un bar a lo largo de una de las paredes, hacia la parte trasera, y el escenario en el extremo delantero. Jamás lo había visto tan abarrotado.

Sin hablar, Will me llevó hasta un montón de sillas en un rincón. Sacó la lata de caramelos de limón de la mochila y la dejó junto a mi bolsa debajo de las sillas. Me puso un caramelo en la palma de la mano y se metió otro en la boca antes de entrelazar sus dedos con los míos y abrirse paso entre la gente. Había dicho como cinco palabras desde que volvió del cuarto de baño y no estaba segura de si estaba enfadado conmigo, enfadado consigo mismo o ambas cosas. Eso me molestaba.

Mientras caminábamos hacia la parte delantera eché un vistazo a la banda. Todos los miembros iban tan elegantes como Eli. Se apretujaban en el escenario con pantalones de cuadros, sombreros hongo y tirantes de damero. Parte del público asistente vestía de manera parecida. Trajes de chaqueta. Medias de rejilla. Guantes sin dedos. Al pasar junto a una mujer con falda escocesa y una camiseta con el ombligo al aire, le dije a Will que me diera un minuto y volví adonde habíamos dejado nuestras cosas. Vale que no quisiera dejarme ir a casa y cambiarme, pero tampoco quería parecer una pordiosera. Me desabroché la blusa y la guardé hecha un gurruño en la bolsa; me quedé en camiseta de tirantes.

Will no dijo nada cuando volví, pero noté cómo me recorría el cuello, los brazos y el pecho con la mirada. La camiseta que llevaba era ceñida, blanca y traslúcida. El sujetador, negro. Uno de los tirantes se me había resbalado por el hombro y no me había molestado en subírmelo. Con el pelo tan corto, no había nada detrás de lo que esconderse, pero me había tomado cuatro copas y un chupito de Jäger, y por primera vez en años no me apetecía demasiado ocultarme.

La vocalista, que llevaba el pelo recogido a lo pinup y la cintura ceñida por un vestido de lunares con cancán bajo la falda, se acercó al micrófono. Mientras presentaba al grupo, me acerqué al oído de Will.

—Deberías haberme avisado del nombre antes de presentarme a Eli —dije con los ojos fijos en su perfil.

—¿Para qué necesitabas que te avisara? —preguntó, sin apartar la vista del escenario.

No le respondí. Sabía de sobra que había estado a punto de darme la risa floja cuando las palabras «Mighty Mighty Kurt Tones» salieron de labios de Eli.

—Ni siquiera los has visto tocar. —Me incliné aún más, apoyando la mano en su brazo para no perder el equilibrio. Que Will supiera de la existencia de Jamie hacía que me sintiera como si se hubiera desplegado una red bajo el ejercicio de equilibrismo que estábamos ejecutando—. Has traído a una melómana certificada al que podría ser el peor concierto del mundo. Eres osado, Will Baxter.

Cuando giró el cuello, su nariz quedó a pocos centímetros de la mía. Bajó la vista a mis labios y se quedó mirándolos. La red desapareció. Acto seguido me miró a los ojos y abrió la boca para decir algo en el momento que el bajo comenzaba a tocar los primeros acordes de «Smell Like Teen Spirits».

Cerró la boca y nos miramos el uno al otro mientras arrancaba la batería cuando, de pronto, estalló el sonido de la trompeta, el saxo y el trombón. Los ojos se nos fueron al escenario antes de volver a mirarnos y, entonces, toda la sala se convirtió en un frenesí de codos, brazos y rodillas rebotando.

—¡Joder, qué buenos son! —grité.

La sonrisa de Will se había vuelto fluorescente. Me cogió la mano, la levantó por encima de mi cabeza y empezó a darme vueltas.

—En realidad no sé bailar —dije, tratando de retirar el brazo. Era cierto: mis amigos algunas veces me obligaban a hacerlo cuando querían que me olvidara de alguna cita de mierda o de unas notas decepcionantes, pero nunca lo hacía por gusto.

—Claro que sabes —gritó Will, poniéndome la otra mano en la cintura—. Estamos bailando.

Sus movimientos eran extraordinariamente buenos. A pesar

de mis caderas rígidas y de todas las veces que le pisé los pies, pensé que tal vez pareciera que sabíamos lo que estábamos haciendo. Tampoco es que nadie prestara atención. Estábamos apretados sobre la pista de baile y, con cada canción, el ambiente se iba caldeando y volviendo más húmedo. El pelo de Will, pegajoso de sudor, le caía por la frente, y yo tenía la camiseta empapada.

Nuestros cuerpos no tardaron demasiado en pegarse. Alguien me empujó contra Will. Levanté la vista para disculparme, pero él me agarró de las muñecas y se rodeó el cuello con ellas. Su cuerpo estaba duro y cálido contra el mío.

—Para que conste, no sé bailar ni aunque me paguen —dije la quinta vez que le pisé el pie.

Deslizó las manos por mi espalda y los costados para dejarlas sobre las caderas.

—Eres perfecta.

Bailamos así, pegados, con la mirada prendida y sus dedos apretándome, hasta que los Kurt Tones pararon para arreglar el pedal de la batería, que se había roto.

Dejamos de movernos y nos miramos. Will tragó saliva y sus ojos volvieron a clavarse en mis labios; entonces supe que si él hubiera estado libre y yo también, nos habríamos besado.

—¿Te apetece beber algo? —dije.

—Vale.

Nos abrimos paso hasta la barra, donde Will pidió dos gintonics. Traté de no quedarme absorta mirando cómo la camiseta se le pegaba al pecho mientras el camarero nos preparaba las bebidas. Nos las dejó en la barra, con una lima reseca en el borde de cada vaso, y Will y yo nos sonreímos con malicia. Saqué la pajita y me bebí el mío como si fuera agua. Estaba tan flojo y tenía tanto hielo que lo parecía.

—Vámonos al fondo —dije cuando la música comenzó de nuevo. Empezaba a sentirme mareada por el calor, el ruido y el dolor en las plantas de los pies—. Aquí hace demasiado calor.

Nos quedamos un poco apartados del gentío. La mirada de Will saltaba de la banda a mí.

—¿Estás bien?

Me sequé el cuello y asentí, pero las ideas se me arremolinaban como un tornado. Pensaba en Will y en Jamie. En el cuerpo de Will moviéndose contra el mío. En el brazo de Will rozando el mío, en cómo había buscado automáticamente su mano y me había apartado cuando mis dedos le rozaron la muñeca. ¿Qué estaba haciendo? Ya no estaba acostumbrada a beber tanto, hacía años que no me permitía ir más allá de un leve achispamiento. Necesitaba aire. Miré a mi alrededor, calculando la distancia que nos separaba de la salida. Cuando Will me tocó la espalda, di un respingo.

—¿Seguro que estás bien?

—Tengo que salir de aquí.

Will asintió.

—Espérame junto a la puerta. Voy a por nuestras cosas.

Mientras Will desaparecía entre la gente, yo me pegué a la pared y apoyé la frente en la superficie pegajosa. Me quedé con los ojos cerrados, respirando hondo, hasta que alguien me tocó el hombro.

—Toma —dijo Will—. Bébete esto y ahora nos vamos.

Al abrir los ojos vi que sostenía un vaso de agua. Se inclinó sobre mí, bloqueando la visión de la sala. Di un par de tragos largos y, cuando le devolví el vaso, él se bebió el resto.

—Vamos —dijo al tiempo que enlazaba mi brazo con el suyo y me ayudaba a bajar las escaleras.

Al salir a la parte delantera del local, nos detuvimos. Llovía a mares. El agua chorreaba por las esquinas de los toldos del bar y se acumulaba sobre las alcantarillas. La luz se reflejaba en las aceras mojadas y el aire era pesado y metálico. La calle estaba casi vacía, a excepción de algunas personas apiñadas bajo la marquesina de una parada del tranvía. No era lluvia sin más. Era un aguacero de verano, torrencial.

Oí cómo Will me llamaba por mi nombre, pero no le hice caso: con el frescor de las gotas sobre la piel ya me sentía mejor. Levanté los brazos, cerré los ojos y alcé la barbilla hacia la tormenta. Al cabo de un minuto, cuando un coche pasó a toda velocidad sobre un charco y me empapó las espinillas, salté hacia atrás dando un gritito.

Will estaba a mi lado; el agua le corría por la cara.

—Venga —dije, tirándole del brazo—. Vámonos.

—¿Adónde?

Y aunque él ya sabía la respuesta, se lo dije de todas formas.

—A mi casa.

5 de julio de 1990

Peter últimamente está hecho un ermitaño. Pensé que una cita doble para ver los fuegos artificiales del Día de Canadá lo animaría. Siempre se ha mostrado atento con Liz. Pensé que todo iría bien y que cambiaría de opinión sobre Eric si pasaba más tiempo con él. Nos sentamos en la colina delante del albergue a esperar a que oscureciera. Liz y yo estábamos hablando de nuestro viaje y, sin venir a cuento, Peter empezó a interrogar a Eric. Quería saber cuáles eran sus planes de futuro y su historial amoroso entero. Tuve que gritarle que parase.

Cuando, a la mañana siguiente, fui a la cocina para decirle que no se metiera en mi vida, Peter ya estaba de mal humor. Me llamó superficial porque me gustaba Eric. Nunca me había hablado así, como si no me soportara. Le dije que lo retirase, pero subió el volumen de la música y no me hizo ni caso. «Ni siquiera odio tanto a los Cure», le grité. Él se limitó a mirarme y a subirlo aún más. Eso fue hace dos días y no hemos vuelto a hablarnos.

15

En la actualidad

No sé ni por qué me molesto en ponerme el pijama. O en tumbarme, ya que estamos. No voy a dormir. Will se marchó hace horas, pero yo sigo nerviosa, el pie derecho no deja de dar golpecitos contra el izquierdo como si me hubiera ventilado seis cafés expresos. La luna debe de brillar: son más de las dos, pero todavía distingo el encaje que forman las ramas al otro lado de la ventana.

Lo que le he dicho a Will esta noche es horrible. Quería hacerle daño. Sentía en los dientes la urgencia de morder, de dejar marca. No me imaginaba todavía capaz de explotar de esa manera. Mi rabia era tangible, algo que podía redondear en las manos y lanzar como un bolazo. Me llevó de vuelta a los diecisiete años y a los gritos a mi madre.

No he terminado de leer las entradas del diario que me enfurecen, aunque tampoco es culpa suya. No habría sido capaz de asumir la verdad, aunque la hubiera conocido desde el principio.

Pero no quiero estar enfadada. No quiero saltar como he hecho esta noche. Me avergüenzo de cómo le he hablado a Will. Él había empezado a abrirse a mí y yo lo usé en su contra.

Aparto las sábanas y camino hasta la ventana, aunque no me hace falta echar un vistazo: siempre tiene la luz encendida.

No me doy tiempo a cambiar de idea. Salgo como una exhalación del cuarto, bajo las escaleras y dejo atrás mi casa; la piel me hormiguea mientras recorro descalza el corto sendero y subo los escalones de la cabaña 20.

Ya estoy golpeando la puerta mosquitera con la palma de la mano antes de poder cuestionarme la lógica de venir corriendo con el pelo alborotado y la camiseta extragrande que uso para dormir. Dice ME GUSTA EL CAFÉ FUERTE sobre una imagen de una taza haciendo pesas. Cuando la vi en la tienda, me pareció horrorosa, pero luego pensé que no podía vivir sin ella.

Will aparece en calzoncillos, poniéndose una camiseta. Atisbo un poco de piel y remolinos de vello negro, pero me cuesta distinguir gran cosa con la luz brillando a sus espaldas.

—Fern, ¿qué pasa? —Cruza el porche con tres zancadas, pero no le dejo ni abrir la puerta y empiezo a hablar.

—Antes he sido una gilipollas —le digo a través de la mosquitera—. Te agradezco mucho que estés aquí, ayudándome con el resort. Debería habértelo dicho antes. Y creo que es flipante que tengas un trabajo que te gusta y una familia a la que quieres, y que sepas cocinar. Haces unas hamburguesas excelentes de verdad, Will, y quiero que me pases la receta del aliño para la ensalada. —Suelto aire para cortar el chorro de palabras—. No decía en serio lo de que abandonaras tu sueño. Lo siento mucho.

Su cara está en penumbras, por lo que no veo su expresión.

—Vale —responde con voz grave—. ¿Has venido para eso?

—¿Sí? No. —Will abre la puerta mosquitera para que entre, pero soy incapaz de mover los pies—. He venido a disculparme, y también porque quería decirte que tenías razón. Sí que sé lo que quiero.

Will tira de mí hacia el porche. Apoya las manos en mis hombros y se inclina. Sin pensar siquiera que es una idea malísima, lo beso.

Es un movimiento torpe y rápido, no tanto un beso como un salto hacia sus labios, y mi boca aterriza en algún lugar cerca de la comisura de la suya. Me aparto casi en el mismo momento en que hago contacto, porque Will no me devuelve el beso. Tampoco me rodea la cintura con los brazos.

Mierda. No quería hacer esto. Lo que quería era decirle que creo que quiero que se quede en el resort. Ahora me mira con los ojos como platos. Resulta que criticar con dureza las decisiones vitales de alguien y luego atacarlo con la boca en plena noche no es una estrategia de cortejo eficaz.

—Perdón —farfullo—. Ya me voy.

Me doy la vuelta, pero Will me agarra del brazo.

—Dime qué quieres, Fern —dice a mis espaldas.

Niego con la cabeza, por lo que me gira hacia él.

—¿Por qué no?

—Porque ya lo sabes —respondo en un hilo de voz. Lo sabía entonces y lo sabe ahora. No necesita que lo diga en voz alta.

—Quiero estar seguro. —Su voz es un rumor quedo—. ¿Qué quieres, Fern?

Inspiro antes de musitar:

—A ti.

Las palabras apenas han salido cuando todo sucede de repente. Me ciñe entre sus brazos y me levanta del suelo. Le rodeo la cintura con las piernas y el cuello con los brazos. Nuestras bocas se unen con tanta rapidez que los dientes chocan y me echo a reír, pero la carcajada se pierde por la presión urgente de nuestros labios.

Will me mete en la cabaña sin dejar de besarme con esa boca cálida que sabe a cítricos y cierra la puerta. No tengo tiempo de percatarme de nada más que del brillo tenue de la lámpara del cuarto de estar, porque en un instante Will me ha pegado a la puerta. Le tomo la cara entre las manos y poso mis labios en su cicatriz antes de volver a atacar su boca. Él se contorsiona contra mí y yo hago lo mismo, ciñéndolo con fuerza con los muslos, moviendo las caderas tanto como puedo, pero no es suficiente. Un gruñido extraño me vibra en la garganta.

—Llevo muchísimo tiempo pensando en ti —dice Will mientras desciende besándome el cuello.

Le tiro de la camiseta, tratando de sacarla de debajo de mis piernas. Tardo un segundo en darme cuenta de que susurra algo contra mi piel, de que está diciéndole al espacio bajo mi oreja lo mucho que desea lo que estamos haciendo, confesándole a la zona bajo mi mandíbula lo guapa que soy.

Frenética, presa del delirio, introduzco la mano entre ambos cuerpos, pero me rodea la muñeca con la mano y me la sube por encima de la cabeza. Hace lo mismo con la otra y me sostiene ambas en lo alto.

—No las muevas —me advierte, mirándome a los ojos—. ¿Vale?

Cuando asiento, no hace nada.

—Sí —le digo.

Entonces me suelta las piernas y me deja de pie, apoyada en la puerta, mientras sube y baja con las manos por ambos lados de mis caderas.

—Tengo una lista larguísima de cosas que quiero hacerte, que quiero hacer contigo —dice con voz ronca.

—Pues habrá que hacer un plan —susurro.

Una leve sonrisa se le dibuja en los labios.

—Se me da genial hacer planes. —Apresa mi lóbulo entre los dientes a la vez que me sujeta las muñecas en lo alto con una mano—. Podría ir de arriba abajo —musita, recorriéndome el cuello con la nariz—. ¿Te gustaría? —pregunta al tiempo que baja con la punta de la lengua por la cara inferior de mi brazo hasta el codo y empuja sus caderas contra las mías para que no me mueva cuando me agito.

—Sí —respondo—. Me gustaría.

Entonces se inclina sobre mí y apoyo la frente en su pecho. El contraste entre la suavidad de la tela, la dureza de los músculos y el aroma dulce y ahumado de Will es embriagador. Entonces siento lo caliente y húmeda que tiene la lengua cuando se mete mi dedo meñique en la boca.

—Ay, Dios… —murmuro, y lo siento sonreír alrededor de mi dedo, rozándome el nudillo con los dientes.

Desliza la lengua hasta el anular y hace lo mismo, succionándolo. Empujo con las caderas, frotándome contra el muslo desnudo, pero me esquiva y se aparta hasta quedar fuera de mi alcance. A alguien más comedido le avergonzaría el gemido que emito, pero yo no soy comedida. Me siento desmoronar con cada movimiento de la boca de Will, con cada dedo que se introduce en ella.

Cuando posa los labios en la muñeca contraria, yo ya estoy

temblando. Me besa el pulso y luego desliza la lengua por el brazo, succionando y mordiendo hasta llegar a mi cuello, justo donde había empezado. Me tira hacia arriba de la camiseta, más allá de las caderas, más allá de las bragas, hasta dejar expuesto mi vientre.

—Voy a tener que quitártela —dice, pero deja de subirla.

—Vale —le respondo y, en un rápido movimiento, la camiseta ha volado.

Lo oigo jurar entre dientes y se detiene un largo instante, antes de alargar ambas manos para colocarme el pelo detrás de las orejas y asaltar mi boca con la suya, recorrerme el labio inferior con la lengua y luego regresar a mi cuello.

—Tengo que ceñirme al plan —dice con los labios pegados a mi clavícula.

Me cubre el pecho con la mano y baja con la boca mientras juguetea con el pezón entre los dedos, primero con suavidad, luego con algo más de fuerza. Cruzo los tobillos y presiono un muslo contra el otro; el movimiento es tan evidente que Will se detiene y baja la vista.

—¿O quizá prefieres considerar una segunda opción? —Sonríe con malicia—. Podría empezar por abajo e ir subiendo, para ver qué te gusta más…

Sube con una mano desde mi rodilla hasta la cadera, deslizando los dedos por debajo del algodón de mis bragas.

—Buena idea —jadeo—. Elijo la opción dos.

Un brillo pícaro brilla en los ojos de Will.

—¿Seguro? —Retuerce la tela en la mano y la estira entre mis piernas.

Murmuro un «ajá» entre suspiros, y Will hinca las rodillas con las manos sobre mis caderas. Las piernas me tiemblan por la anticipación y me agarro a sus hombros para mantenerme en pie. A su espalda vislumbro papeles desparramados por el suelo y una caja de lápices en la mesita de centro. Pero entonces me agarra el tobillo izquierdo y se lleva mi pie desnudo a la boca, sin dejar de mirarme. Trato de apartarlo. Will desliza el índice por la planta de mi pie y chillo, retorciéndome y tratando de no perder el equilibrio.

—¡Opción uno! —grito.

—Demasiado tarde —responde, aunque me deja el pie en el suelo—. Ya he puesto en marcha la opción dos.

Me agarra con fuerza de las caderas. Aun de rodillas, me llega casi al pecho, por lo que hunde la cabeza para recorrer el interior de mi muslo con la lengua. Sumerjo los dedos en su pelo y se lo aparto de la frente para poder verlo mejor.

—Qué suave —murmuro.

En respuesta, Will me mordisquea la piel del interior del muslo. Desliza el pulgar sobre mis bragas hasta el punto en el que se me acumulan todas las sensaciones y emito un sonido que empieza siendo una carcajada y acaba en gemido. Introduce el pulgar bajo la tela y traza pequeños círculos al tiempo que posa los labios en el otro muslo y me da un mordisquito. Mi cuerpo es incapaz de procesar las rápidas transiciones entre el placer y la negación, entre el cosquilleo y el roce de los dientes.

—Pero ¿qué me haces? —farfullo.

Will levanta la vista y me mira a través de la franja negra de sus pestañas, mientras la luz dorada de la lámpara le besa los pómulos. Sigue moviendo el pulgar, ahora más rápido, antes de cambiar la posición de la mano para poder deslizar un dedo hasta el punto en el que me encuentro más húmeda. Cierro los ojos, porque Will me observa con tanta hambre que no voy a ser capaz de fingir siquiera cierto autocontrol. Siento cómo introduce con lentitud un dedo y, al cabo de unos segundos, añade otro, estableciendo un ritmo que me lleva al borde del abismo. Cuando estoy a punto de caer por el precipicio, baja el ritmo.

—No, no, no. Sigue, sigue.

Cuando abro los ojos, tengo la mirada de Will clavada en ellos.

—Quiero que desees esto tanto como yo —responde—. Quiero sentirte tan desesperada como yo lo he estado todo este tiempo.

Le agarro el pelo con más fuerza y cuando, frustrada, tiro de él, Will cierra los ojos. Abro un nuevo compartimento en mi cerebro y le pongo la etiqueta LO QUE LE GUSTA A WILL. Tiro con algo más de fuerza y veo que se mete la mano por debajo de la cinturilla del calzoncillo y se da un par de sacudidas. Quiero hacerlo yo, creo, por lo que empiezo a agacharme, pero Will me detiene, sujetándome de la cadera.

—Me tomo muy en serio acabar todo lo que empiezo, Fern —dice al tiempo que me baja las bragas y me ayuda a quitármelas.

Me abre las piernas y, agarrándome las nalgas con las manos, pone la boca donde antes tenía el pulgar.

Las piernas me flaquean y le doy un fuerte tirón del pelo.

Él mueve las manos para sostenerme por la cintura.

Siento las vibraciones atravesándome cuando habla.

—Confía en mí.

Se sube una pierna al hombro y, cuando más cerca estoy, le digo que no pare, que no pare, que no pare, y esta vez me escucha.

En el momento en que me quedo quieta, deja de sujetarme con tanta fuerza y trastabillo. Entonces se pone de pie, coloca las manos a ambos lados de mi cara y me hunde los dedos en el pelo al tiempo que me clava la mirada. Comprueba cómo estoy.

Quiero decirle lo bueno que ha sido dándome placer, pero parece que he perdido la capacidad de convertir vocales y consonantes en palabras, no digamos ya encadenar unas cuantas para formar una frase. Lo que hago es ponerme de puntillas y salvar la distancia entre nuestros labios para besarlo con voracidad. Bajo la mano y la deslizo sobre su miembro endurecido. Quiero más, más, más.

—Quiero más de ti —le digo. No sé si tiene sentido, pero él asiente.

—Soy todo tuyo.

Me siento como si me hubieran entregado las llaves del más increíble de los parques de atracciones y me hubieran invitado a jugar. Lo quiero todo a la vez. Quiero estar debajo y encima de él. Quiero arrodillarme. Quiero tenderlo en el sofá. Estoy acelerada. Me tiemblan las manos. Empiezo por lo básico. Le agarro el bajo de la camiseta y se la subo por encima del estómago. Will me ayuda a quitársela y, al acabar, suelto un «la madre que me parió» que no podría sonar más reverente.

Este hombre está cubierto de tatuajes. No es que la tinta no deje ni un solo centímetro cuadrado de piel, pero debe de tener como mínimo media docena sobre el pecho y las curvas de los abdominales. El contraste entre su piel clara y los dibujos, todos ellos en tonos de negro y gris, es alucinante.

—¿Siempre los has tenido? —pregunto mientras recorro con el dedo el lápiz que tiene sobre el saliente del hueso de la cadera derecha. Lo sujetan unos dedos largos y de la punta afilada parte una línea sinuosa que desaparece bajo la cinturilla del bóxer.

—Desde que nací —suelta sin inmutarse, aunque toma una bocanada de aire cuando asciendo con el dedo hasta su caja torácica.

—Me refería a entonces.

Si hubiera sabido lo que ocultaba bajo toda aquella ropa diez años atrás, no sé si habría sido capaz de controlarme tanto.

—Algunos.

El nombre de Sofía destaca sobre el costado derecho, casi bajo el brazo. De inmediato lo odio. No le pregunto quién es. Tiene un limón en las costillas, que me encanta, y una tira cómica en un lado del estómago. Reconozco la rotulación al instante.

—Los has dibujado todos tú, ¿verdad? —le pregunto, alzando la vista.

Will asiente con un murmullo.

—Fern, si quieres luego te hago una visita guiada, ¿vale? —responde con voz ahogada.

—No vale. —Me inclino y poso la boca sobre el limón—. Tú ya te divertiste y ahora me toca a mí. —Meto la mano por dentro del calzoncillo y le rodeo el miembro—. Quiero la mejor visita guiada de Will Baxter del mundo.

Echa la cabeza hacia atrás y deslizo la lengua a lo largo del perfil de su pelvis. Traga aire con fuerza y me agarra la muñeca.

—Al dormitorio.

No quiero. Se me ha antojado que Will se derrame ahora mismo sobre la palma de mi mano, así que sigo. Él se lleva las manos a la cabeza y, en el instante en el que los músculos de su estómago se tensan de un modo que me avisa de que estoy a punto de conseguir lo que quiero, me levanta del suelo y no me queda otra que aferrarme a su cuello.

—Pero si estabas a punto —protesto.

Will me succiona la piel por debajo de la oreja y responde:

—No tienes ni idea del nivel de autocontrol que llego a ejercer cuando estoy contigo.

Le muerdo el hombro mientras me conduce al dormitorio.

—Me tomo muy en serio lo de conseguir lo que quiero.

Caemos de lado sobre el colchón y alargo la mano hacia su bóxer; pero, antes de bajárselo un solo centímetro, me acaricia la mejilla con la mano y pronuncia mi nombre. Lo miro a los ojos.

—Baja el ritmo, ¿te parece? Llevo muchísimo tiempo esperando esto.

Asiento, pero sus palabras y su mirada —el modo en que me observa, con franqueza y seriedad— me provocan algo que no sentía hace unos momentos. Estoy desnuda, en la cama, con Will Baxter. No sé ni dónde poner las manos. No sé ni dónde mirar.

Will me levanta la barbilla para que lo mire a la cara.

—¿Estás bien?

Le digo la verdad.

—Creo que estoy nerviosa.

Sonríe.

—Yo también. ¿Quieres que paremos?

Niego con la cabeza.

—Ni en broma.

Will me aparta el pelo y me besa el cuello. Nos besamos durante un buen rato; él no va más allá de acariciarme los hombros, la cintura y la cadera, y dejo de estar nerviosa. Lo que estoy es impaciente. Me pego a él y le llevo la mano a mi pecho. Cuando le bajo el bóxer, no me paro los pies.

—Te quiero dentro de mí —le digo. Empieza a apartarse, pero enrosco mi pierna con la suya para impedírselo—. Ahora.

—Un condón —responde.

Parpadeo. Tiene razón.

Trae una tira de preservativos del cuarto de baño y lo veo enfundarse uno antes de tirar de él para que vuelva a la cama.

—Prefiero así —digo al tiempo que me giro para que se ponga detrás de mí.

Will me rodea con el brazo y yo me ciño contra él, pero no lo toma como la invitación que pretendo que sea. Me pellizca el pezón y me besa el hombro antes de decir:

—Haré lo que quieras… —se mueve hasta quedar encima de mí—, pero me gustaría muchísimo verte la cara la primera vez. ¿Te parece bien?

Trago saliva, con un nudo en la garganta, antes de musitar:

—Sí.

Will me sostiene la mirada mientras se introduce dentro de mí, tomándose su tiempo, hasta que estamos completamente unidos. Nos miramos sin pestañear. Siento que el corazón me va a estallar con una emoción que no logro identificar del todo. No me doy cuenta de que una lágrima se me ha escapado por el rabillo del ojo hasta que Will me la enjuga con un beso.

Me disculpo.

—Nunca me había pasado. No pasa nada.

—¿Segura?

Asiento.

—Estoy bien.

Will posa con dulzura los labios sobre los míos y empieza a moverse a un ritmo lento.

—Podemos hacer que estés mejor que bien.

El sol no ha salido todavía cuando me despierta el trémolo quejoso del colimbo. Nada interrumpe el silencio salvo el extraño y bello canto del ave. Mis ojos tardan unos segundos en acostumbrarse a la suave luz del alba y, al ver dónde estoy, recuerdo que no me encuentro en casa. La noche anterior me viene a la memoria en un destello de piel sudada y tatuajes. La cara pegada a la almohada, Will sobre mí, susurrándome al oído. Esa fue la segunda vez.

Recuerdo armarme de valor para pedirle que me abrazara mientras dormíamos, deseosa de sentir el confort de su cuerpo pegado al mío. No es algo que suela solicitarles a mis compañeros de cama, que me envuelvan, y no estaba segura de poder pedírselo a Will. Al final no me hizo falta. Se colocó contra mi espalda y me ciñó contra él. Me quedé dormida con sus labios posados en el hombro.

Al girarme me encuentro a Will de espaldas, con las sábanas arrebujadas sobre la cintura y el pelo formando una maraña negra.

Decido aprovechar la oportunidad para estudiarle los tatuajes de cerca antes de escabullirme. No quiero que algún huésped me vea corriendo de vuelta a casa en pijama. Y, sobre todo, no sé cómo comportarme con Will a la luz del día.

—Supongo que anoche no llegamos a hacer la visita guiada —murmura Will con voz rasposa, sobresaltándome justo cuando estaba examinando el nombre de Sofía sobre sus costillas.

—Al final me he decantado por un tour individual.

Se coloca la mano bajo la cabeza y tira de mí hasta que quedo encajada en el hueco entre su pecho y el brazo. Me pilla con la guardia baja, por lo que me tenso. El sexo sin compromiso no suele ir acompañado de arrumacos mañaneros, y lo que hemos hecho era la definición de diccionario de un rollo de una noche.

Will me estrecha entre sus brazos.

—Eh, ¿adónde te has ido?

—Lo siento. Estaba pensando.

—¿Y qué piensas tan ensimismada? —pregunta mientras enrosca un mechón de mi pelo alrededor de sus dedos.

—Pienso... —respondo, deslizando la mano por su estómago— que tienes un montón de tatuajes.

Me revuelve el pelo y todo en mi interior se agita un poco.

—¿Siempre eres así de observadora por la mañana?

—La verdad es que no acabo de despertarme hasta que no me he tomado un café. —Carraspeo—. Debería volver a casa ya para no dar el paseo de la vergüenza delante de los clientes. No creo que verme a mí corriendo medio en pelotas sea el tipo de vida salvaje que esperan encontrarse en el resort.

Will desciende con la mano por mi espalda desnuda y me rodea la curva de la cadera.

—Y yo que tenías unos planes estupendos para esta mañana.

Trago una bocanada de aire cuando sus dedos siguen bajando.

—Tentador, pero…

—Fern —me llama con voz dulce—, no te vayas todavía. Luego paso yo por tu casa y te traigo una muda, ¿vale?

—Vale. —Vuelvo la cabeza y escondo la sonrisa en su pecho. Sé que esto no va a ninguna parte. Will tiene una vida en Toronto y yo…, bueno, creo que voy a tener una vida aquí. Por ahora, pese a todo, puedo quedarme un ratito más.

—Bueno, ¿y todos estos tatus? —pregunto mientras desciendo con el dedo por el abeto del brazo.

—A las mujeres les encantan.

—¿A las mujeres como Sofía?

Se le escapa una risita y me acaricia el pelo.

—Pues sí, a Sofía le encantan, desde luego. —Doblo el cuello y veo que me sonríe—. Sofía es mi sobrina.

Will debe de verme el alivio con la misma claridad con que lo siento, porque su sonrisa se ensancha.

—Ah… —respondo—. Creo que no me habías dicho cómo se llamaba.

Me vuelve a colocar en el hueco de su brazo y desliza los dedos por mi pelo.

—¿No? No ha sido aposta, pero ahora me alegro de no haberlo hecho. Te pones muy mona cuando estás celosa.

Resoplo desdeñosa.

—Eres de lo que no hay. —Deslizo la mano sobre el nombre—. ¿La echas de menos?

Will suelta aire casi con un silbido.

—Nunca había pasado tanto tiempo lejos de ella —responde con lentitud, como si escogiera las palabras en un menú de cuarenta páginas—, pero mi hermana se empeñó en que a todos nos vendría bien la separación.

—¿Y te ha venido bien?

Inclina la cabeza para poder verme la cara.

—¿Estás de coña?

Niego con la cabeza.

—Tengo que trabajar, vale, pero es como si estuviera de vacaciones. Llevaba siglos sin pasar tanto tiempo solo. Está siendo alucinante. Un descanso total de la realidad.

«Un descanso de la realidad». Sus palabras rebotan por mi cerebro.

Señalo la tira cómica en el estómago; la primera viñeta muestra a un tipo desaliñado rodeado de cajas de mudanza.

—¿Es tu cómic?

—La primera tira de *Compañeros de piso*, sí.

—¿Alguna vez te planteas retomarlo?

—¿El cómic? No.

—¿Y el dibujo? ¿Aunque solo sea por divertirte?

Se queda callado un largo instante.

—He estado trabajando en algunos bocetos desde que llegué.

Pienso en la caricatura dibujada en la tarjeta que me dio y en los lápices que vi anoche desparramados por el cuarto de estar.

—Has tenido más tiempo para ti.

—Sí, es eso. Pero también…, no sé. Supongo que me has recordado esa parte de mí.

Levanto la vista y me sorprende la gravedad de su expresión.

—Me alegro —murmuro antes de pasar la mano sobre el tatuaje que tiene bajo la clavícula. Dos minúsculas palabras: SOLO PENSAMIENTOS.

—¿Qué significa?

Will se queda callado por completo.

—Es un recordatorio.

—¿De qué?

Parpadea dos veces.

—Nada importante.

—La gente no suele tatuarse lo que no le parece importante.

—Supongo que en eso tienes razón —responde, pero no dice nada más.

Levanto la vista hacia él con el ceño fruncido. Will se frota las arrugas del entrecejo con el pulgar, tratando de alisarlas.

—Hablemos de otra cosa —propone. La otra mano se desliza sobre mis nalgas—. O, mejor aún: no hablemos.

Por segunda vez hoy me despierto en la cama de Will, pero él ya no está conmigo. Oigo el borboteo del café y estoy a punto de coger una de sus inmaculadas camisas blancas del armario cuando decido ponerme en su lugar una camiseta azul marino. El logo del pecho es un corazoncito rojo con ojos de caricatura, y sé que significa que es cara, pero es que me gustan sus camisetas. Me recuerdan al Will de veintidós años. El bajo me llega a medio muslo.

Atravieso el cuarto de estar. No queda ni rastro del papel y los lápices que vi anoche, y encuentro a Will mirando por la ventana de la cocina, con las palmas apoyadas en el mostrador. Se ha puesto un bóxer, pero eso es todo. Me detengo antes de que oiga mis pasos y me tomo un instante para apreciar la topografía de huesos, músculos y piel suave que conforma la espalda de Will Baxter.

—Buenos días —digo—. Otra vez.

Will se da la vuelta y sus ojos descienden hasta el punto donde su camiseta me roza las piernas.

—Me gusta… —Enarca las cejas y asiente inclinando la cabeza hacia donde estoy.

—¿El qué? —pregunto ladeando la cabeza.

—Esto. Tú. Aquí, con mi ropa.

Tiene las mejillas oscurecidas por una sombra de barba que llevaba sin ver desde su primera mañana en el resort y me muero por acariciárselas. Sin embargo, saco un par de tazas del armario mientras el corazón me tamborilea bajo las costillas. El cafelito del día siguiente no es algo para lo que suela quedarme después de un rollo.

—Y me gusta… el café.

—Espero no haberte despertado cuando me he levantado. No quería apartarte de mí. —Los ojos le brillan al decirlo—. Pero tengo una llamada a las diez.

—No pasa nada. Debería haberme marchado antes —respondo mientras sirvo el café en las tazas y le paso una.

Will saca un cartón de leche semidesnatada del frigorífico y se vierte un poco en la taza antes de ponerle tres cucharadas colmadas de azúcar. Yo le doy un sorbo al mío, solo, y suspiro de lo bueno que está.

—Un segundo. ¿De dónde has sacado la cafetera?

Will se encoge.

—La compré a los tres días de llegar. Esas máquinas de cápsulas son un horror.

—Y que lo digas. —Tengo que sustituirlas—. Lo cual me recuerda que hay un montón de cosas relacionadas con el resort que debo discutir luego contigo. ¿Qué tal andas de tiempo?

Lo último que quiero es poner en peligro nuestra relación laboral. Si decido quedarme, voy a necesitar la ayuda de Will más que nunca. Pero no me va a dar tiempo a abordar el tema antes de su reunión.

—Hoy tengo una presentación a las dos y es probable que se alargue un poco.

Siento una punzada de culpabilidad por haberme despertado tan tarde.

—¿Quién es el cliente?

Will frunce la frente, deja la taza en la encimera y da un paso hacia mí.

—¿De verdad quieres hablar de mi trabajo ahora mismo? —me pregunta al tiempo que me coloca un mechón de pelo tras la oreja—. Porque preferiría hablar de lo de anoche.

—Ah —respondo—. Lo de anoche…

Will apoya las manos en mis caderas y, atrayéndome hacia él, me besa bajo la mandíbula antes de decir con los labios pegados a mi piel:

—Lo de anoche ¿qué, Fern? —Entonces me mordisquea el lóbulo.

—Lo de anoche… estuvo bien.

«Un descanso de la realidad». La descripción de Will se arrastra por mi mente como un reptil.

—No estuvo bien. —Me toma la cara entre las manos—. Estuvo genial. Y lo de esta mañana también.

Debería decirle que, por genial que haya estado, no puedo

seguir viéndolo así. Estar pillada por alguien es una cosa, y otra, dormir desnuda con esa persona; algo que no puede traer nada bueno. No creo que mi corazón sea capaz de soportar ser el descanso de la realidad de Will durante el resto de su estancia.

Pero entonces empieza a besarme el cuello y su barba incipiente me roza la piel.

—Creo que deberíamos practicar de nuevo, ¿no?

Asiento.

—Ven a casa en cuanto hayas acabado.

16

14 de junio, diez años antes

Era casi medianoche cuando Will y yo llegamos al edificio victoriano de cubierta abuhardillada en el que yo vivía. En algún momento debió de ser una mansión señorial, pero lo habían vaciado por dentro y convertido en una colmena de apartamentos. El olor a cebolla frita nos acompañó a lo largo del estrecho y oscuro pasillo hasta la parte trasera. Esperaba que Will no prestara atención a la pintura amarillenta y a la moqueta naranja llena de manchas.

Se apoyó en la pared, con el pelo pegado a las mejillas, mientras yo me peleaba con la cerradura.

—Me resbalan las manos —murmuré.

Estábamos calados hasta los huesos. Llovía tanto que no habría servido de nada correr, así que caminamos a buen paso mientras los relámpagos centelleaban en el noroeste y los árboles añosos que flanqueaban mi calle se mecían al viento, con las ramas golpeando el tendido eléctrico.

Will me siguió al interior y juntos contemplamos el minúsculo cuarto que contenía toda mi vida en Toronto. Una cama doble pegada a una pared y la «cocina» en la de enfrente. Uno podía colocarse en el centro y tocar la encimera con un brazo y el extremo de la cama con el otro. Apenas quedaba espacio suficiente para un par de sillas con tapicería de vinilo y una mesita de madera.

—Como puedes ver, lo de pequeño es un eufemismo.

Yo no era una persona ordenada por naturaleza, pero había aprendido a mantenerlo presentable. Me hacía la cama cada mañana y fregaba los platos después de comer. No tenía mucho que decorar, pero había pintado las paredes de un tono menta pálido y había colgado un par de reproducciones que encontré en una tienda de segunda mano: un bosque bajo un oscurísimo cielo nocturno y un dónut que parecía antiguo, pero que desde luego no lo era.

Will se quitó la mochila y recorrió con la mirada el póster del concierto de Grizzly Bear que colgaba sobre la cama.

—Tiene mucha personalidad —dijo—. Es muy tú. Y la ventana me parece alucinante.

Lo era. Daba al patio trasero, el alféizar era ancho y tenía un panel con vidrieras en la parte superior. Era lo que más me gustaba del apartamento: el rellano daba miedo, pero una vez dentro, los suelos originales de madera y los gruesos rodapiés seguían intactos.

—El cuarto de baño tiene una bañera con patas —dije—, pero la presión del agua es un asco.

¿Por qué le hablaba de la presión? Traer a Will al apartamento no había sido algo premeditado. Bailar era una cosa, puede que hasta demasiado, pero lo único que sabía cuando lo invité era que no quería que se fuera. ¿Ahora qué?

Me rasqué la muñeca.

—Bueno, creo que debería cambiarme. Te prestaría algo, pero dudo que te valga hasta la mayor de mis camisas.

—Creo que me quedaría una chispa pequeña. —Will me dedicó una media sonrisa de lado—. Pero no pasa nada. Tengo el mono en la mochila.

Saqué ropa limpia del armario, le lancé a Will una toalla y me encerré en el cuarto de baño, donde tardé el doble de lo necesario en cambiarme. Me lavé los dientes, me apliqué desodorante y retorcí el cuerpo delante del espejo. Me había puesto un pantalón de chándal gris y otra camiseta de tirantes con un sujetador blanco. Nada de tonterías. Esperé hasta oír a Will moviéndose al otro lado de la puerta.

Estaba de pie junto a la mesa y sostenía una fotografía enmarcada mientras la lluvia repiqueteaba contra la ventana. Tenía el pelo alborotadísimo y las mangas bajadas más allá de las muñecas, ocultando una vez más su tatuaje. Las paredes parecían haberse encogido a su alrededor. Mi apartamento no era lo bastante grande para acomodarlo.

—¿Es tu madre? —preguntó.

Las luces temblaron.

Me coloqué a su lado y eché un vistazo a la fotografía.

—Sí, y el que está con nosotras es Peter.

La habían tomado la noche de mi graduación en el instituto. Aparecía entre los dos, en la terraza del albergue, con el lago como un borrón azul al fondo. Recuerdo que Peter no quería salir en la foto y que mamá le susurró algo al oído. A mí me había dado la impresión de estar presenciando un momento de intimidad. Peter mantuvo su expresión plácida, pero asintió, se puso a mi lado y me rodeó los hombros con el brazo.

—Eres igualita que ella.

—Ya lo sé. Antes me molestaba.

Que yo recordara, mamá siempre había llevado el pelo corto. Desde que decidí cortarme el mío, el parecido era asombroso. Ya no me importaba. No estaba segura de cuándo había cambiado de opinión.

—Es guapísima —dijo Will.

Mi mirada se desvió hacia su cara, pero él siguió estudiando la fotografía.

—Solías llevar el pelo muy largo.

—Sí, esto es bastante nuevo —respondí al tiempo que me ponía a juguetear con un mechón cerca de la frente.

Will dejó la foto.

—¿Siempre habéis estado tu madre y tú solas?

—No tengo padre, si es a eso a lo que te refieres.

Di un paso a la derecha para poder llenar los vasos de agua. La cocina, que no medía más que un par de metros, incluía la encimera, un fregadero, una cocina de gas y un pequeño frigorífico. Le pasé un vaso a Will y, tras sentarme en el borde de la cama, empujé una silla con el pie para que se sentara.

—Mis abuelos vivieron en el resort hasta que cumplí los doce años, pero Peter siempre ha estado allí. Es el jefe de repostería. Madruga bastante, así que cuando yo llegaba a casa del colegio él ya había terminado la jornada. Cuando era pequeña, preparábamos meriendas con té a la inglesa: él elaboraba sándwiches de pepino sin corteza y escuchábamos juntos a los Talking Heads y a los Ramones. —Sonreí—. Uno de mis primeros recuerdos de Toronto es tomando el té de la tarde en el hotel Royal York con Peter. —Había estado intentando convencer a mamá de ofrecer este tipo de meriendas elegantes en el resort, pero no lo consiguió.

Will volvió a inspeccionar el cuarto y su mirada se detuvo en el armario ropero. Era poco más que un compartimento con una sola puerta, y tan atestado que ni siquiera cerraba bien.

—Supongo que no pudiste empezar a hacer la maleta con tu amiga aquí, ¿no?

Me dejé caer en la cama. La visita de Whitney me había dado la excusa perfecta para no pensar en guardar todas mis cosas en cajas.

—No puedo creer que vaya a vivir otra vez con mi madre.

—¿Y por qué lo haces?

Parpadeé con la mirada fija en la grieta que recorría el techo. Podría dibujarla con los ojos cerrados.

—Bueno, a menos que quiera instalarme en las cabañas para el personal, que desde luego no es el caso, la verdad es que no tengo otra opción. El resort queda bastante lejos de todo y no tengo coche.

—Ya —respondió Will—. Pero lo que quiero decir es que ¿por qué tienes que volver a casa?

El sonido de un trueno me ahorró la respuesta. Me erguí de repente, lo que me provocó una presión aplastante en el cráneo.

—Necesitamos música.

Abrí el portátil en la mesa al lado de Will y apareció la página web de Brookbanks. Mamá nos había llamado a Whitney y a mí cuando ya salíamos por la puerta esta mañana. Quería que le diéramos nuestra opinión sobre el nuevo sistema de reservas.

—¿Este es el resort? —Will se inclinó hacia delante. El fotógrafo había salido en bote para tomar una instantánea del albergue en lo alto de la colina cubierta de césped, con la playa a los pies. Parecía un enorme chalet de alta montaña, un caserón de tres plantas construido en madera y piedra con tejado a dos aguas.

—Este es —respondí mientras cerraba la página para abrir iTunes y desplazarme por los álbumes.

—¿Qué tal estos? —preguntó Will.

Cuando me di la vuelta para ver a qué se refería, tenía la cara tan cerca que podía distinguir las pecas casi invisibles de sus mejillas. Al seguir su mirada me topé con el póster de la pared.

—¿Grizzly Bear? Claro. —Seleccioné su último álbum—. El año pasado los vi en Massey Hall. Peter me compró las entradas. Fue allí donde pillé el póster. —Me senté en la cama mientras comenzaba la primera pista—. En mi mundo ideal tendría espacio y dinero suficiente para un tocadiscos.

—Y un LP nuevecito de *Horses*.

—Justo, pero estoy contentísima con mi pin del tranvía.

Will tamborileó con los dedos sobre la mesa. Era la primera vez que nuestra conversación parecía atascarse.

—Si ahora mismo pudieras pedir lo que fuese, ¿qué sería? —pregunté para llenar el silencio.

Will parpadeó sorprendido y el rubor le subió por debajo del cuello del mono.

—Probablemente algo para comer.

—¿Tienes hambre? ¿Después de todos esos nachos?

—Yo tengo hambre después de casi todo.

—Tomo nota.

Si hubiera sido tan alta como Will, podría haber abierto el frigorífico con el pie, pero tuve que levantarme para luego contemplar las baldas vacías. No me había dado tiempo a ir a comprar tras la visita de Whitney.

—Tengo pepinillos en vinagre. —Al volver la cabeza distinguí la bolsa de papel sobre la encimera—. No, en realidad tengo algo muchísimo mejor.

Peter me había mandado con Whitney dos hogazas de pan de masa madre y todavía quedaba parte de una.

—No está recién hecho, pero si lo tuestas está buenísimo. —Se lo tendí a Will con una mano al tiempo que hacía un gesto

con la otra como si fuera parte de un truco de magia—. Tú pre-
párate, que vas a flipar.

—Creo que nunca había visto a nadie tan emocionado por
un pan.

Me quedé parada.

—No es solo pan. Es el pan de masa madre de Peter... y te va
a cambiar la vida.

—Ah, ¿sí?

Las luces volvieron a temblar y ambos levantamos la vista antes de mirarnos.

—Te lo garantizo. Después de esta noche no volverás a ser el
mismo, Will Baxter.

Mientras preparaba el tentempié, una ráfaga de viento volcó
los contenedores de basura en el patio. La lluvia golpeaba con
más fuerza los cristales y las luces se atenuaron, destellaron y
luego se apagaron del todo.

—Mierda.

—¿Crees que habrá sido solo aquí?

Me acerqué a la ventana para echar un vistazo a las farolas,
que también se habían apagado.

—Qué va.

—Ahora mismo te das un aire a una asesina en serie —dijo
Will, con el rostro iluminado por la luz azul de la pantalla del
portátil. Yo seguía con el cuchillo del pan en la mano.

—Me has pillado —respondí, blandiéndolo en el aire—. Te
engañé haciéndote creer que era una inocente chica de campo.
—Frunciendo el ceño, dejé el cuchillo a un lado—. Tendremos
que olvidarnos de la tostadora. —Me mordí el carrillo, pensativa—. Usaré una sartén.

La cocina tenía más años que yo y el quemador de la derecha
estaba roto, pero como era de gas, seguía funcionando, aunque
se hubiera ido la luz.

—¿Tienes un mechero? —preguntó Will mientras yo freía el
pan—. Puedo ir encendiendo las velas.

—En la mesilla. —Estaba tan ensimismada pensando en el
hecho de estar con Will en un cuarto minúsculo con iluminación romántica que, hasta que no estaba abriendo el cajón, no

me acordé de lo que había dentro—. No, espera. No hace falta. Está en mi bolsa. En el monedero de Ziggy Stardust.

El pulso se me había acelerado y, cada vez que oía chiscar el mechero, más se me erizaba la piel. Will encendió las cinco velas, cada una de ellas a salvo en un tarro de cristal, y colocó una en el baño y otra en la encimera a mi lado. Otra quedó sobre la mesa, una cuarta en la cómoda y la última junto a mi cama. Cuando acabó, la habitación centelleaba dorada.

—A tu portátil no le queda más que un doce por ciento de batería. ¿Quieres que lo apague por si seguimos sin luz un rato? —me preguntó Will mientras yo freía pan, trabajo en el que estaba cada vez más concentrada.

—Más nos vale.

Al instante se detuvo la música.

Ya solo quedábamos nosotros dos. Y un plato de pan tostado. Lo dejé en la mesa junto con un cestillo con sal en escamas y mantequilla, y me senté en la silla al lado de Will.

—Ponle un poco de sal por encima —dije, haciéndole una demostración.

Esperé a que Will hiciera lo mismo antes de darle un mordisco y observé cómo los ojos se le abrían desmesuradamente. El sonido que hizo, con la boca todavía llena, fue algo parecido a «fiuuuuu».

—¿Esto lo ha preparado Peter?

—Sí. Es el pan que servimos en el restaurante del resort.

—Vale, ahora ya tengo otro motivo para ir. Le estrecharé la mano a ese hombre y me comeré siete rebanadas de pan de masa madre. —Dio un mordisco y, mientras masticaba, añadió—: El lago también tenía buena pinta. Puede que, ya que estoy, alquile una canoa.

—Ah, ¿sí? Me cuesta imaginarte entre la maleza. ¿Will Baxter en canoa? —Negué con la cabeza sonriendo.

—Quedaría fenomenal entre la maleza —respondió con el ceño fruncido—. Sensacional en piragua. Solo tendrás que enseñarme a agarrar la pala.

—Te voy a proponer una cosa: yo te saco en canoa, te enseño cómo se rema y me aseguro de que no hagas el ridículo. Pero a cambio debes enseñarme tus dibujos. —Si íbamos a ponernos a fantasear, bien podía darle la forma que quisiera.

—¿Quieres ver mi obra?

—Claro. —Me lamí la mantequilla de los dedos—. Así que, cuando vengas, tráete el porfolio.

Will, mirándome, se empujó el carrillo con la punta de la lengua.

—Podría enseñártela ya.

Me quedé parada, con el dedo todavía en la boca.

—Tengo un bloc —añadió—. Siempre llevo uno conmigo. Son sobre todo ideas para *Compañeros de piso*. Hay algunos retratos. —Se encogió de hombros—. Si quieres.

—¿En serio? ¿No te importa?

Will se rascó la nuca.

—No me apasiona que la gente vea mis movidas, pero confío en que no dirás nada horrible. —Me miró serio—. Aunque te parezca básico.

—No se me ocurriría.

No obstante, mientras Will rebuscaba en la mochila, empecé a preocuparme. Se me daba fatal disimular.

—Toma —dijo, tendiéndome un maltrecho Moleskine verde. Luego se sentó, apoyó los codos en las rodillas y posó la barbilla en una mano.

Comencé por la primera página y fui poco a poco examinando las figuras en las hojas lisas. Aparecían una y otra vez los mismos cuatro personajes, a veces dibujados con tinta negra y trazos firmes y seguros; otras, a lápiz.

—Eres bueno —dije, levantando la vista hacia él, pero no me respondió, se limitó a observarme mientras hojeaba el bloc.

Uno de los personajes tenía los ojos adormilados, estaba algo encorvado y siempre llevaba un sándwich en la mano. Otro lucía un moño en lo alto. El que representaba a Will era altísimo, con una nariz exagerada. Una de las páginas estaba llena de notas, escritas en cuidadosas mayúsculas.

—Ideas para las tiras —explicó Will cuando llegué a ella.

Entre medias había bocetos realistas de árboles, puentes y objetos cotidianos: un frutero con limones, la mochila de Will tirada en un rincón. También había algunos retratos. Mi favorito era el de una chica nadando, las manos salpicando en el agua y una sonrisa dentuda en la cara.

—Es increíble.

—Gracias. —Carraspeó—. Es mi hermana. No siempre es fácil que la gente se preste a posar, así que suelo usar fotos. Esa era de nuestras vacaciones en familia en la Isla del Príncipe Eduardo, cuando éramos críos.

—Puedes dibujarme si quieres. —Cerré los ojos—. Es decir, que si quisieras dibujarme, te dejaría.

Will no dijo nada, por lo que abrí un ojo.

—¿Ha sonado raro? Solo pensé que a lo mejor querrías practicar.

Cogí otra rebanada de pan y me quedé mirándolo a los ojos con fascinación renovada.

—La verdad es que sí me gustaría.

Levanté la vista del pan.

—¿En serio? ¿Cómo lo hacemos? ¿Quieres que ponga una silla ahí? —pregunté, señalando el otro extremo de la habitación, cerca de la puerta.

Will me quitó el trozo de pan de las manos y lo dejó en el plato. Recorrió el cuarto con la mirada y se detuvo en la cama.

—No, ponte ahí.

Al principio me coloqué en el cabecero de la cama y Will en una silla a los pies. Abrió el bloc por una página en blanco y se quedó observándola un minuto antes de mirarme a mí, primero la cara y luego el resto. Su mano se movía por la hoja con trazos breves y veloces. No paraba de inclinarse hacia delante, entornando los ojos en la oscuridad.

—¿Quieres que me acerque? —pregunté después de que lo hiciera por tercera vez.

Levantó la vista y se detuvo.

—Sí, estaría genial.

Me arrastré hacia delante.

—¿Podemos hablar o te distraería?

—Podemos hablar.

—¿Cuánto tiempo te sueles quedar cuando vienes a Toronto? —Esperaba que la pregunta no resultase demasiado obvia.

Will me dedicó una rápida sonrisa que desapareció enseguida antes de seguir dibujando.

—Depende. Esta vez ha sido poco más de una semana. Normalmente, solo unos días.

Así que no mucho. No lo suficiente para subir a visitarme al norte.

—Ah. ¿Y cómo es que te has quedado más tiempo?

—Mi padre va a volver a casarse. La semana pasada celebraron la fiesta de compromiso y aún no me había presentado a su novia, así que organizó un montón de cosas para que nos conociésemos.

—¿Y fue todo bien? —Yo nunca había tenido que enfrentarme a los vaivenes que supone la vida amorosa de los progenitores. Si no supiera cómo son las cosas, habría creído que mamá me tuvo por generación espontánea.

—Más o menos. Parece enamorada de verdad de papá, pero yo estaba en plan: «Con este tío, ¿en serio? Pero si es de los que lava la ensalada de bolsa…».

Me reí. Will se quedó un instante pensativo.

—Se me hizo raro verlo con alguien distinto de mamá. Annabel ya ha estado con ella algunas veces y le cae bien, y mira que mi hermana es supercrítica. Espero… —Bajó la vista al dibujo.

—¿Estás bien?

Asintió una vez antes de alzar la vista hacia mí.

—Hay una cosa que me molesta: yo me fui, igual que hizo nuestra madre. Papá es muy estricto con Annabel, pero puede que cuando llegue Linda las cosas vayan mejor. —Se frotó un ojo—. En fin, anoche se lo solté, pero no creo que vaya a servir de nada. Ha estado bien tener una distracción hoy, no tener que volver a casa y lidiar con él.

Will se puso a dibujar de nuevo.

—Si quieres quedarte aquí esta noche, por mí bien —solté.

El lápiz dejó de moverse.

—Si quieres.

Levantó la vista hacia mí.

—Por mí bien.

Nos quedamos mirándonos antes de que Will volviera a ponerse a dibujar. Ninguno de los dos habló hasta que, al cabo de unos minutos, dijo:

—Bueno, ¿y cómo es... tu novio?

—¿Jamie?

Observé a Will, tratando de adivinar lo que me estaba preguntando, pero lo único que saqué en claro fue lo largas que tenía las pestañas.

—Sí, Jamie.

—Es genial —dije con voz lenta. Llevaba un montón de tiempo sin describírselo a nadie y tampoco me apetecía hacerlo con Will—. Es un tío tranquilo. Divertido. El tipo de persona que le cae bien a todo el mundo: es como el pudin de caramelo, pero en versión humana.

—Me he perdido —respondió Will.

Clavé la mirada en el pin de SURREALISMO de la solapa.

—Es una especie de broma entre nosotros: qué tipo de postre seríamos. Él es pudin de caramelo, dulce, suave y que le gusta a todo el mundo.

Will me miró de reojo. Juraría que sonreía con picardía.

—¿Y tú, Fern Brookbanks? ¿Qué tipo de postre serías?

—¿Yo? —Tragué saliva—. Jamie dice que soy una tartaleta de limón.

Vi cómo el pecho de Will subía y bajaba. Inclinó la cabeza sobre el cuaderno.

—¿Y qué crees que sería yo?

Noté en el paladar la tarta de chocolate salado de Peter, con su toque de chile.

—No lo sé... ¿Un tronco de chocolate?

—¿Un tronco de chocolate?

—Sí. Ya sabes, ¿con galletas de chocolate y crema batida? —Debería haber contado hasta diez antes de abrir la boca.

—Ajá —dijo Will—. ¿Y qué más?

Sabía que no se refería al tronco. Respiré hondo.

—Conozco a Jamie desde hace un montón, pero siempre había sido un chico mayor del lago.

Will me lanzó una mirada.

—¿Cómo de mayor?

—Me saca tres años. Su familia tiene un chalet cerca del resort. En fin, que el último año de instituto yo estaba fatal y los dos empezamos a trabajar juntos. Era la única persona que no me juzgaba. —Will levantó la vista del dibujo—. Empezamos así.

—¿Hace cuatro años?

—Justo. Trabajamos juntos cada verano en el resort. Jamie se queda en las cabañas para el personal en vez de en casa de sus padres porque le encanta aquello. —Empecé a arrancarme el esmalte azul de la uña del índice—. Ahí no coincidimos.

—Esa no es mi impresión.

—¿En serio? —¿Es que no le había explicado que no iba a volver al resort?

—Sí. Hoy en la galería… y por la forma en que hablas del lugar. Yo qué sé. Tengo la impresión de que te encanta.

Parpadeé. En muchos sentidos me encantaba, sí. Me encantaba ver las tormentas desplazarse por encima del lago. Me encantaba pasar el rato en el obrador con Peter y jugar a *cribbage* con los Rose, y sacar el kayak cuando hacía bueno.

—Puede.

Me miré las manos. Las cosas iban mejor con mamá desde que me mudé al piso antes de empezar el segundo año de universidad. Yo nunca había apreciado su eficiencia y capacidad de trabajo, pero el día que ella y Peter me ayudaron a deshacer las maletas, se puso a limpiar y a organizar el apartamento como si fuera una operación militar. En una tarde, el queso pegado había desaparecido de los quemadores, las juntas de los azulejos del baño estaban blancas, no grises, y todas y cada una de las cazuelas, sartenes y demás cacharros, fregados y guardados en su sitio. Cuando acabamos, yo estaba cansada y agradecida, pero en lugar de volverse a su hotel, mamá sugirió que saliéramos los tres a celebrarlo. Nos sentamos en la terraza de un pequeño restaurante al final de la calle, pedimos pizza y vino tinto, y nos pusimos a rememorar el verano. Me sentí como si fuéramos una familia normal, y supongo que lo éramos. Cuando, el año anterior, mamá me había dejado en la residencia, estaba deseando que saliera por la puerta. Pero esa vez la estreché con fuerza cuando nos despedimos con un abrazo y deseé que se quedase un poco más.

—Si no volviera a casa... —Negué con la cabeza—. No es una opción.

—¿Y Jamie? ¿No se lo has dicho?

—No. Presiento que no saldría bien. Creo que Peter es la única persona con quien puedo hablar. —Recordé la lista de reproducción que me había confeccionado—. De todas formas, es probable que ya se lo huela. Me conoce mejor que nadie.

—¿Lo quieres?

Miré a Will con sorpresa.

—¿A Peter? Claro. Es lo más parecido que tengo a un padre.

—Me refería a Jamie.

No era mi intención quedarme callada, pero es que me pilló con la guardia baja.

—Por supuesto. Si no, no estaría con él.

Will asintió.

—¿Tú estás enamorado de Fred?

—No —respondió sin dudar. Al cabo de un segundo añadió—: Pensaba que podía estarlo. Pero me he dado cuenta de que no.

Quería saber cómo y cuándo se había dado cuenta y, dado el caso, por qué seguían juntos. Pero continuar por esos derroteros parecía peligroso. Así que los dos nos quedamos callados y yo observé la luz de la vela titilar sobre las mejillas de Will, perdiéndose en los huecos.

La lluvia, que caía con más fuerza, golpeaba las ventanas. Al cabo de un rato la mano de Will se detuvo.

—Me da miedo que te horrorice —dijo.

—La verdad es que a mí también.

Se desplazó hasta el borde de la cama y yo me arrastré a su lado. Dejé unos centímetros entre los dos, pero notaba el calor de su cuerpo, el olor de la lluvia en su pelo y la pintura en su ropa.

Me incliné sobre la página y allí estaba, capturada por los finos trazos del grafito, sombras y luz. La ilustración era cuidadosa y detallada, y yo era la protagonista, con la cama y el cuarto difuminados a mi alrededor. Tenía la barbilla apoyada en las rodillas, los brazos rodeando las espinillas y los pies descalzos. Los labios curvados ligeramente hacia arriba y los ojos abiertos con una expresión de cierto placer secreto.

—Así se te ve cuando estás emocionada por algo... He intentado plasmarlo. —Agachó la cabeza para poder leer la expresión de mi cara—. Pero la nariz también me ha costado.

—¿La nariz? —Me pasé los dedos por ella.

—¿Qué te parece? ¿Lo odias?

Negué con la cabeza.

—No. Es... —Quería explicarle que tenía la impresión de que nadie me había visto de verdad hasta ese momento, pero lo único que fui capaz de decir fue—: Soy yo.

3 de agosto de 1990

Se me está retrasando la regla. A mí nunca se me retrasa la regla. Debería haberme bajado hace seis días.

Pero no puedo estar embarazada. He tenido cuidado. Tomo la píldora.

Tengo un plan. Quiero dirigir el resort a los veintitrés años. Casarme a los veintiséis. Dos hijos antes de cumplir los treinta.

¡No debería tener hijos hasta por lo menos dentro de cinco años!

Europa. Trabajar. Casarme. Ser madre. Ese es el orden en que se supone que deberían pasar las cosas.

No estoy embarazada. No. Imposible.

Pero me duelen las tetas. Un montón.

17

En la actualidad

Me zambullo en el extremo del muelle familiar, deslizándome por el agua hasta que me veo obligada a emerger. En cuanto regresé de la cabaña de Will, me puse el bañador y saqué el kayak. Sin embargo, no me alivió el nerviosismo por haber pasado la noche con él y por la perspectiva de pasar otra noche juntos.

Mucho antes de que yo naciera, mis abuelos y mi madre venían aquí a pasar el rato en el agua. La orilla, que forma una pequeña bahía, es privada: no se ven ni las cabañas ni la playa del resort. Hay dos sillas metálicas con la pintura roja descascarillada y un muelle corto e igualmente decrépito. Del agua sale un cedro nudoso, con la base del tronco paralela a la superficie. Whitney y yo solíamos desfilar por ella como si fuera una pasarela de moda. A los once años me convenció de que llevase unos vestidos de mamá y un radiocasete para conseguir el efecto completo, pero ella acabó cayéndose en el lago con su vaporoso vestido floreado de seda. Mamá nos tuvo recogiendo pelotas de tenis por las canchas el resto del verano.

Yo siempre he preferido nadar en el muelle familiar, lejos de todo el mundo, pero a Whitney le gustaba la playa, para así poder espiar a nuestros huéspedes misteriosos cuando éramos pequeñas y, más tarde, a los chicos guapos. Este era el rincón favorito de mamá, adonde venía para disfrutar de un café y un poco de soledad.

Mi cerebro es como una urraca sobreestimulada que no acaba de decidir sobre qué objeto brillante posarse.

El resort.

Will.

El resort.

Lo que Will hace con el pulgar.

No es que sea una gran nadadora. Me encanta estar en el agua, aunque soy más bien de las que flotan abrazada a un churro. Sin embargo, hoy no paro de bracear hasta que la mente se me queda en blanco.

Cuando los pulmones y los brazos por fin han dicho basta, me envuelvo en una toalla y me siento en la misma silla de siempre, la de la izquierda. Contemplo cómo las olas que forma un bote rompen contra las rocas o lamen la orilla y, por un segundo, es como si mamá estuviera sentada a mi lado con una taza humeante en las manos.

Este era nuestro rincón, el único lugar que de verdad era mío y suyo, de nadie más. Veníamos por la mañana y mamá dejaba la BlackBerry en casa. En pleno verano no tenía mucho tiempo, así que, en cuanto se acababa el café, se levantaba y se marchaba. En cambio, en otoño traíamos *muffins* cubiertos de *streusel* horneados por Peter y nos quedábamos aquí hasta que yo tenía que prepararme para irme a clase. En primavera nos abríamos paso entre la nieve a medio derretir y nos arrebujábamos bajo una manta.

«Me encanta esto —decía con un suspiro—. Qué suerte tenemos, ¿verdad?».

Aún oigo su voz con toda claridad.

Cómo me gustaría poder oírla de nuevo. Los diarios son lo más parecido a ella que tengo. Esta vez está siendo más difícil leer el último. No pensé que fuera posible. Mamá era muy joven cuando se quedó embarazada. Siempre lo he sabido, pero leer su diario siendo adulta es muy distinto, porque ahora soy mucho más consciente de lo joven que suena.

Una mariposa monarca revolotea cerca antes de posarse en el pétalo morado de un lirio salvaje que crece en el borde del agua. Hasta en plena rebeldía adolescente, mamá me hacía venir aquí con ella. Me sentaba de brazos cruzados, sin hablar, hasta que se terminaba el café y luego subía por el sendero de vuelta a casa con paso aburrido.

No recuerdo la última vez que estuvimos juntas aquí. No creo que viniéramos al lago una sola vez en los últimos doce meses. Cuantas más responsabilidades asumía en Filtr, más me costaba encontrar tiempo para venir a casa, aunque me quedé una semana entera en Acción de Gracias cuando Philippe y yo lo dejamos. La última mañana le conté a mamá que había decidido renunciar a los hombres. Le dije que estaría mejor sola, igual que ella.

Se inclinó, me tomó la mano y me miró fijamente con sus ojos grises. «Sé que ahora mismo no estás lista, cariño, pero un día descubrirás que tu corazón es demasiado grande para ti sola». Asentí, aunque sin creérmelo. Fuera hacía frío, el cielo lucía un azul intenso; las hojas brillaban rojas y doradas. Mamá levantó la barbilla al sol, sentada con los ojos cerrados y una sonrisa en la boca hasta que le pregunté la hora: tenía que volver al albergue. Negó con la cabeza. «Quedémonos un ratito más, cielo».

Contemplo la silla vacía a mi lado y lo sé. Mi corazón es demasiado grande para no hacerle caso.

La gente cambia. Los sueños, también.

Cuando vuelvo a casa, me siento en el borde de la cama con el bañador mojado y una toalla alrededor de la cintura. Cojo el diario de la mesilla y paso los dedos por la letra de mamá. Quiero decirle que voy a quedarme. Quiero pedirle consejo. Quiero que me diga que está orgullosa de mí. Quiero a mi madre de vuelta.

Tras limpiarme las lágrimas con un pico de la toalla, me fijo en un nombre sobre la página, cojo el teléfono y pulso el botón de llamada.

—¿Fern? —La voz profunda de Peter resuena en mi oído.

—Hola, Peter. Quería que fueras el primero en enterarte. He tomado una decisión respecto al resort.

—Está igualito —dice Jamie mientras recorre el cuarto de estar con la mirada—. Llevaba sin venir aquí desde que estábamos saliendo.

No me sorprende. Por mucho que mi madre viviera por y para Brookbanks, mantenía una relación meramente profesional con el personal del resort. La única excepción era Peter.

Siempre pensé que la reserva de mamá se debía tan solo a su necesidad de mantener ciertos límites entre la jefa y los empleados. Ahora que estoy leyendo su diario con ojos de adulta, estoy segura de que no era solo eso.

Pero yo no soy mi madre.

Tras colgar el teléfono después de hablar con Peter, le pedí a Jamie que se pasara por casa.

Lleva una corbata verde oliva con piñas blancas estampadas. Es algo que no había notado hasta hace unos días: siempre lleva una corbata con, como mínimo, algún detalle en el tono de verde de Brookbanks. Me pregunto cuánto tiempo pasa buscando corbatas verdes por internet. Y cuándo se convirtió en el Jamie que es ahora, pulcro y organizado.

Puede que fuera mientras vivía en Banff. Pasó unos años allí, ganándose el ascenso a base de trabajo duro en uno de los resorts antes de mudarse a Ottawa para gestionar un hotel en el centro, cerca de Parliament Hill. Fueron los padres de Jamie quienes le contaron a mamá lo mucho que disfrutaba de los veranos en Brookbanks y le sugirieron que lo llamara.

El mensaje de mamá me llegó de sopetón.

Jamie Pringle nos sigue cayendo bien, ¿verdad?

Yo llevaba años sin oír aquel nombre. La verdad es que no habíamos mantenido el contacto tras la ruptura.

Sí

Cuando cortamos, no le había contado gran cosa a mamá, así que supe que esa era su forma enrevesada de preguntarme por él.

Me estoy planteando contratarlo como gestor

Será una incorporación estupenda

Exceptuando a mi madre, nadie amaba el resort como Jamie.

—Aprecio de verdad todo el apoyo que me has dado estas últimas semanas —le digo en cuanto estamos sentados a la mesa de la cocina. Mi voz suena tensa. No sé por qué estoy nerviosa.

—Pero ¿qué demonios, Fernie? ¿Me vas a despedir?

—¿Qué? No.

Suelta aire de golpe y deja caer la cabeza sobre la mesa.

—De verdad pensaba que ibas a echarme —responde con voz apagada.

—¿Por qué iba a hacerlo?

Levanta la vista y me lanza una sonrisa de lado.

—¿Porque sigues enamorada de mí y no soportas estar en la misma habitación que yo sin poder lanzarte a arrancarme la ropa?

—¿Tan transparente soy?

—Te delataste al babear. Cuando estás cachonda, babeas.

Me río.

—Te he mandado venir porque quería decirte que he decidido no vender el resort. Voy a seguir dirigiéndolo.

Jamie da una palmada en la mesa.

—Eso sí que son buenas noticias.

—Pero hay que introducir cambios.

Jamie sabe un poco del trabajo de consultoría de Will, pero le explico mejor lo que estamos haciendo.

—Tú conoces Brookbanks y a nuestros clientes —concluyo—. Me encantaría contar con tu opinión.

—Claro, Fernie. Será un honor ayudar.

«Un honor». Pues sí que va en serio.

—¿De verdad pensabas que te iba a echar porque estuvimos saliendo?

Me mira con fijeza.

—Me preocupaba que pudieras hacerlo. Tenemos un pasado, así que pensé que tal vez quisieras empezar de cero.

—Tengo un pasado con un montón de gente por aquí. Como mínimo media docena de miembros del personal me han cambiado los pañales. Y algún que otro huésped también. Lo de empezar de cero no es una opción.

—Pero ¿con cuántos de ellos te has acostado?

Parpadeo. Una imagen de lo ocurrido anoche atraviesa mi mente: Will está debajo de mí, con los labios hinchados rodeándome el pezón y mirándome con un brillo oscuro en los ojos.

—Un segundo, ¿con quién más te has acostado, Fernie?

—Con nadie —respondo con la cara roja como un tomate—. Si vamos a trabajar juntos, no podemos hablar de nuestra vida sexual.

—Vale. —Me sonríe pícaro—. Aunque tendremos que hacerlo si empezamos a acostarnos de nuevo.

Le propino una patada por debajo de la mesa.

Dos horas más tarde estoy arrellanada en el sofá y escucho cómo Jamie gorjea una versión sorprendentemente buena de «Ironic». Ha insistido en que lo celebráramos, y con material del bueno, y en que correría de su cuenta. Llamó al albergue para que nos mandaran una botella de «nuestro mejor y más barato espumoso».

—¡Tu Alanis es una pasada! —exclamo mientras aplaudo una vez que ha terminado.

—Ya lo sé.

Se deja caer en el sofá y coloca a mi lado los pies, enfundados en calcetines, mientras da un trago a su cerveza. El espumoso no nos duró ni un asalto.

—No me puedo creer que nos vayan a dejar llevar el resort —suelto con un suspiro.

Jamie me da un golpecito en la pierna con el pie.

—Me alegro de que estés de vuelta. Te he echado de menos.

—Y yo a ti —respondo, porque es verdad. Cuando perdí a Jamie, perdí a un buen amigo.

—No pasa nada, Fernie. Te toca.

—¿Cómo que me toca?

—El escenario es tuyo.

—Lo siento, pero no. Ya sabes que yo no canto en karaokes.

La exhibición pública de mi falta de oído está grabada a fuego en la lista de actividades vergonzantes en las que me niego a participar, junto a los jerséis navideños horteras, las despedidas de soltera y la sombra de ojos con purpurina. Aun así, Jamie me vacila hasta que me rindo.

Estoy a punto de acabar «Insensitive» (mamá era superfán de Jann Arden), cuando Jamie se vuelve hacia la puerta. Allí está Will, vestido de Will Baxter de la cabeza a los pies: chaqueta, corbata, pelo peinado hacia atrás y una expresión inescrutable.

—Esperaba que no te dieras cuenta de mi presencia —dice—. Continúa, por favor.

Niego con la cabeza, muerta de vergüenza.

—¿Qué tal la reunión?

—Bien. Se ha alargado. —Will primero mira a Jamie y luego hacia la botella vacía de cava en la mesa—. He venido nada más acabar.

—Fernie y yo estamos celebrando la buena noticia —dice Jamie al tiempo que se levanta.

Will frunce la frente al oírlo llamarme «Fernie» y se pasa la mano por la corbata.

—¿Qué noticia?

—Que he decidido quedarme.

Will lanza una mirada a Jamie antes de volverse de nuevo hacia mí.

—Enhorabuena —dice con voz áspera—. Siento haber interrumpido la celebración.

—No has interrumpido nada —respondo.

—Claro que sí —me contradice Jamie—. Pero yo ya me iba. ¿Me acompañas a la puerta, Fernie?

Will lo mira con los ojos entornados y Jamie le guiña uno.

—¿Con ese tío? —me susurra Jamie una vez que estamos en la puerta.

—No me puedo creer que le hayas provocado de esa manera —siseo.

—Venga. Algo de derecho a tomarle el pelo tendré, ¿no? Digo yo que después de cuatro años juntos…

—¿Tú todavía no…? —empiezo a preguntarle, mirándolo de reojo.

—¿Que si siento algo por ti? —Jamie se pone a juguetear con un mechón de mi pelo—. Te querré siempre, Fernie. Pero no te preocupes. Puedo comportarme con profesionalidad.

Yo también lo querré siempre.

—No quiero que estemos raros el uno con el otro. Quiero que seamos amigos.

—Lo mismo digo —responde—. Y, como amigo tuyo que soy, ese tío no me gusta para ti. Es demasiado estirado, demasiado serio, y hay algo que no me huele bien. Es como si ocultara algo. ¿Qué le has visto? ¿Toca algún instrumento?

—Adiós, Jamie.

Me besa en la mejilla.

—Y es demasiado alto.

Cuando vuelvo al cuarto de estar, Will está en el sofá, con las manos entre las rodillas, mirando al suelo.

—Pareces un poco tristón —le digo al tiempo que me siento a su lado—. ¿Qué pasa?

—Pensaba en lo mucho que odiaba a ese tío sin haberlo conocido siquiera.

—¿En serio? Pues ya que nos sinceramos, tampoco es que yo tuviera un gran aprecio a tu novia.

A Will se le curvan los labios.

—Y se te notaba. No eres la persona más sutil del mundo, Fern Brookbanks.

Aprieto los ojos.

Will tira de mí hasta hacerme sentar a horcajadas sobre su regazo. Desliza una mano por debajo de la falda del vestido y asciende por la pierna. Cierro los ojos y, con un gruñido, hundo los dedos en su pelo. Durante mucho tiempo, Will ha sido el chico que encarnaba mis «y si...». ¿Y si los dos hubiéramos estado solteros cuando nos conocimos?

Me besa justo debajo de la oreja y aparta a un lado mis bragas.

—Pensaba que eras la tía más guay que había conocido nunca. Me planteé cortar con mi novia. Mandarle un mensaje.

—¿Cómo? —Abro los ojos como platos, pero él sigue a lo suyo.

—Pero entonces me enteré de lo tuyo con Jamie —dice mientras me observa con atención; y enseguida empieza a hacer eso con el pulgar.

—Ay, por Dios.

—Sigo odiándolo —añade—. Odio que le contaras lo del resort antes que a mí.

Los dedos de Will hacen que me cueste lo indecible articular palabra alguna. Al cabo de unos segundos consigo preguntarle:

—¿Estás celoso?

Me mordisquea el cuello.

—De cojones.

No debería ponerme, pero me pone. Me alzo lo justo para que me quite las bragas y alargo la mano en busca del botón del pantalón de Will. Se saca un condón del bolsillo y cuando desciendo sobre él, ambos nos quedamos parados.

Se me escapa un murmullo cuando siento su pulso en mi interior. Comienzo a trazar círculos con las caderas, buscando la fricción, pero me inmoviliza antes de acercar los labios a mi oído.

—¿Quieres saber algo más? —farfulla.

Asiento. Los adverbios me han abandonado.

—No necesitaba tu ayuda para barnizar el mural —musita mientras vuelve a la carga con el pulgar—. Habría ido mucho más rápido yo solo. Podría haber acabado en la mitad de tiempo, pero quería estar contigo.

Vuelvo a emitir un murmullo inconexo, porque se me han olvidado todas las palabras del vocabulario.

—Y he pensado mucho, muchísimo, en eso que guardabas en el cajón de la mesilla.

Estoy demasiado concentrada en la necesidad que siento entre las piernas y el hambre en los ojos de Will como para sentir la más mínima vergüenza.

Es rápido, casi febril. Will no deja de mirarme a la cara en todo el tiempo. Debe de notar lo mucho que me gustan las cosas que me está diciendo porque, cuando estoy a punto de caramelo, me pega los labios a la oreja y me dice que me corra. Y lo hago.

Apoyo la frente en la suya, tratando de recuperar el aliento. Quiero tumbarme en la cama y repasar con Will los sucesos del día sabiendo que ha sentido celos. Y luego quiero dormir.

Puede que contarle a Whitney que voy a quedarme sea la experiencia más gratificante de toda mi vida adulta. Me ha suplicado que lleve a Will a cenar en su casa de Huntsville. Acaba de poner a Owen en el saltador que tiene en la puerta que comunica el cuarto de estar con la cocina cuando le doy la noticia. Grita y rompe a llorar al tiempo que se abalanza a abrazarme.

Miro a Will por encima de ella y formo la palabra «guau» sin articular sonido alguno. Cam y él se ríen, el saltador rechina cada vez que Owen se impulsa y Whitney no hace más que decir: «Qué contenta estoy». Es exagerado y maravilloso, y solo puedo pensar: «Así es como suena la vida plena».

Cam prepara espaguetis a la boloñesa y, cuando Owen empieza a ponerse pesado, Will lo pasea por toda la planta inferior, canturreándole al oído. Lleva vaqueros y camisa blanca, con las mangas subidas hasta el codo, y Whitney y Cam lo observan como si fuera un regalo de los dioses. En un momento dado, ella le pide que se mude a su casa.

Durante la cena Whitney se lanza a contar cómo nos hicimos amigas. Cam interviene:

—Aún tengo la marca donde Fern me pegó el puñetazo.

Will me da un apretón en el muslo por debajo de la mesa y me dedica una de sus sonrisas secretas. Esta historia ya se la sabe.

Whitney acuesta al niño y luego me lleva a la cocina con el pretexto de que la ayude a servir el postre. Quiere saber qué hay entre Will y yo, y le digo la verdad. No tengo ni idea. Lo único que sé es que ha decidido quedarse hasta el día después del baile. Ayer, tras hacer el amor en el sofá pedimos comida del restaurante y pasamos la noche en mi cama. Tenía pensado pedirle que se fuera antes de dormirnos, pero no fui capaz. Quería que se quedara.

Más allá del interrogatorio al que Whitney somete a Will para conocer su rutina de higiene oral, la noche transcurre sin incidentes.

Pero entonces suenan campanas en el teléfono de Will.

Whitney intenta convencernos de que tomemos otra copa y durmamos en el cuarto de invitados para que no tenga que conducir los veinte minutos que se tarda en volver al resort, pero, en cuanto le suena el teléfono, Will se disculpa y se va a la cocina.

Pasa tanto tiempo allí que Cam y Whitney intercambian miradas de reojo.

—Voy a ver si ha habido algún problema —anuncio.

Cuando entro en la cocina, Will levanta la vista del teléfono. Tiene el cuello enrojecido y se diría que está a punto de soltar un rapapolvo.

—Tengo que dejarte —le dice a la persona al otro lado de la línea.

—¿Estás bien? —le pregunto en cuanto cuelga.

Will parpadea un par de veces.

—¿Te importa si nos vamos?

Le respondo que no, pero se me forma un nudo en el estómago. Nos despedimos de Whitney y Cam. Will les da las gracias por la invitación y la cena, pero se le nota tenso y distraído. La sonrisa no le llega a los ojos.

«¿Qué le pasa?», vocaliza Whitney, sin emitir sonido alguno, cuando Will no nos mira. Yo niego con la cabeza.

De camino al resort, lo único que rompe el silencio es el sonido crepitante de la música country en la radio. Yo no hago más que desviar la vista de la carretera hacia Will, pero él está mirando por la ventana y dándole vueltas al anillo.

—¿Ha pasado algo? —le pregunto cuando estaciono el Cadillac en el aparcamiento de Brookbanks.

Will frunce aún más el ceño.

—Cosas de familia.

Una nueva pieza encaja en el rompecabezas. El tono del teléfono es el de Annabel.

—¿Estabas hablando con tu hermana?

Will no responde.

Me planteo dejarlo pasar. Hablar de su vida doméstica no es precisamente la huida de la realidad que a todas luces busca. Pero alargo la mano por encima de la consola y la poso en su rodilla.

—¿Qué pasa?

—Annabel ha empezado a buscarse una casa, para ella y Sofía. Quiere marcharse —responde Will al cabo de un instante.

—Ah… —Vacilo—. ¿Y eso es malo?

—Es... —Mira por la ventana antes de volverse hacia mí—. No quiero preocuparte con esta historia.

—No me preocuparás. No me importa —señalo.

—A mí sí —contesta—. A ellas mejor las dejamos fuera de esto, ¿vale?

Le pido que se quede a dormir en casa, pero responde que esta noche no puede. Quiere volver a llamar a su hermana.

Doy vueltas y más vueltas en la cama hasta acabar durmiéndome, pero me despierto sobresaltada por un sueño que no recuerdo. Son las 2.08 de la madrugada. Arrastro la pequeña silla de escritorio hasta la ventana del cuarto y me quedo mirando el cuadradito de luz procedente de la cabaña de Will. Me reconforta saber que sigue ahí.

Pero donde lo quiero es aquí, en mi cama. Quiero que hable conmigo. Me da miedo todo lo que deseo con relación a Will.

18

15 de junio, diez años antes

Estaba inclinada sobre el bloc de dibujo de Will, con la nariz a pocos centímetros de la página, hipnotizada por el dibujo. Debía de ser más de medianoche. Él se encontraba de pie a mi lado, estirándose.

Durante años había pasado inadvertida. Me sentaba en la última fila en los auditorios. Salía de fiesta, pero no demasiado. Apenas tenía unos cuantos amigos íntimos. Había esperado a que terminaran las clases antes de llevar a cabo mi drástica transformación capilar. Salía con alguien cuya energía me permitía permanecer en un discreto segundo plano.

Evitaba llamar la atención.

En el fondo sospechaba que algo en mí no iba bien, que a los diecisiete años había sacado a la luz un interior podrido y me preocupaba que alguien se acercara demasiado y también lo descubriese al mirar. Diligente, tapaba mis errores con clases de economía, buenas notas, turnos en Dos de Azúcar y llamadas dominicales a mamá. No me retrasaba nunca. Más allá de algún porro de vez en cuando, era la viva imagen de la responsabilidad. Y cuando sentía el goteo helado de mi futuro por la parte baja de mi espalda, me ponía los auriculares y salía a caminar. Desaparecía por las arterias de la ciudad.

Sin embargo, por algún motivo incomprensible, había dejado que Will se me sentara delante y me observara. Le había permitido verme.

Y, sí, me gustaba cómo me había plasmado —la misteriosa curva de la boca y el arco del cuello—, pero iba más allá. No cabía duda de que la persona que había visto Will era hermosa, no había encontrado nada podrido en su interior.

—¿Puedo quedármelo? —le pregunté.

Una tenue sonrisa fue la primera respuesta.

—Es todo tuyo.

Observé cómo seguía estirándose.

—La forma en que te mueves —dije, sin saber muy bien cómo describirlo—. Eres... ¿grácil? Y tu postura es muy buena.

Will abrió los ojos como platos.

—Mi postura es excelente.

Sonrió con malicia y, acomodándose en la silla, se alborotó con desenfado el pelo húmedo, que se disparó en todas las direcciones.

—Mi abuela tiene una especie de obsesión con la postura. —Sonrió—. Y con los modales en la mesa, el lavarse las manos, el caminar por el lado de la calzada cuando uno acompaña a una señorita.

Me reí.

—Ajá. Ahora lo entiendo. ¿Pasaste mucho tiempo con tu abuela cuando eras pequeño?

Asintió y se rascó la barbilla justo donde tenía la cicatriz. Pareció vacilar antes de responder:

—Mi hermana y yo vivimos unos meses con ella cuando se fue mi madre.

—¿Tu padre lo estaba pasando mal? —aventuré.

—A todos nos costó, pero... —me buscó con la mirada— supongo que yo lo pasé peor que los demás.

Parpadeé.

—¿Tú? —Will destilaba aplomo.

—Yo.

Pensé en que en el bar Eli había comentado que Will había sido un poco emo.

Entonces lo vi con claridad.

—Estabas cabreado con ella —afirmé. Lo de los cabreos con progenitores era mi especialidad.

Will apartó la mirada un instante.

—Pero de la hostia.

El corazón se me aceleró, como si tratase de salírseme del pecho y tocar el suyo. «Te entiendo —repetía cada latido—. Eres como yo». Quería saltar de la cama y echarle los brazos al cuello.

—¿Qué hiciste?

—Me peleaba sin parar. Era una reacción absurda, pero era lo único que me apagaba el cerebro.

Me quedé mirando la cicatriz de la barbilla.

—¿Fue así como te la hiciste?

Asintió.

—Unos chavales mayores me agarraron cuando volvía a casa del instituto después de haberme pasado de bocazas una vez más. Solo fueron dos puntos, pero bastaron para que mi abuela tomase cartas en el asunto. Supongo que papá no sabía qué hacer. Annabel y yo nos quedamos con ella hasta el final del curso y durante el verano. Me cayeron unas cuantas charlas sobre la responsabilidad y elegir el tipo de persona en la que quería convertirme.

—¿Sirvieron de algo? —Las de mi madre no bastaron para pararme los pies cuando era adolescente.

—No sabía en qué tipo de persona quería convertirme, pero sí sabía a quién no quería parecerme.

—¿A quién?

Will hizo girar el anillo en el dedo. Apenas lo oí cuando respondió:

—A mi madre.

—¿Tu madre? —repetí sorprendida—. ¿En qué sentido?

—En todos. Es egoísta. Crítica…

Lo corté antes de que pudiera proseguir.

—Tú no eres así.

—Pero puedo serlo. Nos parecemos un montón. Yo también me marché, y pienso como ella.

Recordé la serenidad con que había hablado con su hermana ese mismo día. Cómo parecía saber cuándo preguntar y cuándo quedarse callado. Cómo me había dejado derrumbarme en la galería para luego animarme.

—Por si sirve de algo, no creo que seas nada de eso.

Nos miramos y el ambiente se volvió denso.

—Sirve de mucho —respondió con un hilo de voz.

Me moví hasta el borde de la cama e, inclinándome hacia él, oprimí levemente la cicatriz con el índice.

—La forma en que me has dibujado… Es como si hubieras visto algo que ni siquiera yo estaba segura de que existiera. No creo que alguien egoísta pueda captar a nadie así, que sea capaz de ver a otras personas como las ves tú.

La mirada de Will descendió por mi cara y luego extendió un dedo hasta tocarme la barbilla, igual que había hecho yo. Entonces ladeó la cabeza.

—¿Qué?

—Nada. —Levantó las manos—. No es nada. No es asunto mío.

—¿Cómo que «no es nada»? ¿Qué quieres decir con que no es asunto tuyo? —Me puse hecha una furia. Fuera lo que fuese, quería que fuese asunto suyo.

—Es solo que creo… —Bajó las palmas—. No quieres volver a casa y trabajar en el resort, así que no lo hagas. Quieres quedarte aquí. Deberías quedarte.

Me rasqué el interior de la muñeca con las uñas.

—Todo el mundo espera que vuelva. Mamá me mataría. A veces dice cosas del tipo: «El día en que te conviertas en directora del resort me sentiré más orgullosa que nunca». No puedo hacerle eso.

Will me cubrió la mano con la suya, para impedir que me rascara. Clavé la vista en sus dedos. Los dos nos quedamos mirando las marcas rojas en el interior de mi brazo.

—No pareces el tipo de persona que hace lo que los demás quieren.

Me mordí el carrillo al oírle decir eso.

—¿Me estoy perdiendo algo?

Asentí en silencio.

Agachó la cabeza para mirarme a los ojos.

—¿Quieres contármelo?

Miré a Will y volví a asentir. Quería que me conociera. Quería contárselo todo.

13 de agosto de 1990

Eric se ha ido. Me dejó una nota en su litera. Dieciséis palabras exactas. Las conté. «Maggie, lo siento, pero no puedo convertirme en padre. Te deseo toda la felicidad del mundo». Ni siquiera la firmó. Yo ya sabía que se había quedado de piedra con lo del embarazo. Sabía que lo había sorprendido al querer seguir adelante con ello. Pero pensé que estaría a mi lado. Creía que me quería. ¿Cómo voy a ser madre si ni siquiera sé elegir novio? Peter tenía razón. Llevo más de un mes sin hablar con él y lo echo de menos. Lo necesito. Él sabría exactamente lo que debo decirles a papá y mamá. Jamás pensé que nuestra pelea fuera a durar tanto.

19

En la actualidad

Will se presenta con una bolsa de la compra la mañana después de nuestra cena en casa de Whitney y Cam. Él tiene el pelo húmedo y yo aún llevo la camiseta de ME GUSTA EL CAFÉ FUERTE.

—Todavía no he tenido oportunidad de prepararte el desayuno —me dice cuando lo dejo entrar—. Hago una tortilla riquísima.

—Te creo.

Deja la bolsa en la encimera y, cuando me pregunta si tengo un delantal, saco el de mamá, el de las manzanas rojas estampadas. Estoy segura de que no va a ponérselo, pero se lo ciñe a la cintura y me besa en la mejilla, y me quedo tan embelesada que alargo las manos a su espalda y le desato las cintas.

Will me dirige una sonrisa vacilante, así que me quito la camiseta para que mis intenciones queden tan claras como el hecho de que solo llevo bragas.

Me empuja hasta la mesa de la cocina y me sube encima antes de abrirme las piernas y colocarse entre ellas.

—Túmbate —me ordena al tiempo que me sujeta el cuello para ayudarme a bajar con cuidado.

Me desliza las bragas por las piernas y luego posa los labios en mi ombligo, que recorre con la lengua. Va dejando un rastro húmedo hasta la cadera y, cuando hundo los dedos en su pelo, se arrodilla. Solo se detiene para decirme que anoche me echó de menos y, en cuanto lo hace, no duro más que unos segundos.

Mientras me ducho, Will prepara tortilla con espinacas y cebolla caramelizada. Pasamos la mayor parte del día en la cama, hasta que llega la hora de prepararnos para tomar cócteles con los Rose. Nos quedamos el tiempo suficiente para resultar educados y luego volvemos corriendo. Me encamino al sendero que lleva a casa, pero Will me tira del brazo y me conduce hacia su cabaña.

—Está más cerca —dice, mordisqueándome el lóbulo de la oreja.

Es el mejor domingo de mi vida, y me quedo dormida con una sonrisa en los labios. Pero al día siguiente comienza la semana del infierno.

Tras el servicio de comidas del lunes, reúno a todo el personal en el comedor para anunciar mi decisión de conservar la propiedad del resort. Tengo las manos unidas detrás de mi espalda para que nadie vea lo mucho que me tiemblan. Una de las limpiadoras pregunta qué credenciales tengo, además de mi apellido, para llevar Brookbanks. La gente abre los ojos como platos al oír sus palabras, tan atrevidas, pero por la forma en que se inclinan hacia delante, todos se preguntan lo mismo. Les hablo de mi título y mi experiencia en el sector, cómo he ayudado a supervisar la expansión de Filtr, pero me cuesta oír lo que digo porque la sangre bombea mis oídos.

Luego empiezan a estropearse los aparatos de aire acondicionado. El equipo de mantenimiento consigue arreglar la mayoría de ellos, pero una familia decide acortar su estancia porque no somos capaces de conseguirles un nuevo aparato para su cabaña con la suficiente rapidez. En internet aparece una valoración de una estrella, en la que advierten de los problemas con el aire acondicionado y describen la gestión del resort como «inepta» y las cabañas como «anticuadas». «Ni aunque me pagaran pasaría otra noche allí», afirma.

La noche siguiente, Jamie me envía un enlace a un artículo de periódico con el titular: «Hotelero de Toronto remodela motel de carretera», sobre la renovación de uno de los establecimientos abandonados de Muskoka. Según el texto, La Margarita será un «enclave retro para urbanitas que buscan algo más fresco y atractivo en la región de los chalets». Las habitaciones contarán con las instalaciones más modernas y una decoración de inspiración setentera cortesía de un diseñador de interiores en alza. Dispondrá de piscina de agua salada, ofrecerá rollitos de langosta servidos por camareros con patines y apostará por «vinos interesantes y difíciles de encontrar». Supone un competidor importante, un lugar de moda, nuevecito y con el sello de aprobación hípster, lo que nos hará aún más difícil destacar.

Creo que las cosas empiezan a mejorar el jueves, cuando Will aborda la estrategia general. Llama a cuatro colegas de Baxter-Lee y nos presenta a Jamie y a mí el plan para los próximos tres años y la campaña de marketing orientada a la gran reapertura del próximo mes de mayo. Hay un llamativo PowerPoint con gráficos y una nueva estructura del personal que no implica que cada uno de los gestores necesite mi aprobación.

Salgo de la reunión con confianza e ilusión, cuando la jefa de reservas me llama a un aparte y me da la carta de dimisión. Se marcha a trabajar en La Margarita.

Tampoco ayuda que haga calor y el aire esté tan quieto que se vea hasta el fondo del lago. Es el tipo de bochorno de agosto que obliga a pasar la sobremesa dentro y, si osas salir por la puerta, la humedad se te pega a cada centímetro de piel. Es ese tipo de calor que hace que una de cada tres frases que pronuncies sea: «Menudo calorazo».

A última hora de la tarde, Will y yo salimos a nadar al muelle familiar para refrescarnos. El lago parece un caldo, y su tranquila superficie está moteada de insectos muertos, pero hace tanto calor que no nos importa bañarnos en un cementerio acuático. Flotamos con los brazos y las piernas estirados, mientras un par de estrellas asoman en un firmamento líquido. De vuelta en tierra firme, Will prepara la cena y yo finjo que no me encanta jugar con él a las casitas. Finjo que no me importa que se disculpe y se aleje cada vez que le suenan campanas en el teléfono. Pienso en lo que dijo Jamie —que Will oculta algo— y finjo no creer que tiene razón.

—¿Has comido ya?

Levanto la vista de la pequeña pila de solicitudes de empleo que tengo en el escritorio y encuentro a Peter en el umbral de la oficina.

—No, no he probado bocado desde el desayuno.

Cuando bajé esta mañana, Will tenía preparado café y había zumo de pomelo en la mesa y pan en la tostadora. A veces vislumbro pequeños atisbos de cómo imagino que será en casa. Aunque él no habla de ello.

«Siéntate cinco minutos», me ordenó al tiempo que me ponía delante un plato con huevos revueltos, tomate, aguacate y una tostada. De eso hace siete horas.

—Necesito a alguien para una cata —anuncia al tiempo que me anima a mover el culo con un ademán de la cabeza.

Peter es parco en todo lo que hace. Habla lo mínimo. Se mueve en silencio. No se enfada. Sus labios pocas veces se curvan. Todo exceso lo vuelca en el trabajo: el pastel de lavanda y limón, el bizcocho de aceite de oliva con naranja, pistachos y salsa de cardamomo, la tarta de pecanas con caramelo salado.

Me quedo mirando las solicitudes para el puesto de gestor de reservas. Han estado llegando con cuentagotas y a la mayoría de los candidatos les falta muchísima cualificación. Un camionero que busca cambiar de sector. Una instructora de pilates que lee las cartas del tarot.

—Venga, que todo esto va a seguir aquí cuando vuelvas —me dice, antes de añadir entre dientes—: Igualita que Maggie.

—Te he oído —le advierto a la vez que me levanto de la silla y le dedico una mirada asesina, a pesar de que, en secreto, estoy encantada.

Mientras lo sigo por el pasillo enmoquetado, atravesamos las puertas batientes y nos adentramos en la zona de personal del albergue, se apodera de mí una repentina premonición. Agarro a Peter del brazo para que se detenga.

—No vas a dejarme, ¿verdad?

—Claro que no.

Me llevo la mano al pecho y exhalo con los ojos cerrados. Al abrirlos me parece ver que las comisuras de la boca de Peter han ascendido medio milímetro, pero cuesta verlo bajo la barba.

—Una vez le advertí a tu madre que, si quería librarse de mí, tendría que sacarme a rastras. Pues te digo a ti lo mismo.

Espera para asegurarse de que he asimilado lo que acaba de decir antes de echar a andar de nuevo hacia el obrador.

El olor a levadura del pan nos llega antes de haber entrado en el santuario de acero inoxidable de Peter. No se trata de masa madre: conozco tan bien su aroma que es casi un objeto físico cuyos contornos pudiera palpar. En el interior, *boules*, *baguettes*, *brioches* y lazos de pan untados de aceite cubren la encimera. Ya he visto así la cocina en otras ocasiones, cuando Peter estaba desarrollando un nuevo menú de postres o durante una de sus fases experimentales: la de natillas heladas fue mi favorita. Cuando se pone a jugar con las ideas, siempre es en torno a los dulces.

—Creo que es hora de introducir cambios —anuncia al tiempo que arranca un panecillo de aspecto anodino de un bloque de cuatro y me lo tiende.

—¿Por qué?

Coge otro para él, se lo mete en la boca y lo mastica antes de responder.

—El pan de masa madre fue elección de Maggie. He pensado que te gustaría tener algo que fuera tuyo, que encaje en tu visión. —No pronuncia esta última palabra como si fuera entrecomillada. Peter sabe que quiero restar formalidad al comedor y a las comidas: deshacerme de los manteles blancos, reducir el menú.

Noto una opresión en la garganta.

—A mí me encanta el pan de masa madre.

—A mí también me encantaba —responde en voz baja.

Cuando señala el panecillo que tengo en la mano, me lo meto en la boca. Está caliente y esponjoso, y tiene un toque de mantequilla que sorprende en algo de apariencia tan común.

—Guau —digo, pero Peter no reacciona.

Me tiende una rebanada de pan de olivas. Masticamos juntos en silencio, sin música que levante el ánimo, un pedazo de pan tras otro, evitando el contacto visual. Con cada bocado siento que me estoy despidiendo. Me limpio una lágrima con el talón de la mano y Peter finge no haberme visto.

—El mejor es el panecillo —señalo cuando hemos acabado.

—Lo mismo he pensado yo —responde Peter—. Con mantequilla batida.

Suspiro.

—No me puedo creer que vayamos a prescindir del pan de masa madre.

—Te lo hornearé siempre que quieras. El entrante es mi único hijo y no voy a renunciar a él. —La mano se le queda petrificada a medio camino hacia la boca—. Lo siento. No pretendía…

Tardo un segundo en entender por qué se disculpa.

—No pasa nada, Peter. Hace mucho tiempo que acepté la situación —respondo, antes de añadir—: He estado leyendo el diario de mamá. Sé que lo conociste. A Eric, digo.

Peter va hasta el frigorífico y saca una cuña de cheddar y unos restos de jamón cocido. Corta unas lonchas, unta de mantequilla un pedazo de panecillo y dispone todo en un plato antes de tendérmelo.

—No lo conocí bien, y lo que conocía de él no me gustaba. Era un tipo atractivo. Encantador. Se lo tenía bastante creído. Supongo que yo le tenía envidia.

Dejo de masticar.

—¿Te estás planteando volver a buscarlo? —me pregunta, y niego con la cabeza.

—Ese barco ya zarpó.

Peter asiente y, al cabo de un instante, añade:

—Tu madre decía que te quería por diez padres.

—Le pega un montón haber dicho algo así. —Pienso en todo el tiempo que he pasado con Peter aquí, viéndolo trabajar—. Pero también te tenía a ti.

—No es exactamente lo mismo que tener un padre.

—Es mejor. Mucho mejor.

Los dos nos quedamos callados un minuto. El silencio en el obrador es más fuerte que cualquiera de las músicas de Peter.

—¿Estás bien? Sé que debes echarla de menos.

El panadero me mira de reojo.

—Maggie era mi mejor amiga. La echo muchísimo en falta.

—¿Alguna vez...? —Me detengo—. Me he estado preguntando si vosotros dos alguna vez... —Lo miro por el rabillo del ojo, pero él se vuelve y se me pone de frente—. ¿Llegasteis a ser más que amigos? —Es una pregunta que me hago desde que empecé a releer el diario.

Peter se queda callado. Yo aguanto la respiración.

—Maggie debería haber estado aquí para responderte —dice, con la vista clavada en el techo. Niega con la cabeza y me mira a los ojos—. Hubo temporadas en que sí estuvimos juntos.

Me quedo mirándolo alelada, con un trozo de queso en la mano.

—Me enamoré de Maggie el primer día que la vi. —Los ojos le brillan—. Me enseñó todo el resort, hablando a mil por hora, y pensé que jamás me sentiría solo con ella a mi lado. Y así fue.

—Mamá nunca me dijo nada —musito.

—Maggie decía que era una persona reservada; yo diría que le gustaba guardar secretos. No siempre fue así. —Peter esboza una sonrisa—. Esperé mucho tiempo a tener una oportunidad con ella. Después de que nacieras le confesé mis sentimientos, pero no me dejó tener una cita con ella hasta que eras mayor.

—¿Cuándo fue? —pregunto con voz ahogada. La cabeza me da vueltas.

—Una vez que Whitney y tú os hicisteis amigas, empezaste a quedarte a dormir en su casa y a ir con ella a todas partes. Creo que Maggie sintió que podía relajarse un poco.

De eso hacía muchísimo tiempo. Tenía diez años.

—Yo quería casarme con ella, y tu madre lo sabía. Pensé que estaba lista, pero entonces tú... —se detiene a escoger las palabras— pasaste por una fase difícil en la adolescencia y Maggie se culpaba por ello. Decía que no podría ser una buena esposa cuando ni siquiera era capaz de ser una buena madre. Sé que crees que anteponía el resort por encima de todo una y otra vez, y que podría haber trabajado un poco menos, pero dirigir este lugar era lo único que creía estar haciendo bien en la vida.

Bajo la mirada al plato de comida; la culpabilidad hace que el pan se me vuelva de plomo en la garganta. ¿Peter y mamá juntos? Lo peor es que me lo imagino sin problemas. Habrían sido la pareja perfecta.

Me dispongo a disculparme, pero Peter niega con la cabeza.

—El problema no eras tú, Fern, de verdad. Era más complicado. Discutimos un montón de veces a lo largo de los años, pero al final siempre encontrábamos la forma de volver al otro.

Me asalta un recuerdo: estoy cenando con mamá y con Peter en Toronto. Estoy cansada de cargar con cajas y montar muebles de Ikea. Abrazo a mamá para darle las buenas noches. Esta vez me cuesta despedirme de ella. Mientras camino por la acera, me vuelvo para saludarla con la mano una vez más. Peter ha rodeado a mamá con el brazo. Esta lo mira sonriente.

—¿Te acuerdas de cuando mamá y tú me ayudasteis a mudarme a mi primer apartamento?

Una sonrisa curva los labios de Peter.

—Casi no cabíamos los tres a la vez en aquel pisito. Maggie me hizo colgarte el espejo tres veces hasta que quedó perfectamente centrado sobre la cómoda.

—Mamá y tú pasasteis la noche en un hotel.

—Y nos quedamos un par de noches más después de que estuvieras instalada. No te lo dijimos.

No me puedo creer que no sospechase nada.

—Cuando murió, ¿estabais juntos?

—Como nunca. —Peter me ve la cara de asombro y me da una palmadita en el hombro—. Nuestra relación no era tradicional. Éramos los mejores amigos y a veces… pareja. Siempre quise más de lo que Maggie me podía dar, pero imagino que tuve suerte de que me diera tanto.

Puede que sea lo más bello y triste que haya oído jamás.

Antes de irme, Peter me prepara un par de bolsas de papel con pan de sobra.

—¿Cuándo crees que volverás a poner música? —le pregunto cuando ya me voy.

Levanta la vista hacia el viejo radiocasete roto que hay en su puesto.

—Cuando esté preparado para el día en que tu madre no entre por esa puerta a decirme que baje el volumen.

—Te tendré preparada una lista de reproducción —le advierto—. Algo que mamá detestaría de verdad.

Cuando vuelvo a casa a última hora de la tarde, me pesa el corazón. Pero entonces veo a Will en los fogones, con una camiseta blanca y el delantal de mamá. Me encanta tenerlo aquí de esta guisa. Me encanta que no diga nada sobre lo mucho que trabajo. Me encanta que esta mañana me haya preparado tostadas de pan de masa madre y me haya dado un beso en la nariz, diciendo: «No son tan buenas como las que hacías tú». Yo le respondí que cuando mejor quedan es cuando el pan está duro y se preparan en una sartén durante un apagón.

Will vuelve la cabeza y me sonríe en cuanto se percata de que lo estoy observando.

—Es solo un salteado. Espero que no te importe.

—Perfecto —respondo mientras me coloco a su lado.

Pincha un guisante de la sartén y me lo acerca a la boca.

—Te prometo que algún día cocinaré para ti —digo sin dejar de masticar.

—Ah, ¿sí? Exceptuando la cena con Whitney y Cam, hace mucho que nadie me hace nada de comer. Annabel es capaz de hervir agua, meter una pizza en el horno, encender el microondas y ya.

Es una de las pocas veces que Will habla de su hermana por voluntad propia. Sé que es maquilladora profesional y que trabaja en algunas producciones importantes que se ruedan en Toronto. Y que no sabe cocinar. Pero Will nos ha metido en una burbuja y mantiene separadas estas vacaciones de su vida doméstica.

—¿Y Jessica? ¿No te agasajaba con sus dotes culinarias? —Todavía no hemos hablado de la ex de Will y no estoy segura de si tiene permiso para entrar en la burbuja.

—Sabía qué pedir si le daban un menú.

Me quedo callada y, al cabo de un instante, Will prosigue:

—No es que quedáramos precisamente como amigos... —Clava la mirada en la sartén—. Dijo que le hacía perder el tiempo y que soy incapaz de comprometerme. Creía que estaba demasiado implicado con Sofía.

—¿Y tú qué crees...?

—Que no se equivocaba. Yo ya sabía desde el principio que lo nuestro no funcionaría a la larga.

—Porque... —lo animo cuando veo que no dice nada más.

Will exhala.

—Estaba incómoda..., se le hacía raro hasta que vivieran conmigo. Pero, en realidad, mi sobrina y mi hermana son una barrera importante para cualquier relación.

—¿Para quién?, ¿para ti o para tus novias?

—Para todos, supongo. Entre el trabajo y la casa no queda mucho espacio para nadie más.

Siento que Will me está agitando una enorme bandera roja delante de las narices.

—¿Es esta tu forma de decirme que no eres de los que tiene relaciones con nadie? —pregunto, tratando de sonar indiferente.

—Es mi forma de decirte que no se me dan bien. Jessica no ha sido la primera mujer a la que decepciono. No soy un novio modelo. Jessica quería más de mí de lo que estaba dispuesto a compartir.

—¿Más de ti? —pregunto burlona, aunque tengo el corazón acelerado—. ¿Quién querría más de ti?

Me fulmina con esos ojos negros que tiene.

—Tú no, ¿no? Ya sabemos que has renunciado a los hombres y tal...

Me planteo decirle la verdad, que estoy dispuesta a aceptar lo que pueda darme, pero entonces recuerdo que Peter me dijo casi exactamente lo mismo sobre mi madre. Se pasó décadas con alguien que no se le podía entregar por completo. Me encantaba siempre que mamá decía que me parezco a Peter, pero, en este sentido, no puedo.

—Siento haberte hecho esperar hasta tan tarde para cenar —digo en lugar de verbalizar lo que estaba pensando. Son casi las nueve.

—No importa. Con las chicas suelo comer pronto. —Me dirige una breve sonrisilla mientras emplata la cena—. Ahora mismo me siento de lo más sofisticado.

—Tienes una pinta de lo más sofisticada, sí.

Se mira el delantal.

—Pero te encanta.

—No es normal lo mucho que me encanta.

Sin embargo, en mi cabeza no es eso lo que digo. En mi cabeza, lo que digo es: «No es normal lo mucho que te quiero». Pero mi cabeza tiene que estar equivocada, ¿no?

20

15 de junio, diez años antes

Will y yo estábamos sentados en el borde de mi cama, el uno frente al otro. Eran casi las tres de la madrugada.

—Ya te comenté que pasé por una fase de rebeldía en el instituto —dije; Will asintió—. Fue bastante fuerte. Comenzó cuando descubrí los viejos diarios de mi madre y uno estaba escrito el verano que se quedó embarazada de mí.

Eché la cabeza hacia atrás y clavé la mirada en el techo. La nariz me hormigueaba. Era absurdo que aquello siguiera doliéndome tanto.

—Llegué a creer que Peter era mi padre. —Cerré los ojos un instante—. A ver, que yo sabía que no, pero en el fondo supongo que esperaba que lo fuera. Así que, hasta que leí el diario, fingí que era así. Lo deseaba tanto… —Notaba la mirada de Will y me limpié una lágrima de la mejilla—. Mamá nunca hablaba de él, de mi padre biológico. Sabía que había pasado un verano trabajando en el resort, pero eso era todo. —Me volví a Will, avergonzada—. Sé que no habrían sido capaces de ocultarme algo así, ¿vale?, pero no podía pensar con la cabeza. Whitney y yo tuvimos una época muy obsesiva con *CSI* y yo me imaginaba que un análisis de ADN demostraría que era mi padre. Peter y yo podemos parecernos un montón.

Pasaba casi tanto tiempo con él como con mamá y los abuelos. Era él quien venía a los partidos de fútbol cuando mamá no podía. Él quien estaba en casa cuando llegué el día que me vino la regla por primera vez. Fue quien me enseñó a conducir y el arte de compilar el CD de canciones perfecto. Siempre que me ponía sarcástica, mamá se quejaba de que pasaba demasiado tiempo con Peter.

—Incluso de más mayor, no perdía la esperanza de que mamá y Peter se sentaran un día conmigo y me dijeran la verdad.

Sentí la mano de Will cerrarse sobre la mía. Me estaba rascando otra vez.

—En fin, que Peter no es mi progenitor. Mi padre era un tipo llamado Eric que trabajó como socorrista en el resort. Lo ponía todo en el diario. Que mamá y él habían salido juntos, que se habían enamorado, que él la dejó cuando se enteró de que estaba embarazada. Me pillé un cabreo que flipas. —Exhalé una bocanada temblorosa y Will me apretó la mano—. Resumiéndolo mucho: obligué a mi madre a buscar a Eric. Este tenía mujer e hijos, y no quería que su familia supiera de mi existencia. Tampoco quiso conocerme. Se negó hasta a hablar conmigo por teléfono. No me lo tomé bien. Empecé a beber un montonazo. Perdí el conocimiento unas cuantas veces. Tomé malas decisiones con los tíos —añadí a toda prisa—. Me saltaba clases, me echaron del equipo de fútbol y…, ejem, robé un tractor.

—¿Cómo?

—Que robé un tractor.

Le conté toda la historia: lo de la fiesta y la apuesta que terminó conmigo en pelotas y «conduciendo» un tractor en la granja de Trevor Currie. Este había dicho que sus padres tardarían horas en regresar. Debió de ser él quien empezó. Ni de coña lo habría hecho yo sola. No recuerdo gran cosa salvo que se me pasó la borrachera dentro de un coche patrulla, tapada con una cazadora de franela. Will me escuchaba con la mirada fija en mi cara. No movió un solo músculo.

—Esa fue la gota que colmó el vaso para Whitney. Tuvimos una pelea de escándalo. Me dijo que no podía ser mi amiga si seguía corriendo tantos riesgos y yo le dije que me daba igual, porque desde que había empezado a salir con Cam era una amiga de mierda. Dejó de hablarme, pero yo seguí de fiesta. Una noche invité a un grupo de gente mientras mamá estaba trabajando. En la parte trasera de nuestra casa hay un solárium, y nos fuimos a beber allí. Acabé perdiendo el conocimiento en el cuarto de baño; creen que me golpeé la cabeza con el lavabo porque no me desperté con el humo.

Cuando recobré la consciencia, en el hospital, tenía una conmoción y un buen chichón en la frente.

—¿El humo?

Bajé la vista a la mano de Will, que cubría la mía, antes de mirarlo a la cara. Tenía los ojos como platos.

—Hubo un pequeño incendio. No sé si fue una de mis colillas o de alguien más. Llamaron al albergue cuando lo vieron. Mamá entró en casa a buscarme, seguida de Peter. Echaron abajo la puerta del baño. —Cerré los ojos de nuevo—. El fuego destruyó el solárium, pero tuvimos suerte y salimos todos con vida.

Recuerdo despertar en el hospital con un dolor de cabeza brutal y la garganta ardiendo. Mamá estaba sentada junto a la cama con una venda cubriéndole una quemadura en el brazo derecho, la cara roja e hinchada. Parecía que se hubiera pasado horas buceando en una piscina de cloro con los ojos abiertos. Jamás la había visto tan destrozada.

Solté un hondo suspiro. Will me rodeó el hombro con el brazo y me atrajo hacia él. Nos quedamos así varios minutos, sin hablar.

—Mi madre me salvó la vida; se lo debo todo. Por eso no rechisté cuando me sugirió que mandase la solicitud a la facultad de Administración y Dirección de Empresas y me dedicase al negocio familiar de los Brookbanks. —Will se echó hacia atrás y me miró—. Básicamente me destrocé la vida y mamá me ayudó a reconstruirla. Tampoco es que tuviera una idea mejor. Tú eres artista, pero yo no tengo ni idea de qué hacer si no es trabajar en el resort. No tengo un plan para los próximos diez años.

Will me rodeó la cara con las palmas y dijo con lentitud pasmosa:

—Los planes a diez años son una gilipollez.

Me reí. Después de todo lo que le había contado, esa no era la reacción que esperaba.

—En serio —dijo, dejando caer las manos—. Como si alguien supiera dónde estará o quién será dentro de diez años.

—Ya, pero también quiero contar con un plan o algo parecido. Te envidio. Tú tienes superclaro lo que quieres hacer. Yo no tengo ni idea.

Will se quedó pensativo un momento.

—Pero sabes que no quieres volver a casa, ¿verdad?

—Sí, eso sí que lo sé —reconocí a regañadientes.

—Y sabes que no quieres llevar el resort, ¿no?

—Ajá —respondí mientras observaba cómo se mecía la luz de la vela en sus ojos.

—Puede que tu madre te la salvara, pero sigue siendo *tu* vida, Fern.

Los dos nos quedamos mirándonos largo tiempo.

—Así que al menos sabes dónde no te ves —terminó por decir.

Cogió el bloc y un lápiz, y lo abrió por una página del final. Le vi escribir «Plan anual de Fern» en lo alto. Y luego:

1. *No trabajaré en Brookbanks Resort.*
2. *No viviré en Muskoka.*

—¿Cómo que «plan anual»?

—Diría que un año es más realista que diez, ¿no? Y has dicho que querías un plan. —Apuntó hacia la página—. Pues vamos a hacerlo.

Volví a mirar al papel. Había escrito en mayúsculas con un tipo de letra de imprenta que era como su propia fuente. Había algo al contemplar las palabras negro sobre blanco que resultaba radical, como si al escribirlas se abriera la posibilidad de un futuro alternativo.

—Jo —dije—. La verdad es que es una idea buenísima. Pero tú también necesitas uno. —Agarré el cuaderno—. ¿Qué ponemos en el tuyo? —le pregunté mientras escribía «Plan anual de Will» en la página de al lado.

—Eso es fácil. —Se echó hacia atrás y se apoyó en las manos—. Estaré pelado de pasta.

Me reí.

—¿Ese es tu plan, estar pelado?

—Más o menos. Voy en serio con lo del arte. No pienso buscarme un trabajo de oficina aburrido ni ponerme corbata para poder permitirme un buen apartamento. Para mí esto no es un pasatiempo. Voy a ir a por todas. Con los murales, y puede que un curro a tiempo parcial, creo que podré pagarme un alquiler y pasarme el resto del tiempo trabajando en *Compañeros de piso*.

—Entonces...

Escribí:

1. *No trabajaré en una oficina (prohibidas las corbatas).*
2. *Estaré más bien pelado de pasta.*
3. *No me tomaré el arte como un pasatiempo.*

Le mostré la página.

—Me vale —dijo—. Si *Compañeros de piso* se publicase en un periódico, ya sería la bomba.

—Oído cocina. —Añadí *Compañeros de piso* a la lista.

—Perfecto. ¿Qué más ponemos en la tuya?

Me quedé mirando la página.

—Lo único que tengo claro aparte de eso es que quiero seguir en Toronto. —Will cogió el lápiz y lo añadió—. Más allá, la verdad es que no sé.

—No pasa nada. —Will sujetó el lápiz entre los dientes y emitió un murmullo—. ¿Qué te parece: «Dentro de un año, adaptar el plan según las necesidades»?

—Claro —respondí. Me dejé caer en la cama y me quedé mirando la grieta del techo mientras Will terminaba de escribir. Luego depositó el bloc en la mesa.

—No entiendo cómo puedes estar cansada —dijo antes de apagar todas las velas menos la que estaba en un tarro sobre la mesilla y tumbarse de espaldas a mi lado—. ¿Está bien así? —susurró.

—Sí —respondí con otro bostezo—. Está bien.

Tenía la garganta seca de tanto hablar, pero había algo más que quería saber.

—Hoy, cuando te conté que estaba estudiando Administración y Dirección de Empresas, dijiste que jamás lo habrías adivinado. ¿Qué habrías dicho que estudiaba?

—No lo sé. Puede que Filología Inglesa. Pensé que podías estar escribiendo poesía en tu cuaderno.

—No soy tan interesante.

—Eres más que interesante.

Las palabras flotaron entre nosotros, dulces como fruta madura.

Miré nuestras manos, que descansaban una junto a la otra sobre la cama, antes de mirarlo a él. Aproximé los dedos hasta tocar los suyos.

—Ojalá hubiera algo que me importara tanto como a ti el arte —dije al cabo de un momento.

—Lo encontrarás —afirmó al tiempo que entrelazaba su meñique con el mío—. Solo necesitas tiempo.

Cada nervio de mi cuerpo se concentró en el meñique. Estaba segura de que Will podía oír los latidos de mi corazón.

—No quiero que mi madre me odie —musité.

Me apretó el dedo.

—No te odiará. Tú fíate de mí, ¿vale?

—Vale. —Parpadeé con la vista fija en el techo, tratando de mantener los ojos abiertos—. Me fiaré de ti.

Nos quedamos así hasta que sentí los párpados pesados y la vela se extinguió.

18 de agosto de 1990

Ayer vino Peter a casa. Le dije a mamá que tenía un virus esto-
macal y he estado sin moverme de la cama. Peter dijo que no
parecía enferma. Ya sabía que Eric se ha ido; todo el mundo lo
sabe. Me preguntó si me había hecho daño y le respondí que no
en el sentido al que se refería, y luego me eché a llorar. Peter se
tumbó y me abrazó. Me dijo que nos echaba de menos a mí y a
mi parloteo incansable y al casete de grandes éxitos de Anne
Murray que metía en su reproductor a escondidas. Dijo que tal
vez se hubiera puesto celoso. Luego se llevó mi mano a los labios
y me besó los nudillos con dulzura y me dijo que tenía algo que
decirme. Estoy convencida de que se me paró el corazón. Porque
sabía lo que iba a decir y no podía dejar que lo hiciera. En la si-
tuación actual, imposible. Así que antes de que pudiera abrir la
boca le solté que estaba embarazada. Le conté todo lo que había
estado pensando: que iba a criar al bebé yo sola y que iba a can-
celar el viaje y a posponer lo de dirigir el resort, pero que quería
tenerlo. No abrió la boca en todo el tiempo. Cuando acabé, dijo:
«Está bien, Maggie». Luego me besó en la frente y me acarició
la espalda hasta que me quedé dormida.

21

En la actualidad

Jamie y yo estamos uno junto al otro mirando la pantalla del ordenador de la oficina cuando Will llama con los nudillos al marco de la puerta.

Al verlo me doy cuenta de la hora que es.

—Mierda. Lo siento.

Se suponía que Whitney y Cam iban a llegar a cenar hace una hora.

Es la última semana de Will en el resort y yo he estado trabajando doce horas al día. No me queda otra. Me he estado diciendo que es solo una fase, que si abriera mi propio local pasaría por periodos igual de horrorosos y que es mejor que sobre el trabajo a que falte. Pero nuestra sumiller, Zoe, ha presentado la dimisión esta mañana (va a encargarse de los vinos en La Margarita) y cada vez me cuesta más no hundirme en el desaliento.

—No pasa nada —responde Will—. Whitney y Cam van por el segundo cóctel y la madre de Whitney ha llamado para decir que Owen se ha quedado como un tronco. Están en el paraíso de los padres primerizos.

Will ha conseguido algo que yo no he sido capaz de lograr: los ha convencido para quedarse a pasar la noche en el resort; es la primera vez que están tanto tiempo separados del bebé.

—Solo quería asegurarme de que todo iba bien. No has contestado a nuestros mensajes.

Recorro el despacho con la mirada. No tengo ni idea de dónde he dejado el teléfono.

—Estábamos ocupados, enrollándonos —suelta Jamie, y le doy un manotazo en el pecho.

—Está de broma —advierto a la vez que lo fulmino con la mirada—. Obviamente.

A Will no parece que le haga gracia.

—Vete —me dice Jamie mientras busco el teléfono por los cajones del escritorio—. De todas formas, creo que por hoy ya hemos hecho todo lo que podíamos.

Estoy intentando ocuparme de las reservas mientras él ultima los detalles del baile.

—¿Estás seguro?

—Sí —responde al tiempo que saca mi teléfono de debajo de una pila de papeles—. Largo de aquí.

Por el camino voy contándole a Will cómo ha sido la jornada. Al pasar junto a la cabaña 15, saludamos con la mano a los Rose, que han convertido a Will en un habitual de sus martinis. Cuando aparecimos el domingo, este me condujo al sofá con la mano sobre mi espalda, y la señora Rose se puso a dar palmas, exclamando: «Qué giro de los acontecimientos tan afortunado, ¿verdad?». Y sí, me siento afortunada: Will y yo pasamos juntos todo el tiempo posible, y resulta sencillo, la sensación es buena. Pero el verano no dura para siempre.

Antes de doblar el recodo que conduce a la cabaña 20, distingo serpentinas y globos multicolores a través de los árboles. Colgada de la puerta hay una pancarta pintada que reza BIENVE-NIDA A CASA, BABY. Whitney y Cam nos esperan en el porche, sonriendo como unos críos que acabaran de asaltar el cajón de los caramelos.

—Sois horribles.

—Ya le dijimos a Will que se atuviera a las consecuencias si usaba ese apodo —responde Whitney al tiempo que me abraza—. No sé si ya te lo había dicho, pero que vuelvas aquí es probablemente lo mejor que me ha pasado en la vida, incluido el nacimiento de mi hijo.

Me río y siento que el estrés de la semana comienza a evaporarse.

—Te hacen falta más amigos.

—Tengo de sobra —replica—. Y ninguno me ha hecho pasar por lo que tú, pero es verdad que tampoco son tan buenos.

Will nos lleva hacia el porche delantero, donde ha dispuesto la mesa de pícnic con un mantel y velas que ha sacado de casa y un jarrón enorme de flores silvestres, con un montón de ásteres púrpuras, varas de oro y rudbeckias bicolores, mis favoritas.

Entra en la cabaña y vuelve con un gin-tonic para mí en una mano y una tabla de quesos en la otra.

—La lima más fresca de Muskoka —anuncia Will, tendiéndome la bebida.

—No te creerías la cantidad de preguntas a las que he tenido que responder esta última semana —dice Whitney mientras cenamos. Will ha preparado risotto de champiñones—. ¿Pasta o risotto? ¿Champiñones o tomates? ¿Queso favorito?

Me quedo mirando a Will.

—No todos los días una decide cambiar su vida entera —responde, con tono admirativo. No sé si alguna vez me he sentido tan adorada. No me doy cuenta de que lo estoy mirando embobada y de que la conversación ha decaído hasta que Cam carraspea.

Disfrutamos de la tarta de chocolate negro de Peter en silencio. Will me cuenta que le pidió la receta, y Peter se ofreció a prepararla él mismo: jamás lo había visto coger cariño a alguien con tanta rapidez. Ayer me dio un pedazo de bizcocho de limón con semillas de amapola para que lo compartiera con «mi amigo». Lo habíamos invitado esta noche, pero dijo que todavía está perfeccionando los panecillos para el baile.

Sin venir a cuento, Whitney rompe el silencio.

—Bueno, Will, ¿cuándo te marchas?

Este se vuelve hacia mí.

—El domingo.

Hago todo lo posible para que no se me note que su respuesta hace que me quiera arrancar la piel a tiras. Will y yo no hemos hablado de su marcha ni de lo que eso significa para nosotros. Ni siquiera creía que ese «nosotros» fuera posible, pero al verlo esta noche con mis amigos, al darme cuenta de todo el esfuerzo que ha puesto en esta cena, puede que sí lo sea. Puede que para él esto no sea tan solo un descanso de la realidad. Puede que sea el tipo de relación que vale el esfuerzo. Puede que sea el comienzo de un «nosotros».

—El día siguiente al baile —dice Whitney.

La miro de reojo mientras me pregunto a qué está jugando. Ya se lo había contado yo.

—Sí. Estoy deseando disfrutar de la fiesta.

—¿Y después?

Will me mira de nuevo.

—Whit —le advierto. No quiero que mi mejor amiga someta a Will a un interrogatorio. No los ha invitado para eso.

—¿Qué?

Niego con la cabeza, rogándole que deje de hacer lo que sea que está haciendo. Pero no me hace caso.

—¿Cuál es el plan? —pregunta—. Porque de verdad que no me gustó cómo acabaron las cosas la última vez.

Miro a Cam con toda la intención, pero este se encoge levemente de hombros.

Whitney apunta a Will con el tenedor.

—¿Vas a volver a desaparecer de la faz de la tierra? Es que no quiero que dejes a mi amiga hecha polvo como la última vez.

—Whitney —le ruego, con la cara como un tomate. Ni siquiera soy capaz de mirar hacia donde se encuentra Will—. Para.

Mi amiga me mira, pero entonces Will responde:

—Creo que esta es una conversación que Fern y yo deberíamos tener en privado.

—Estoy de acuerdo —digo.

Whitney se mete un pedazo de tarta en la boca. Mastica sin dejar de mirar a Will hasta que se lo traga.

—Me caes bien —le dice cuando ha terminado de lamer hasta el último resto de *ganache* del tenedor—. Eres demasiado guapo y demasiado alto, pero se te dan bien los niños y pareces listo. Aparte de que, si te digo la verdad, este es el mejor risotto que he comido nunca. Pero como vuelvas a joder a mi amiga, voy a Toronto y te mato.

Will se la queda mirando un segundo antes de asentir.

—Por lo visto, tenemos un plan.

—Me estás evitando, ¿verdad? —me pregunta Whitney cuando descuelgo el teléfono el viernes.

Sí, la he estado evitando. Sus intenciones son buenas, pero sigo cabreada por lo de anoche.

—Sé que se me fue la cabeza durante la cena. Lo siento. Llevaba sin beber tanto desde antes del embarazo.

—No pasa nada, Whit —respondo.

Sé que sabe que se pasó. Después de que Cam y ella se fueran, me disculpé con Will y me respondió que no le había importado que Whitney lo sometiera a un interrogatorio, que lo que le había preocupado era que sus preguntas me molestaran.

Dos segundos de silencio.

—Entonces ¿por qué no respondes a mis mensajes?

—Porque estoy metida en un buen berenjenal.

—¿Tan mal está la cosa?

—El baile es mañana, así que Jamie está ocupado con los últimos detalles mientras yo entrevisto a candidatos que me llaman Fran y creen que el servicio al cliente es uno de los problemas subyacentes al capitalismo.

Doy un mordisco al cruasán de queso que Peter me pasó hace un rato y luego me limpio las migajas del pecho. No para de pasarse por aquí a traerme comida; creo que quiere asegurarse de que estoy bien después de que me confesara lo suyo con mamá. Lo que más me entristece es que no tuvieran un final feliz. Es una lástima que mamá nunca me hablara de él. Ojalá hubiéramos disfrutado de más tiempo juntos los tres: mi familia.

—¿Qué pasa? —le pregunto pensando que me vendría bien distraerme.

—Que sepas que por aquí los problemas son mucho más graves. No tengo ni idea de qué ponerme mañana. Después de tener al niño, mi cuerpo entero anda todo deforme. Nada está donde solía estar. ¿Puedes echar un vistazo a las fotos que te he enviado?

Voy pasando por las fotos.

—Ya sabes que a mí esto no se me da bien. ¿Tal vez el mono rosa?

—Sí, tal vez. Puede que con tacones. ¿Y tú? ¿Has encontrado algo en el pueblo?

—No. Quería ir de compras, pero no he tenido tiempo. Esta noche rebuscaré en el armario de mamá. —Estoy segura de que guarda todos y cada uno de los atuendos de fiesta que llegó a ponerse—. Creo que hay vestidos de los noventa.

Whitney ahoga un gritito.

—¿Te acuerdas del morado con el lazo enorme en el delantero?

Tenía volantes en el cuello y una estola alucinante. El tejido era tan tieso que se mantenía en pie solo. Debíamos de rondar los catorce años el verano que se lo puso para el baile.

—Nos pasamos toda la noche llamándola Grimace, como al personaje de McDonalds. Qué cabronas éramos.

—Ya —conviene—. Pero nos quería igual.

Eso es cierto.

—Bueno… —dice Whitney al cabo de unos instantes de silencio—. A Will le quedan dos noches aquí.

—Ajá…

—¿Y después?

—Después se vuelve a Toronto.

—Pero está claro que seguiréis viéndoos.

Para mí no está tan claro. No quiero que todo acabe el domingo, pero tampoco es que se lo haya dicho abiertamente.

—Seguiremos en contacto. —O eso creo.

Whitney resopla.

—¿Que seguiréis en contacto? Ese tío está coladito por ti. Y no en el sentido de «Eh, echemos un polvo cuando vengas a la ciudad», sino del tipo «Ya me estoy imaginando a quién se parecerán nuestros hijos». Créeme cuando te digo que está hasta las trancas.

Me muerdo una uña.

—Me pregunto si se debe simplemente a que está aquí, saboreando por primera vez en mucho tiempo la libertad. Está en modo vacaciones. Una vez que vuelva a su vida real, puede que se dé cuenta de que yo no encajo en ella.

—De verdad que no creo que sea eso —responde Whitney—. Pero si preparó risotto.

Me río.

—Y también una tabla de quesos. Es que no sé si me apetece volver a arriesgarme, y menos ahora.

Whitney se queda callada un momento.

—Incluso antes de que renunciaras a los hombres, en cierto modo estabas cerrada a ellos. Y puede que tenga que ver con tu madre. Puede que también tenga que ver con el innombrable…

—Así es como Whitney se refiere a Eric—. Y puede que lo que te pasó con Will tampoco ayudase.

Suspiro.

He tratado de no pensar en lo que sucedió hace nueve años, de los sentimientos enormes que albergaba y de cómo se vieron aplastados. He tratado de no pensar en que ahora esos sentimientos son aún más fuertes.

—Venga —dice Whitney—. Serás capaz de decirle a un tío que te gusta, ¿no?

—Sí —murmuro. Ojalá no fuera más que eso.

22

15 de junio, diez años antes

Cuando abrí los ojos, Will ya estaba levantado. Escribía en su cuaderno, sentado a la mesa, con un mechón oscuro cayéndole sobre un ojo. Fue muy extraño verlo en mi apartamento, pero me sentí como si ese fuera su lugar, garabateando junto a la ventana.

La cama gimió cuando me moví para colocarme un brazo bajo la cabeza. Will volvió los ojos hacia mí. Nos observamos en silencio, con el sol matutino penetrando por el cristal, capturando motas de polvo con sus rayos y dibujando cuadrados de luz en el parquet.

—Hola. —La voz se me quebró con la primera palabra del día. El frigorífico zumbaba bajito. Debía de haber vuelto la electricidad mientras dormíamos—. ¿Qué haces ahí?

—Pienso.

—Yo sin café no sé ni cómo me llamo. —Me bajé de la cama—. Voy a prepararlo. No es tan bueno como el de la cafetería, pero es fuerte.

Saqué del armario la caja de filtros de papel.

—La verdad es que tengo que marcharme —dijo Will al tiempo que se ponía en pie—. Son casi las diez. Voy a llegar tarde a desayunar con mi hermana y luego tengo que coger mis cosas antes de irme para el aeropuerto.

—Ah. —Me aclaré la garganta, tratando de no lucir la decepción cual tiara de diamantes—. Claro.

—Anoche nos acostamos tan tarde que… no quería despertarte.

—Ya, sí. Te lo agradezco —dije, con una opresión en el pecho—. ¿Y entonces?

—Entonces... —Señaló con un gesto un papel en la mesa. Había arrancado mi dibujo del bloc—. Para ti.

Tragué saliva.

—Gracias.

—Y he tenido una idea —dijo, haciendo girar el anillo—. Voy a volver en junio del año que viene para la boda de mi padre. He pensado que podríamos vernos... para comprobar cómo llevamos los planes.

Cogí el cuaderno y lo abrí por las dos listas. Will había escrito «14 de junio, brookbanks resort, 15.00» al final de cada página.

—¿En serio? ¿Quieres venir a visitarme a Brookbanks? ¿De verdad?

—Solo si me invitas a más pan de masa madre. —Esbozó una sonrisa vacilante—. Quiero ver dónde creció Fern Brookbanks. Puedes enseñarme a sostener una pala. Para asegurarte de que no haga el ridículo en el agua.

—Los dos sabemos que lo harás.

Su sonrisa se ensanchó.

—¿Eso es un sí? ¿Nos vemos allí dentro de un año?

—Sí, me parece bien. —El corazón se me aceleró—. Puede que dentro de un año... —Dejé la frase inacabada. Creo que no sabía cómo terminarla.

Una puerta se cerró de golpe en el rellano. Will parpadeó y arrancó mi plan del cuaderno antes de tendérmelo.

Bajé la vista a la página.

—El resort es bastante grande. Deberíamos elegir un lugar.

—¿Cuál sugieres?

—¿Qué te parece si nos vemos en los muelles cerca de la playa? Necesito saber cuanto antes qué pinta tiene Will Baxter en una canoa.

—Sensacional, te lo digo ya. —Sonrió de oreja a oreja—. Pues en los muelles.

Will se guardó el bloc en la mochila. Me quedé mirando el pin del tranvía rojo fijado en la solapa y cogí el teléfono.

—¿Cuál es tu número? Así podremos estar en contacto —dije mientras se ataba las botas—. Y, si me das tu dirección, te compilaré un CD. Con algún tema de la Costa Este. ¿O algo que tenga que ver con los árboles? No creo que haya canciones suficientes, pero si fuera la naturaleza en general...

Will se levantó. Tenía una expresión de incomodidad en la cara.

—Creo que sería mejor que no.

—¿Y eso? —pregunté con el ceño fruncido.

Se rascó la nuca.

—No creo que debamos mandarnos mensajes o hacernos amigos en Facebook. Y probablemente no deberías enviarme un CD de canciones. Creo que solo... —Miró la cama, donde quedaba la huella de nuestros cuerpos, antes de volverse hacia mí—. ¿Por qué no me hablaste de Jamie?

Las piernas me temblaron.

Podría haberle mentido y decirle que no se me había pasado por la cabeza y punto. No era tan complicado como la verdad. Pero es que no quería mentirle.

—Al principio no importaba que tuviera novio. Pero luego, de algún modo quería imaginar que, por un día, el resto del mundo no existía, Jamie incluido. Tampoco es que hubiera hecho nada —añadí a toda prisa—. Jamás sería infiel.

Will asintió, pero no tenía ni idea de lo que estaría pensando.

—¿Crees que soy una persona horrible? —pregunté con un hilo de voz.

—No. Creo que eres la rehostia, Fern Brookbanks. —Me cogió la mano y me la apretó antes de soltarla—. Pero también creo que es una mala idea que sigamos adelante con lo que sea esto.

—¿Por Jamie?

Will asintió.

—Un año es mucho tiempo —dije, con la mirada clavada en sus cordones rosas.

Will se agachó para mirarme a los ojos.

—Un año no es nada. Ni siquiera me echarás de menos.

Apreté los labios y deseé que así fuera. Rodeé a Will para abrirle la puerta y la sostuve con la cadera. No iba a ser capaz de mantener el tipo mucho más tiempo. Había creído que lo que sentía por él era atracción física, pero iba más allá… Era mucho peor.

Will se colocó la mochila en la espalda y salió al rellano.

—¿Will? —dije, y esperé a que me mirara—. Voy a echarte de menos… más que una chispa.

Durante los siguientes doce meses recordaría la sonrisa que iluminó el rostro de Will. Cerraría los ojos y rememoraría aquel preciso instante: la curva de sus labios, la sorpresa en sus ojos, las leves arruguitas en las comisuras de los párpados. Electrizante.

—Tú y yo, Fern Brookbanks, el año que viene —dijo—. No me falles.

Entonces Will Baxter se dio media vuelta y desapareció de mi vida.

21 de agosto de 1990

Ayer fui al obrador en busca de Peter, pero uno de los chicos me dijo que se había tomado el día libre. Me preocupaba que estuviera enfadado por lo que le había contado, pero entonces se presentó en el mostrador principal, me llevó a la biblioteca, cerró la puerta y sacó de la mochila un puñado de folletos sobre cuidados prenatales. Por lo visto había ido a ver a un médico para informarse sobre los viajes y el embarazo. Hablaba a toda pastilla sobre trimestres y ecografías, mucho más rápido de lo que nunca le había oído. Empleó la palabra «útero» dos veces como mínimo.

Debió de darse cuenta de que no lo seguía, porque respiró hondo y dijo: «No hace falta que canceles el viaje». Le respondí que unas vacaciones era lo último que me preocupaba en ese momento, pero negó con la cabeza. Dijo que mi vida entera estaba a punto de cambiar, pero que no tenía por qué renunciar a Europa. Me obligó a coger los folletos y me dijo que había estado pensando en lo que le conté sobre criar sola al bebé. Me aseguró que no lo estaba, que estaba él, y que estaban mis padres, y que había un resort lleno de gente dispuesta a ayudar.

No sabía lo mucho que necesitaba oír esas palabras. Ahí estaba yo, con un montón de folletos en la mano, llorando, cuando me preguntó si me encontraba bien. Me abracé a él y le dije que era el mejor amigo que nadie pudiera tener.

23

En la actualidad

Jamie me manda a casa a última hora de la tarde. Le suelto un «¡Tú a mí no me das órdenes, que no eres mi jefe!», pero mis palabras tienen el mismo impacto que una bola de algodón.

El viento frío es lo primero que noto al salir, seguido de un leve olor a lluvia sobre roca en algún lugar en la distancia. Por fin ha dejado de hacer tanto calor.

Pienso en lo que Whitney dijo cuando hablamos por teléfono mientras caminaba de vuelta a casa, con los brazos cruzados tratando de mantener la temperatura corporal.

Pienso en mamá y en Peter y en las palabras no pronunciadas. Pero puedo ser valiente. Puedo contarle a Will lo que siento.

Él sigue trabajando, así que le envío un mensaje diciendo que he vuelto pronto a casa y que se pase por aquí cuando esté listo. Luego subo al dormitorio de invitados. Hay una cama de matrimonio, un soporte para maletas y una jarra de agua en una bandeja, pero la función principal del cuarto queda oculta tras las puertas dobles del armario.

Tras abrirlas de par en par deslizo los dedos por el arcoíris de faldas, mangas, recuerdos: todos los vestidos de cóctel y de fiesta de mamá, y también muchos míos. Aquí está el traje de tafetán morado y el vestido negro de manga larga. También el azul claro con algo de vuelo, colgado junto a un minúsculo vestido blanco con un lazo de satén azul a juego. Gran parte de nuestra vida está entretejida con estos hilos.

El vestido recto de terciopelo verde y el bolero de lentejuelas rosa de mamá: Peter y yo jugábamos a tomar un té en un sitio

elegante y, cuando mamá llegó a casa, nos pilló comiendo sándwiches sin corteza y escuchando a los Smashing Pumpkins.

Los vestidos escoceses a juego: la cena de Navidad cuando el
abuelo y la abuela anunciaron que se mudaban al oeste.

Un vestido plateado sin tirantes: le dije a mamá que era demasiado mayor para llevar algo tan escotado, por mucho que
fuese Nochevieja.

Saco el vestido plateado. Llega hasta el suelo y tiene una
abertura que sube por la pierna. Es bastante sexy: demasiado
para el baile de verano y, qué barbaridad, es superajustado. Me
pruebo una docena más, cada vez más acalorada y con más pi-
cores, pero la mayoría me están demasiado pequeños o son demasiado recargados. No me gustan los volantes ni los estampados de flores rosas ni las mangas con pedrería. Abro la ventana
y un golpe de aire frío atraviesa el cuarto y cierra la puerta.

Sudorosa, aparto un montón de ropa para poder llegar al
fondo del ropero. Encajado entre un vestido de día floreado de
algodón y otro de rayas marineras, encuentro uno rojo anaranjado, bastante corto, con escote corazón y tirantes finos. Nunca
lo había visto. La verdad es que el rojo no es mi color, y tampoco era el de mamá, pero cuando me lo pongo noto la tela ligera
y vaporosa. Me queda ceñido, pero no me aprieta.

Voy hasta el espejo de cuerpo entero de mi dormitorio. El
vestido me queda increíble. Tiene un aire noventero, pero sin
parecer un disfraz. Y el color, de alguna manera, me pega. Sonrío a mi reflejo: sé que es lo que quiero ponerme cuando le diga
a Will lo que siento, cuando le confiese que quiero formar parte
de su vida —de la real— aunque no sepa cómo vamos a hacerlo.
Si él siente lo mismo, ya iremos viéndolo. Diseñaremos un plan.

Pues ya está: se lo diré mañana, mientras bailamos.

Vuelvo a colgarlo todo y acaricio la tela por última vez.

—Gracias, mamá —musito antes de cerrar las puertas.

Solo queda una entrada en el diario; he estado guardándola hasta que tuviera algo de tiempo para estar sola. Agarro el volumen
que descansa en la mesilla y me lo llevo al porche trasero. Aquí

estoy protegida del viento, pero, por si acaso, me he puesto un jersey y un pantalón cómodo.

—Hola. —Will asoma la cabeza por la puerta cuando me estoy sentando.

—Hola —respondo al tiempo que aparece el resto de su cuerpo. Camisa blanca. Sin corbata. Ha sido una jornada informal—. No pensé que te vería tan pronto.

—He salido un poco antes. —Observa el libro que tengo en las manos—. ¿Molesto? Puedo venir más tarde.

—No te preocupes. —Dejo el diario y, levantándome, le rodeo la cintura con los brazos—. Qué bien hueles siempre —murmuro contra su camisa—. Hueles mejor que los demás tíos.

—Voy a fingir que no sabes a qué huelen otros tíos —responde, echándose atrás y levantándome la barbilla con una sonrisa. Me besa de forma lenta, apasionada y tan dulce como un caramelo de limón—. Voy a fingir que nunca ha habido nadie más que tú y yo.

Me río.

—Los dos sabemos que eso es tremendamente inexacto.

—Pero ¿no sería bonito que fuera verdad? —contesta a la vez que traza la línea que va de mi mandíbula a mi nariz.

—No lo sé… Puede que, sin toda esa experiencia, no tuviéramos tanta maña.

—O puede que se nos diera aún mejor… si hubiera dispuesto de diez años para averiguar con precisión lo que te gusta.

—Creo que lo estás haciendo bastante bien. Aunque, si quieres un poco más de práctica…

Le tomo la mano y lo llevo hasta el sofá, donde me quito el chándal y tiro de él para que se tumbe sobre mí. Quiero sentir todo su peso oprimiéndome contra el colchón.

Después contemplamos los cojines desparramados. Su camisa pende de la lámpara.

—Puede que tengamos que probar de nuevo —dice Will mientras se incorpora y me sube a su regazo—, para asegurarnos de que vamos por el buen camino.

—Me gusta la idea. Pediré comida del restaurante para que esta noche puedas concentrar toda tu energía en el aprendizaje.

Te haré el examen final la próxima… —La palabra «semana» casi escapa de mis labios; un pesado silencio se extiende entre nosotros—. ¿Podemos fingir por esta noche que no te marchas el domingo? ¿Hacer como si fuera una noche cualquiera?

Una chispa extraña titila en los ojos de Will, pero se extingue enseguida. Desliza la mano hasta mis lumbares y me ciñe contra su pecho.

—Si es lo que quieres…

—Solo por esta noche.

Pedimos pescado con patatas fritas y ensalada de repollo del restaurante; cenamos en el sofá del cuarto de estar, viendo reposiciones de *Frasier* en ropa interior. Cuando estamos acabando, un trueno hace temblar las ventanas. Salgo al porche para rescatar el diario de mamá y dejarlo de nuevo en la mesilla. Nos vestimos y nos sentamos en el porche delantero, al abrigo de la tormenta, contemplando los relámpagos que atraviesan el cielo negro.

Will y yo nos dirigimos a la cama. Estar con él me resulta tan imposible y tan inevitable como su marcha. Pero no quiero pensar en ello ahora mismo. Cuando hemos acabado, me acurruco contra él con las extremidades agradablemente flojas y trazo con el dedo los contornos de su tatuaje del árbol. Cuando se ha quedado dormido, dibujo mi nombre sobre su corazón.

Es la primera noche desde que empezamos a dormir juntos que no consigo conciliar el sueño. Enciendo la luz y, al ver que Will no se mueve, cojo el diario y lo abro por la última entrada.

8 de septiembre de 1990

¡Dos noches para partir rumbo a Europa!

Me voy. Un par de días después de darles la noticia a mamá y papá, Peter vino a verme con más folletos sobre el embarazo para ayudarme a convencerlos de que no pasaba nada porque viajara. Creo que por fin han dejado de flipar, o al menos ahora lo esconden mejor. Estoy a punto de completar el primer trimestre y, con suerte, cualquier día de estos dejaré de vomitar.

El viaje me hace mucha ilusión. Estoy deseando ser durante un poco más de tiempo una chica de veintidós años sin responsabilidades. Me marcho seis semanas: Italia, Francia e Inglaterra.

Peter se ha presentado voluntario para llevarme al aeropuerto. Aún no ha mencionado lo que quería decirme el día que le anuncié que estaba embarazada. No sé si lo hará algún día, pero he dejado de esperar que lo haga. No me imagino la vida sin él. Creo que eso significa algo. Algo hacia lo que hemos ido acercándonos desde el día en que le enseñé el resort por primera vez, hace cinco años.

Liz se llevó un buen susto cuando le conté lo que pasaba y le molestó un poco el cambio de planes, pero está decidida a pasar un año entero viajando sola.

Admito que me da un poco de envidia, pero estos días, cada vez que me entra el bajón, me acaricio el vientre y hablo con mi hijita. Estoy segura de que será una niña. La llamo «mi cielo» y le digo lo mucho que la quiero. Que la querré por diez padres. Y le cuento historias de toda la gente que conformará su enorme y maravillosa familia aquí. Sus abuelos. Y los Rose. Y Peter. Le digo que nunca se sentirá sola cuando esté en casa. Le digo que estoy deseando conocerla, pero que no me hace falta tenerla delante para saber que nunca querré a nadie como ya la quiero a ella.

Dejo el diario en la cama, a mi lado. Trato por todos los medios de no hacer ruido al llorar, pero cuando emito un suspiro entrecortado, Will se remueve.

—Eh —murmura—. ¿Qué te pasa?

Pero lloro tanto que no puedo ni hablar.

—Chis. Ya está… —farfulla medio dormido todavía.

Niego con la cabeza.

—No ha sido más que una pesadilla.

—No —sollozo—. Ha sido mi madre.

No hace falta más. Will me besa las mejillas y me enjuga las lágrimas antes de girarme para que mi espalda encaje contra su pecho. Me cubre la pierna con la suya y me atrae hacia él. Le agarro el brazo con el que me rodea el tronco.

—Me quería. Muchísimo.

—Pues claro que te quería muchísimo —susurra contra mi cuello antes de besármelo—. Era tu madre.

—Pero ella no lo sabía —respondo, temblorosa y entre nuevas lágrimas.

Me abraza hasta que paro.

—¿No sabía qué, Fern?

Respiro hondo.

—No sabía que yo también la quería.

Me estrecha con fuerza.

—Sí que lo sabía —afirma. Entonces me besa el hombro.

Yo asiento, pero no puedo evitar pensar que, si hubiera sido mejor hija, me habría contado lo de Peter. Si hubiera sabido lo mucho que la quería, me habría confiado los problemas por los que estaba atravesando el resort.

—Fern, ¿puedo contarte una cosa? —pregunta Will con los labios pegados a mi piel.

Me giro hasta encararlo.

—Le conté a tu madre que te conocí.

—¿Qué?

—Le conté cómo nos conocimos. Le conté lo mucho que amabas el resort y que tuve que venir a verlo con mis propios ojos.

—¿En serio?

—Sí. Hablamos por teléfono poco antes del accidente. —Me aparta el pelo de la frente—. Me dijo que no tenía ni idea de lo feliz que la había hecho.

Sus palabras me arropan como una colcha de plumón. Estoy a punto de decirle: «Te quiero», pero entonces me acuerdo del vestido rojo y del baile con Will. Aún nos queda mañana. Podemos disfrutar de algo más que este verano. Es lo último en lo que pienso antes de caer dormida.

Cuando despierto, Will se ha ido.

24

14 de junio, nueve años antes

Me fui a los muelles a primera hora. Le dije a mamá que había quedado con alguien, pero me cuidé de omitir cualquier otro detalle. Era mi primer viaje a casa desde Navidad, y ella tenía sus sospechas. Hacía un año que me había graduado y mi círculo de amigos era reducido: más bien era un triángulo. Whitney y Cam estaban en el norte y Ayla era mi única amiga en la ciudad. Más allá de los colegas de Dos de Azúcar, no tenía a nadie más cercano.

Habían pasado doce meses desde que vi a Will por última vez. Cuando se fue del apartamento, me pasé la mañana en la cama, contemplando el lugar donde había dormido la noche anterior y repitiéndome sus palabras.

«Sigue siendo tu vida».

No es que fuera algo nuevo, pero me sentía como si lo viera desde una nueva perspectiva. La de Will. Su convicción de que debía sincerarme con mamá y su pasión por el arte eran como una descarga eléctrica sobre mi pasividad con respecto al futuro. Había estado dejando que la vida me pasara por encima.

Aquella tarde me había repetido sus palabras delante del espejo del baño. Era domingo y, cuando llegó la hora de llamar a mamá, cogí la lista que había escrito Will y repasé los cuatro puntos de mi plan. Le expliqué que tenía algo que decirle y que no sabía muy bien cómo hacerlo, pero que no quería trabajar ese verano en el resort. Ni ningún otro verano. Ni nunca.

—No lo entiendo —respondió—. Dentro de una semana vuelves a casa. Los Rose van a dar una fiesta. Tienes turno en el mostrador principal todo julio. Iba a enseñarte a hacer el calendario. Te he encargado un uniforme nuevo. —Hablaba rápido, sin pararse a respirar—. Tengo café del bueno y he comprado un molinillo moderno que no sé ni usar. Iba a darte la sorpresa la mañana de tu vuelta. Siempre dices que mi café es demasiado flojo. —Oí cómo inspiraba hondo. Cuando volvió a hablar, le temblaba la voz—. Estaba deseando pasar las mañanas contigo en el lago. Creí que íbamos a estar las dos juntas, cielo.

Cerré los ojos. Me disculpé y le dije que le agradecía todo lo que había hecho por mí. Le dije que no quería vivir la misma vida que ella. Que quería una vida propia, significara eso lo que significase.

Se quedó callada unos instantes antes de responder:

—Está bien, Fern. —Su voz sonaba monótona—. Tú vete a averiguar qué quieres hacer con tu vida, pero no con mi dinero.

Iba a decirle que no tenía nada ahorrado, pero la línea se había cortado ya.

Temblando, dejé el móvil en la mesa. Odiaba hacer daño a mamá. Pero también tenía la adrenalina a tope. Lo había hecho. No iba a volver a casa dentro de una semana. No iba a volver a trabajar en Brookbanks.

Casi no me lo podía creer. Tenía que llamar a mi jefa y pedirle más turnos. Y tenía que decírselo a Jamie y a Whitney. Pero la persona con quien de verdad quería hablar era Will. Solo que no podía.

No me puse en contacto con él ni una sola vez, aunque cuando me fumé el primer porro después de su marcha, sola en el apartamento, escribí su nombre en la barra de búsqueda de Google. Encontré un artículo en el *Vancouver Sun* sobre una exposición de arte estudiantil en la que aparecía Will tal y como lo recordaba. Le cotilleé la página de Facebook —tenía una caricatura de él como imagen de perfil—, aunque no le pedí amistad. Busqué *Compañeros de piso* con la esperanza de que su cómic apareciera en internet, pero no salieron resultados.

Me pasé doce meses anhelando su compañía, su enorme sonrisa, su risa explosiva. Su certidumbre. Imaginé cómo habría sido aquel día juntos si ambos hubiéramos estado solteros. Imaginé que la noche habría sido muy distinta. Imaginé mis labios sobre su cicatriz.

Me pasé doce meses pensando cómo sería volver a verlo. Lo sacaría a pasear en canoa. Subiríamos por el lago hasta la tranquila franja de arena en la otra orilla, nos sentaríamos con los pies en el agua y charlaríamos. Hablaríamos horas y horas.

Cuántas cosas le quería contar: que me había quedado en el apartamento de Toronto y que no tenía un centavo, pero que era mucho más feliz que cuando lo conocí. Quería decirle que estaba trabajando a tiempo completo en Dos de Azúcar y que a la gente le encantaba su mural. Que sonreía cada vez que veía el minúsculo helecho en la cola del avión. Quería hablarle de la idea que me rondaba de abrir mi propia cafetería algún día. Quería confesarle que había ido a High Park para ver los cerezos en flor en primavera. Y que estaba soltera.

Decidí no acompañar a Jamie a Banff. Me convencí de que era porque no me podía permitir el billete de avión y no quería dejar el apartamento. Rompió conmigo un martes a principios de julio. Yo acababa de llegar a casa después de un doble turno cuando sonó el portero automático. Supe a qué había venido en cuanto lo vi. Me senté en los escalones del edificio y Jamie me dijo que quererme era como sujetar agua en las manos.

—Creo que me estoy aferrando demasiado a ti, Fernie —dijo—. Creo que los dos necesitamos enfrentarnos solos a nuestra próxima aventura.

Sabía que estaba haciendo lo que debería haber hecho yo, pero me dolió durante semanas.

Whitney dijo que entendía por qué no quería volver a casa, pero entonces me preguntó por qué no le había dicho nada cuando estuvo de visita, y supe que a ella también le había hecho daño.

Ayla, mi mejor amiga en Toronto, estaba haciendo prácticas en Calgary hasta septiembre, y no tenía a nadie en Dos de Azúcar con quien me uniera más que el tomar una copa de vez en cuando después de trabajar. Me sentía sola.

Fueron incontables las veces en que me quedé mirando la grieta del techo y me pregunté si había cometido un error colosal al no volver a casa. Y casi tantas las que estuve a punto de enviar a Will una solicitud de amistad en Facebook. Me moría por hablar con él. Y sentía algo por él, eso era así. Pero por encima de todo necesitaba su amistad.

La del 14 de junio fue una de esas tardes espléndidas en que el lago y el cielo forman un paréntesis azul alrededor de la colina verde en la otra orilla. La playa del resort estaba abarrotada de familias; el agua, tachonada de canoas, kayaks y tablas de paddle. No hacía tanto calor como el día que Will y yo habíamos pasado juntos, pero la sensación era la misma: la emoción latente del verano recién estrenado.

Era evidente que el par de adolescentes que trabajaban en el cobertizo del equipamiento aún no habían experimentado la furia de Margaret Brookbanks, porque los muelles estaban cubiertos de pinazas. Me asomé a la puerta, saludé de pasada y agarré una escoba para mantenerme ocupada.

Me sorprendió que Will llegara tarde. Me había parecido un tío responsable, por la forma en que se preocupaba de su hermana, por la idea de diseñar un plan anual, hasta por su insistencia en que no mantuviéramos el contacto. Estaba segura de que acudiría. Eché un vistazo al albergue y, como no había rastro de él, me senté en el borde del muelle. Me había vestido para sacarlo a pasear en canoa, con un pantalón corto de algodón y un bañador verde que me había comprado porque el color me recordaba a los árboles de las pinturas de Emily Carr. Había metido víveres en una cesta de mimbre: un par de sándwiches, dos botellas de San Pellegrino de limón que me había traído de Toronto, un bote de crema solar y un gorro de pescador para Will.

Esperé hasta que me entró miedo de que se me pelase la nariz al sol; luego me puse el gorro.

Esperé hasta que el sol descendió en el horizonte.

Esperé a Will Baxter durante horas.

Y entonces, por fin, noté el hormigueo de sentirme observada. Al volver la vista me encontré un par de ojos grises, idénticos a los míos. La decepción me golpeó de lleno.

Mamá se aproximaba por el muelle.

—¿Quieres hablarme de él? —preguntó mientras se quitaba las sandalias doradas y se sentaba a mi lado. El perfume me hizo cosquillas en la nariz. Llevaba la ropa de tarde: un vestido de color turquesa sin mangas y un pesado collar dorado.

No respondí.

Era innegable que había cierta tirantez entre nosotras desde que le dije que no iba a volver a casa.

Peter y ella habían acudido a la graduación y después de la ceremonia me llevaron a cenar, pero mamá y yo acabamos la noche discutiendo. No volví al resort a visitarla hasta finales de verano. Cuando me levanté la primera mañana, me sentí desconcertada. Mamá no me había despertado para tomar el café con ella en el lago: ya se había marchado al albergue. Tampoco me despertó el día siguiente.

Las Navidades habían sido un pequeño desastre. Mamá no paraba de hablar sin ton ni son, pero apenas era capaz de mirarme a los ojos. A veces la pillaba observándome como si fuera una desconocida, como si estuviera reevaluando sus ideas de quién era.

Estuvo borde con Peter y trabajó el día de Navidad, que siempre había sido un festivo inamovible. Peter y yo preparamos la cena juntos. Pusimos el nuevo álbum de Haim a todo volumen y yo pelaba patatas hecha una furia porque mamá ni siquiera me había preguntado qué tal me iba en la cafetería. Él me dijo que debía tener paciencia, que necesitaba más tiempo para acostumbrarse a mi decisión.

—Lo único que le importa es este lugar —me quejé. Me sentía como si se hubiera demostrado mi teoría de siempre. Ahora que no iba a formar parte de Brookbanks, mamá no disponía ni de un segundo para mí, y tampoco es que hubiera tenido mucho tiempo antes.

Peter me tendió otra patata Yukon Gold.

—Cuando tu madre tenía tu edad, su sueño era tomar el relevo de tus abuelos en el resort. Ha volcado en él su vida entera para que sea un éxito, para demostrarles que era capaz de conseguirlo sola. Pero desde hace cuatro años, Fern, su único sueño era trabajar contigo a su lado.

Me quedé atónita, mirando la patata que tenía en la mano. Le había prometido a Peter que le daría un poco de cancha, pero cuando se presentó tarde a trinchar el pavo, decidí acortar mi estancia y, desde entonces, no había vuelto.

Mamá y yo nos quedamos sentadas en el muelle, contemplando a un par de adolescentes que trataban de manejar una tabla de paddle. Me quitó el gorro.

—Podrías empezar por decirme el nombre del chico.

Me planteé decirle que no era un chico, que se llamaba Beth o Jane, pero una lágrima me corrió por la mejilla. Me la limpié con la palma de la mano.

—Se llama Will.

Se quedó pensativa un momento.

—¿Y habías quedado en que viniera aquí, a casa? —Su voz sonó escéptica.

—Se suponía que sí.

—¿Vais en serio?

—Pensaba que quizá sí. —Volví a pasarme la mano por la mejilla—. Le había grabado un CD.

Me había pasado horas perfeccionándolo. Quería que fuera veraniego y significativo, pero no en plan: «Estoy coladísima por ti». No sabía si seguía con Fred o estaba con alguien más, o si sentía lo mismo que yo. Había incluido algunas de las canciones que habíamos escuchado en la cafetería, otras que me lo recordaban el día que pasamos juntos y otras que me lo recordaban a él. El único tema en común, a decir verdad, era Will.

Puede que la música fuera el lenguaje que compartía con Peter, pero mamá sabía lo que significa que le hubiera compilado un CD a alguien. Posó una mano de uñas rosas en mi muslo y me dio un apretón.

—Él se lo pierde, Fern —afirmó con decisión.

—Puede —respondí, alzando la barbilla al cielo para reprimir nuevas lágrimas.

Mamá me rodeó las mejillas con las manos y me bajó la cara para poder mirarme a los ojos.

—No, cielo —dijo sin parpadear—. Él se lo pierde. No tiene ni idea de lo que vales.

Inspiré entrecortadamente.

—¿Tú crees?

Me envolvió entre sus brazos y me estrechó contra su pecho igual que hacía cuando era pequeña.

—Ay, cariño —susurró contra mi pelo—. No lo creo; lo sé.

25

En la actualidad

No hay ninguna nota. Ningún mensaje de texto ni de voz. Nada que explique la ausencia de Will.

Al principio pensaba que tendría una reunión a primera hora y no quería despertarme, pero entonces me pongo un pantalón de chándal y voy hasta la cabaña 20 bajo la llovizna. No hay ninguna luz encendida y no quiero llamar a la puerta por si está al teléfono, por lo que rodeo la vivienda hasta el porche para mirar por la ventana de la cocina, pero las cortinas están echadas.

Mientras vuelvo a casa, me digo que lo más probable es que haya salido a correr o a dar un paseo para tomar el aire. Me doy una ducha caliente, pero cuando salgo no está en la planta baja, como esperaba. Preparo café mientras pienso que en cualquier momento entrará por la puerta. Sin embargo, al cabo de un par de tazas, el miedo comienza a ascender por mis extremidades como una neblina fría.

Le envío un mensaje de texto.

Adónde te has ido?

Espero que aparezcan tres puntitos anticipando su respuesta, pero no. Cuando me visto, sigue sin responder.

Mientras camino hasta el albergue, el humo de las chimeneas de las cabañas se enrosca formando volutas y el olor se pega a la niebla. El calor de finales de verano ha dado paso a la fresca humedad de principios de otoño. Tengo la mente acelerada, pero las piernas me pesan como si fueran de plomo. Tiene que haber pasado algo. Puede que una crisis en el trabajo. Will no se marcharía sin más. No me dejaría tirada. Otra vez no.

Cuando me siento en la oficina, no tengo conciencia de haber atravesado el vestíbulo. Compruebo el correo electrónico, pero no hay ningún mensaje suyo. Me quedo pegada a la pantalla del ordenador. Sigo ahí, mirando sin ver, cuando Jamie abre la puerta una hora después. Viene cabreadísimo por culpa de algo que ha pasado con la florista y por una entrega con retraso, pero se detiene a mitad de la frase.

—¿Estás enferma? —Se inclina delante de mí y me pone la mano en la frente—. Estás pegajosa, pero no parece que tengas fiebre.

Parpadeo un instante.

—Es resaca.

Joder, Fernie, que hoy es un día importante. ¿Quieres que te traiga un Gatorade?

—¿Un día importante?

—El baile —responde—. Pero ¿cuánto bebiste anoche?

El baile.

—Ya voy yo a por ese Gatorade —le digo al tiempo que me levanto de la silla sin hacer caso de su propuesta. Necesito unos minutos sola para recomponerme—. Luego me pones a trabajar.

Me oculto en el exterior para que me dé el aire. La vista se me va hasta los muelles y me estremezco.

«*Tú y yo*, Fern Brookbanks, el año que viene. No me falles».

El día pasa con lentitud, sin que haya rastro de Will. Jamie no me deja entrar en el comedor para ayudarlo con los preparativos. Le mando a Will cuatro mensajes de voz y varios más de texto preguntándole dónde está y si hay algún problema. Mientras tanto, parece que no pueda entrar en calor. El frío me ha calado hasta los huesos. Por la tarde, cuando vuelvo a casa para cambiarme, estoy tan nerviosa y preocupada que no dejo de temblar. Tiene que haber pasado algo.

Me ducho, me seco el pelo y me maquillo. Cuando me pongo el vestido rojo, me miro al espejo, esperando que aparezca por arte de magia. Quiero que esté bien. Quiero que estemos bien. Quiero mucho más que estar bien. La realidad de lo que quiero con Will me arrolla con tanta fuerza que tengo que sentarme.

Los huéspedes se encaminan hacia el albergue como una corriente, y yo la sigo mientras me froto los brazos, que tengo en piel de gallina. Entro en el vestíbulo sin prestar atención y estoy a punto de chocarme con la espalda cubierta de lentejuelas de la señora Rose.

—Fern, querida, ¿qué te pasa? Frunces el ceño igual que cuando eras adolescente.

Me disculpo y le digo que está guapísima. Luego me obligo a cambiar de expresión para parecer debidamente impresionada al entrar en el comedor.

Sin embargo, no me hace falta fingir, pues la transformación es tan llamativa que se me corta la respiración. Todo es rosa. Los manteles, las dalias, los globos. Las mesas se han dispuesto en círculo alrededor de la pista de baile y debe de haber cientos de guirnaldas de luces colgando de las vigas. Por toda la sala titilan las llamas de las velas colocadas en jarras de cristal. La orquesta ya está en el escenario, tocando «Be My Baby».

Lo habitual es que el baile no empiece hasta que estamos con los postres, pero, en cuanto la señora Rose deja el bolso, va abriéndose camino con el señor Rose hasta el centro de la pista siguiendo el ritmo de la música.

—¿Te gusta? —Jamie me sobresalta con la pregunta.

Al darme la vuelta, veo que ha encontrado una corbata verde oliva con un estampado de flores rosas a juego con el traje tostado.

—Es increíble, Jamie. Creo que has superado a mamá.

—Qué va —responde, pero se le ve orgulloso.

—En serio. Muchísimas gracias por todo… —Me paro. La orquesta ha cambiado de canción y ahora toca «Love Man». Achico los ojos—. ¿Qué tipo de orquesta has contratado, Jamie?

—Tocan sobre todo versiones de la Motown. Pero ni confirmo ni desmiento haberles pasado una lista con un montón de canciones de *Dirty Dancing*.

Niego con la cabeza.

—Eres lo peor.

—Es solo que me alegro de tenerte aquí… —enarca las cejas a toda prisa—, Baby.

Me río y, por un instante breve y maravilloso, me olvido de Will. Hubo un tiempo en que todo lo relacionado con esta noche —el baile de final de verano, la banda contratada con el fin específico de chincharme, la sala llena de huéspedes— habría constituido mi peor pesadilla. Distingo a Whitney y Cam, a quienes un miembro del personal acompaña hasta su mesa, mientras un grupo de niños baila el boogie-boogie con los Rose. En un rincón, Peter observa a los camareros servir sus panecillos. En este instante, simplemente me siento… en casa.

La orquesta se toma un descanso y da paso al concurso de talentos de la velada: el señor y la señora Rose reciben una enorme ovación por su versión de «The Surrey with the Fringe on Top». Esta es una de las fiestas de final de verano más animadas que recuerdo. Voy de mesa en mesa sin dejar de volver la vista hacia la puerta, pero Will no la atraviesa en ningún momento. Para cuando han servido el postre y la orquesta retoma el escenario, el buen ánimo que sentía se ha evaporado por completo y me cuesta aguantar las lágrimas. ¿Por qué Will no ha atravesado esa puerta?

Ojalá mamá estuviera aquí. Lo que más deseo es acurrucarme entre sus brazos, inhalar la dulzura de su perfume y la sal de su piel igual que hacía cuando era pequeña.

Busco a Jamie para decirle que me marcho, que me vuelvo a casa para llamar a Will. Otra vez.

—¿Bailas conmigo? —oigo a Peter preguntar a mis espaldas. Lleva un traje gris marengo, el mismo que se puso para el funeral, con toda probabilidad el único que tiene.

—Si tú no bailas.

—Y tú tampoco, pero haremos una excepción —responde mientras me tiende su enorme mano, y lo sigo hasta la pista.

Nos movemos con lentitud entre el resto de las parejas y, al cabo de un minuto, Peter carraspea y me dice:

—Te pareces un montón a ella, ¿sabes?

Frunzo el ceño.

—¿En serio?

—No es solo por tu aspecto, aunque esta noche me pareció ver un fantasma cuando apareciste con este vestido.

—¿Lo has reconocido?

Peter asiente con un gruñido.

—Creo que lo llevó el Día de Canadá. En 1992 más o menos.

Apoyo la cabeza en el pecho de Peter y, al inspirar hondo, huelo su colonia Old Spice y me vienen a la memoria toda una vida de momentos con él y mamá. Las cenas durante las vacaciones, las partidas de cartas y los almuerzos de cumpleaños que Peter le preparaba.

—Eres igual de valiente. Has vuelto, has ocupado su lugar… No es poca cosa.

Me quedo pensando un momento.

—Siempre he pensado que me parecía más a ti.

—Maggie dijo una vez que tenías el corazón blando como yo y la cabeza dura como ella. Supongo que quería hacerme sentir parte de la familia. Pero puede que sí hayas sacado algo de los dos. En cualquier caso, estaría muy orgullosa de ti.

—Ya… —musito con un nudo en la garganta.

Nos movemos en un minúsculo círculo, sin hablar.

Al cabo de un minuto, me echo hacia atrás y lo miro a los ojos.

—¿Crees que habría sido más fácil si os hubierais casado? —le pregunto—. ¿Si hubieras conseguido lo que querías antes de que muriera? —Es algo que llevo tiempo preguntándome.

—Lo que quería no era casarme, Fern. —Sus pies dejan de moverse—. Yo quería a tu madre. No siempre fue fácil, pero siempre fuimos amigos. Siempre estuvimos uno al lado del otro.

Abrazo a Peter con fuerza y, mientras sus palabras calan en mi interior, la verdad me golpea con una repentina y aplastante claridad.

—Tengo que irme —le digo antes de salir corriendo hacia el vestíbulo.

Le pregunto al recepcionista si puedo consultar algo en el ordenador y, aunque sé lo que voy a encontrar, la sorpresa de verlo negro sobre blanco hace que me dé vueltas la cabeza.

Salgo a toda prisa del albergue, imaginando todas las palabrotas que le voy a soltar a Will en cuanto lo tenga al teléfono. Pero entonces oigo a Whitney.

—¡Fern, espera!

Echa a correr detrás de mí, con los zapatos de tacón en una mano y sujetándose el pecho con la otra.

—¡Gracias a Dios que me puse el mono! —exclama entre jadeos—. Mucho mejor para perseguir a mi mejor amiga en plena huida.

—No estoy huyendo.

—Perdona, pero has huido del baile, literalmente, como quien escapa de la escena de un crimen. ¿Qué está pasando?

Cuando se lo cuento, abre tanto los ojos color avellana que tengo miedo a que le estallen un par de vasos sanguíneos.

—Will dejó el resort esta mañana —concluyo. La nota en el registro decía que mandaría a buscar sus cosas. Debía de tener prisa.

—¡¿Cómo?! —chilla incrédula—. ¿Que se ha esfumado sin más? ¿Otra vez? Ay, es que lo voy a matar. ¿Vas a buscarlo?

Sin querer, me fijo en una rama de arce rojo cuyas hojas se agitan con el viento; el primer signo del otoño. Está claro: el verano ha acabado y Will se ha ido.

Niego con la cabeza.

—Me voy a casa. Necesito hablar con él. Tú vuelve al baile y diviértete.

Whitney gira la cabeza hacia el albergue. Cam está esperando en los peldaños de la puerta principal.

—¿Estás segura? Cam puede venir a buscarme mañana. Tengo en la recámara un montón de mierda que ventilar sobre Will. Podría hacerlo toda la noche.

—No, en serio, Whit. Quiero estar sola, ¿vale?

—Vale —responde con evidente renuencia—. Pero, si cambias de idea sobre lo de tener compañía, avísame.

Llamo a Will en cuanto estoy de vuelta en casa, sin parar de caminar por la cocina. Por enésima vez me salta el buzón de voz. Pero no permitiré que me ignore. Llamo otra vez. Y otra más. Con cada tono me voy poniendo más furiosa. Mamá se conformó con una nota de dieciséis palabras cuando Eric la abandonó. Yo quiero más.

Will acaba por descolgar.

—Fern. —Pronuncia mi nombre con un suspiro frustrado que me cae encima como un cubo de agua helada.

—Te has ido. —Es lo único que consigo decir.

Se produce un sonido amortiguado al otro lado del teléfono y lo oigo disculparse con alguien. Entonces la línea crepita con el ruido del viento contra el micrófono.

—No es un buen momento —me dice con una voz tan estéril como una venda sin abrir.

—¿Qué quieres decir?

—Ahora mismo no puedo hablar —responde—. Tengo que dejarte.

—No —le advierto—. Llevo todo el día preocupada, preguntándome adónde te has ido y si estarás bien. Tienes que contarme qué demonios pasa. ¿Has dejado el hotel? ¿Qué sucede? ¿Dónde estás?

Will vuelve a suspirar.

—Estoy en el hospital, Fern. —Su tono suena a reprimenda—. Sofía está enferma.

El estómago se me encoge con una mezcla de miedo y alivio. Ya sabía yo que algo pasaba. De inmediato paso al modo de resolución de problemas.

—¿Qué hospital? ¿Cómo se encuentra? Voy para allá. —Si hago ahora mismo la maleta, puedo llegar a Toronto antes de medianoche. Llamaré a Jamie en cuanto me ponga en camino. ¿Tengo que echar gasolina al coche?—. ¿Quieres que te lleve algo? —le pregunto al tiempo que abro el frigorífico. Seguro que Will no ha comido. Puedo meter en un táper las sobras de la quiche que preparó para cenar hace un par de noches.

—Fern, no.

Me quedo petrificada.

—No vengas.

—¿Qué? ¿Por qué no? —pregunto confusa—. Puedo echar una mano.

—No quiero que me eches una mano. Lo siento, pero tú y yo... Ha sido un error. Lo nuestro ha sido un error. Culpa mía. Tendría que haberlo sabido desde el principio. —Su voz suena hueca. Es como si al otro lado me hablara un desconocido, no la persona que me estrechó entre sus brazos anoche y me susurró palabras de consuelo al oído.

—No te creo —le digo con la voz rota.

Pienso en el álbum de Patti Smith y en la tarjeta que me dio. «Me conoces. Y yo también te conozco a ti». Vuelvo la vista a los fogones y recuerdo cómo preparó la quiche con el delantal de mi madre puesto.

—Will, te quiero.

Al otro lado no hay más que silencio.

Recuerdo que la semana pasada fuimos a nadar juntos una noche. Hacía tanto calor que ni nos preocupamos de secarnos después. Nos sentamos en el borde del muelle familiar, los dos chorreando y con los pies en el agua. Will me besó el hombro. «Creo que nunca he sido tan feliz como ahora mismo», me dijo.

—Y creo que tú también me quieres —le digo, con el corazón acelerado en el pecho.

—Fern, no puedo... —responde y, por un segundo, me vuelve a sonar a Will. Pero entonces su voz se endurece—. Es hora de que los dos dejemos de vivir en una fantasía y sigamos adelante con nuestras vidas.

Empiezo a discutírselo, pero me ha colgado.

Con la puerta del frigorífico abierta, me quedo mirando el plato con las sobras de la quiche, incapaz de comprender lo que acaba de pasar. Le he dicho que lo quiero y no me ha respondido nada. Le he dicho que lo quiero y ha cortado conmigo. Cierro el frigorífico de golpe. No estoy llorando.

Las manos me tiemblan mientras me lleno un vaso de agua. Tomo un sorbo, pero el nudo de la garganta casi me impide tragar. Me quedo parada delante del fregadero, contemplando por la ventana la cabaña de Will, y noto que la sangre me hierve de rabia. Pienso en sus trajes a medida y en sus camisas inmaculadas, colgados con pulcritud en el armario.

Cojo las cerillas.

«Por favor, que esté abierta», suplico mientras subo los escalones que llevan a la cabaña 20. Llevo el vestido rojo sin zapatos; como alguien me vea, va a pensar que estoy como una regadera.

Y no.

Lo que estoy es furiosa.

Cuando giro el picaporte, cede, así que entro en tromba y me encamino derecha al dormitorio. Abro el armario y me encuentro toda la ropa de Will. Agarro todas las chaquetas y camisas que puedo, luchando contra el deseo de pegar la nariz al tejido y darme un chute de su aroma. Mientras cargo con las prendas hacia el cuarto de estar, me resbalo con algo. Cuando me giro para ver qué se interpone en mi camino, me quedo de piedra.

El suelo está cubierto de hojas de papel y un enorme bloc de dibujo descansa en la mesita de centro con un lápiz insertado entre las anillas. Ni me entero cuando la ropa se me cae de los brazos, tan solo recojo una de las hojas y me quedo mirando un dibujo que me representa flotando en el agua con los brazos extendidos y los ojos cerrados. Hay un borrón sobre la nariz, como si la hubieran borrado como mínimo una vez. Sobre el suelo hay desparramados otros tres dibujos con variaciones inacabadas del mismo tema.

Cojo el bloc de la mesita y lo abro. Will mencionó que había empezado a dibujar de nuevo, pero no tenía ni idea de que hubiera avanzado tanto. Me siento mal, como si estuviera leyendo su diario. Pero ya estaba a punto de prender fuego a miles de dólares en trajes, ¿qué más da otra mala acción?

Voy pasando páginas con árboles ralos en orillas rocosas, una canoa varada en la playa, los Rose jugando a las cartas. Con mi imagen. En una de las ilustraciones llevo el pelo corto, como cuando nos conocimos. Estoy apoyada en una pared cubierta de grafitis, con la cara vuelta al cielo. Me llevo la mano el pecho, donde siento una fuerte punzada. Al volver la página, un escalofrío me recorre el cuerpo.

«No, no, no», pienso mientras examino el dibujo.

La cesta a mi lado, en el muelle. El sombrero en la cabeza.

—No —digo en voz alta, como si pudiera hacer realidad mi deseo. Pero cuanto más miro el boceto, más claro lo tengo.

Me dejo caer sobre el montón de ropa con el bloc en la mano y, cuando las lágrimas comienzan a descender por mis mejillas, las dejo correr. Me quedo ahí hasta que una brisa sopla a través de la puerta trasera y me trae el sonido distante de la orquesta, que en este momento toca «(I've Had) the Time of My Life».

26

En la actualidad

El apartamento está prácticamente vacío. Estos últimos días he estado embalando todo en plástico con burbujas y papel de periódico, recordando mi estancia en Toronto. Los años de universidad, mi primer turno en Dos de Azúcar, las largas caminatas, las citas fallidas y las noches sin dormir. Ya solo quedamos yo, los encargados de la mudanza, una bandeja de café y una docena de cajas. Me resulta raro ver mi pisito así, despojado de todos los trastos que lo hacían mío.

He vivido aquí cinco años, más que en cualquier otro lugar que no fuera el resort. Me acuerdo de la ilusión que me hizo cuando lo encontré, de lo espacioso que me pareció para tener un solo dormitorio, de lo adulta que me hicieron sentir los electrodomésticos cromados de la cocina. Constituye la planta principal de un pequeño edificio pareado y, viéndolo ahora, parece abarrotado a pesar del mobiliario que falta. Las vistas desde la ventana de la cocina son de un sólido muro de ladrillos. No hay patio ni jardín. Aunque podía oler la comida del vecino y oír sus actividades nocturnas, así como las uñas del perro repiqueteando sobre mi cabeza, sentía este lugar como mío. Era muy yo.

El teléfono me vibra con un mensaje. Dejo el trapo con el que estoy limpiando el frigorífico y me quito los guantes de goma. Por una fracción de segundo, mientras me saco el móvil del bolsillo trasero de los vaqueros, pienso que podría ser Will y aguanto la respiración hasta que veo que es un correo electrónico de la cuenta de reservas para eventos de Brookbanks.

Ha pasado una semana desde el baile y no he tenido noticias de él. Sé que hoy no va a ser distinto. Me obligué a levantarme del suelo, cogí los dibujos y volví a casa. Redacté mensajes furibundos en mi cabeza. Escribí un par, pero no me pareció bien enviarlos. Al final, Will me había dado muy poco. Me había mentido todo el verano. A pesar de todas las preguntas que tenía, decidí que no se merecía ninguna de mis emociones, ni siquiera las más exaltadas e iracundas. Le escribí un breve mensaje diciéndole que esperaba que Sofía estuviera bien y que hablara con Jamie para continuar con el resto del trabajo de consultoría. Le pedí que no volviera a ponerse en contacto conmigo.

Pero, cada vez que me vibra el móvil, una traicionera parte de mi cerebro espera que sea él y desearía no haber cerrado la puerta entre nosotros con tanta firmeza. Y no es que tenga un guion con lo que decir si llegamos a hablar. La base de dolor y confusión está ahí, claro. Una mordiente punzada se me ha instalado en las tripas. Creía saber lo que era echar de menos a Will Baxter, pero el vacío que sentí tantos años atrás era una minúscula grieta en comparación con lo que siento ahora.

El mensaje no es más que una solicitud de información genérica para una fiesta de empresa, por lo que lo marco para responder en cuanto termine de limpiar el piso, entregue las llaves y vuelva al resort en el oxidado Cadillac. Llevo toda la semana soñando con la hamburguesa de Webers que me voy a zampar por el camino.

Le prometí a Jamie que seguiría ocupándome de las reservas mientras estuviera fuera y justifiqué este viaje tan poco oportuno con un par de reuniones con posibles sumilleres en la ciudad. Creo que sabe que necesitaba espacio para aclararme las ideas. En cuanto volvamos a contar con personal suficiente, me tomaré unos días libres para comprarme un coche, guardar en cajas algunas de las pertenencias de mamá y empezar a redecorar la casa para sentirla mía.

—Se te olvidó embalar esto, ¿eh? —me dice uno de los encargados de la mudanza.

Sigo su voz hasta el dormitorio, donde el retrato que Will

me dibujó hace diez años todavía cuelga de la pared desnuda. Mi plan anual está fijado por detrás. Hace años, cuando perdí el pin del tranvía, puse patas arriba el apartamento entero, vacié todos los bolsos y volqué los cajones de la cómoda sobre la cama, pero no lo encontré. Aquel día metí la lista dentro del marco.

—Debo de tener una caja para cuadros vacía en alguna parte —dice el joven pelirrojo de ojos cansados, que apesta al porro que se ha fumado justo antes de empezar. Creo que se llama Landon, o quizá Landry—. ¿Quieres que te lo embale?

—No, está bien. No sé si lo voy a dejar aquí o no —le respondo. Puede que me lo lleve. También puede que, al salir, lo tire al contenedor de basura. Hay un cincuenta por ciento de posibilidades.

Landon, o quizá Landry, se encoge de hombros.

Descuelgo el dibujo del gancho y, por el momento, lo dejo en la encimera de la cocina.

Los de la mudanza trabajan a una velocidad endiablada para ser dos veinteañeros fumados. Los contraté en Huntsville, y no están acostumbrados a moverse por las callejuelas estrechas del centro de Toronto. Aunque tienen el camión medio subido a la acera, aún bloquean parte de la calzada y, entre los claxonazos airados, los timbrazos pasivo-agresivos de las bicis y las malas caras de los peatones que tratan de rodear el mamotreto, andan reventados y deseosos de salir pitando de aquí. Peter va a recibirlos en casa, puesto que llegarán antes que yo. Los guio para que salgan de su improvisada plaza de aparcamiento y me pongo con la cocina.

Estoy frotando el horno cuando suena el portero automático. Miro a mi espalda, pero no veo nada que se les haya olvidado a los de la mudanza. Asomo la cabeza por la ventana delantera, pero no veo a Landon, Landry and Co. en los escalones; es una mujer con un voluminoso vestido camisero blanco, con el cabello castaño oscuro y liso suelto sobre los hombros. El hombre que vive en el piso encima del mío es un doctor en lingüística buenorro que da clases particulares de francés. Supongo que se habrá equivocado de piso al llamar.

—¿Puedo ayudarte? —le pregunto cuando la veo en la escalera.

La mujer se sobresalta antes de fijar su atención en mí. Es guapísima. El bolso extragrande de cuero borgoña que lleva debe de rondar el mes de alquiler. Incluso a metro y medio de distancia se nota la precisión con que se ha delineado los ojos.

Me estudia con la mirada y me pregunta sin demasiada amabilidad:

—¿Eres Fern?

—Sí —respondo con preocupación. En esta ciudad, un desconocido no se presenta a la puerta de tu casa sin más.

Mira a su alrededor, como si aquel no fuera el lugar donde debería estar, antes de volverse hacia mí.

—Soy Annabel. ¿Puedo hablar contigo un momento?

Annabel y yo nos quedamos de pie, frente a frente, alrededor de la isla de cocina. Es como si todos los contornos afilados de Will se hubieran suavizado en su hermana menor. El cabello y los ojos son algo más claros, del color de los peniques y no de la Coca-Cola. Su rostro es más redondeado; su nariz, menos llamativa. No tiene la postura de Will Baxter, aunque sí su elegancia.

—La verdad es que no pareces su tipo —dice, sin inmutarse por lo desangelado del lugar que la rodea.

Bajo la vista y me miro la camiseta mugrienta, los vaqueros rotos y las deportivas. Llevo el pelo recogido con una diadema. Estoy sin maquillar, sudorosa, y el aliento me huele a café. Ahora mismo no soy el tipo de nadie.

—Ya. Supongo que no lo era.

—No te lo digo con ánimo de ofender. —Se queda mirando la ilustración de Will que está en la encimera—. Es solo que me sorprende.

Tampoco es que eso suene mejor.

—No quiero sonar maleducada, pero ¿a qué has venido? ¿Cómo me has encontrado?

Se sube la correa del bolso por el hombro.

—Te busqué en Google. Descubrí dónde trabajabas y le dije a tu antiguo jefe que era una amiga de la universidad.

Puto Philippe.

—¿Y a cuento de qué lo has hecho? —le pregunto—. ¿Sofía está bien?

—Va mejorando. ¿Qué te ha contado mi hermano?

—Solo que estaba en el hospital.

Asiente, como si no le sorprendiera.

—Meningitis. La han tenido ingresada hasta que estuviera fuera de peligro. Cuando llamé a Will, el sábado por la mañana, estaba fuera de mí. Sofía no dejaba de tiritar y vomitar. No conseguía ponerme en contacto con nuestro médico de familia. Will me dijo que fuera a Urgencias de inmediato, y gracias a Dios que lo hice. Ha sido horrible. —A Annabel se le anegan los ojos y agita la mano delante de la cara—. No voy a entrar en detalles, el caso es que va a ponerse bien. No quiero ni imaginar a la velocidad a la que Will debió de conducir para llegar a la ciudad tan rápido, pero vino directo al hospital infantil y se quedó con nosotras. Tu amiga llamó ayer.

—¿Qué amiga?

—La cabreada. No pillé el nombre, pero la oí poner a Will a caldo al teléfono. Hablaba y hablaba, y Will seguía ahí sentado diciendo: «Ya lo sé», una y otra vez. Creo que ni se enteró de que le había quitado el móvil de la mano hasta que empecé a gritarle a la chica esa.

—Whitney. —No me ha dicho nada de que llamara a Will, aunque tampoco me extraña.

—Eso —responde Annabel—. Discúlpate con ella de mi parte. Puede que la llamase de todo menos guapa antes de que me explicara que mi hermano había dejado tirada a su novia y que, si quería arreglar las cosas, podía encontrarte en la ciudad.

—No era su novia —la corrijo. Me parece importante aclarárselo.

—¿No? Pues, por lo que Whitney me contó y por lo poco que Will dijo, me pareció que ibais en serio.

Quiero saber qué dijo Will exactamente, palabra por palabra. Quiero saber qué tono de voz usó, qué llevaba puesto y dónde tuvo lugar la conversación.

—Todavía no me has explicado qué haces aquí —señalo, no obstante.

—Mi hermano no suele pifiarla... y no le digas que te lo he dicho yo. Pero, según Whitney y por lo que he conseguido sonsacarle, la ha pifiado contigo. —Annabel se yergue hasta adoptar una postura similar a la de Will—. He venido para defender su honor o lo que sea.

—¿Will sabe que estás aquí? —le pregunto, aunque detesto el tono esperanzado con que lo hago.

—No, no quiero cabrearlo. Me dijo que no querías que volviera a ponerse en contacto contigo y que debía «respetarlo» —concluye formando unas comillas con los dedos—. Pero tú escúchame. No he venido hasta el West End por gusto.

Dejo escapar un hondo suspiro.

—Vale.

—He tenido una larga semana de mierda y Will no ha sido de tanta ayuda como él cree: está hecho un asco y no para de quejarse. En fin, que quitando la pifia de ahora, mi hermano es extremadamente leal con la gente a la que quiere. Creo que cuando se ofreció a trabajar con tu madre, estaba...

Agito las manos para cortarla, porque creo que se ha expresado mal.

—¿Perdona?

Annabel ladea la cabeza.

—¿A principios de año? ¿Cuando se quedó en el resort después de la boda? ¿Cuando se ofreció a trabajar con tu madre? —Debe de verme el asombro en la cara—. No te lo ha contado...

—Me dijo que fue idea de mamá. —Algo mareada, apoyo una mano en la encimera.

—Bueno, esa movida mejor que te la explique él. Pero creo que era su forma de compensarte, al menos al principio. A mí me costó un poco juntar las piezas, darme cuenta de que tú eras la chica de aquel día hace diez años.

Asiento.

—Will no dejaba de hablar de ti la mañana siguiente de conocerte: que te había enseñado la ciudad, que eras distinta de los demás. Nunca le había oído hablar así de nadie.

Tardo un segundo en que la memoria me funcione.

—Era contigo con quien había quedado aquella mañana para desayunar —respondo—. Antes de volar de vuelta a Vancouver.

Annabel frunce los labios.

—Nunca lo olvidaré. Vomité mientras estábamos comiéndonos unos gofres. Fue entonces cuando le dije a Will que estaba embarazada.

—Eso no me lo contó —musito. No me ha contado un montón de cosas.

—Unos días antes, papá había descubierto el test de embarazo en la basura. Dio por sentado que a mis diecinueve no iba a tener al bebé y, si te digo la verdad, yo pensaba lo mismo. Pero entonces empezó a decir que, si no era capaz de cuidar de mí misma, cómo iba a hacerme cargo de un bebé, y ahí ya me planté. Cuando se lo conté a Will, se ofreció a quedarse en Toronto y acompañarme a la clínica, pero ya me había propuesto demostrarle a papá que se equivocaba. Iba a tener al bebé y me iba a convertir en la mejor madre del mundo. —Annabel niega con la cabeza—. La tozudez y el orgullo corren por las venas de los Baxter, que lo sepas. —Lanza una mirada al dibujo de la encimera—. Will renunció a un montón de cosas por mí. En aquel momento no me di cuenta de hasta qué punto: ninguno de los dos éramos conscientes de ello. Pero he aprendido mucho desde entonces. —Annabel se fija en cómo me estoy agarrando al borde de la encimera y luego recorre la cocina con la mirada—. ¿Hay algún lugar donde podamos sentarnos? Aún hay más.

Salimos a los escalones de la entrada. El ambiente es húmedo, el sol está oculto por gruesas nubes. Un gato blanco con manchas está tumbado en medio de la acera. Es el Coronel Mostaza, del vecino de al lado.

Annabel deja el bolso entre los pies, calzados con sandalias, y se pone a juguetear con la correa.

—¿Habla mucho de nuestra madre? —me pregunta.

Niego con la cabeza. Sé que sigue viviendo en Italia y que Will lleva un par de años sin visitarla. No me ha contado mucho más de lo que me dijo hace una década.

—No me sorprende —reconoce Annabel—. No le gusta hablar de ella. Es una artista de gran talento. Además de fabulosa, inteligente y de lo más encantadora cuando quiere. Pero digamos que como madre estuvo bastante ausente. Aun antes de marcharse, nunca estuvo del todo por nosotros. Tampoco fue todo culpa suya, ahora lo sé. La depresión podía debilitarla mucho. Durante una crisis podía pasarse días en la cama. Y, cuando estaba bien, se concentraba muchísimo en el trabajo, como si necesitase exprimir hasta la última gota de creatividad por si se le acababa.

Annabel se me queda mirando para asegurarse de que la sigo. Algo en la serenidad de sus ojos me recuerda tanto a Will que se me encoge el pecho. Entonces se fija en el Coronel Mostaza.

—Lo siento, pero ¿ese gato tiene bigote?

—Sí. —Chasqueo la lengua y el Coronel gira la cabeza y nos muestra la mancha de pelaje negro bajo la nariz en todo su esplendor.

Annabel da un gritito y el gato, viendo que tiene un objetivo, se estira y se le acerca contoneándose para luego serpentear entre sus tobillos.

—Nunca hemos tenido mascotas —confiesa mientras lo acaricia—. Will es alérgico a casi todo lo que tiene cuatro patas. Le pican los ojos, le provoca asma… el paquete completo.

Eso me irrita como una piedra en el zapato. No sabía que Will tenía asma. La lista de cosas que no sé sobre él crece a medida que salen palabras de los labios de Annabel.

—En fin —prosigue al tiempo que el Coronel se acomoda a sus pies—, que cuando nuestra madre trabajaba, se aislaba de todo. Tenía el estudio encima del garaje y recuerdo subir las escaleras dando pisotones de elefante. Me quedaba parada delante de ella y tenía que llamarle la atención cuatro o cinco veces antes de que se enterara de que estaba ahí. Cuando me convertí en madre, me pregunté si se había marchado tan lejos porque se sentía culpable por no haber pasado tiempo suficiente con nosotros. Si interponía un océano entero, no tendría que intentar mantener cierto equilibrio. No podría fallar.

Me recuerda a algo que Peter dijo de mamá, que uno de los motivos por los que trabajaba tanto era porque se trataba de la única área de su vida en la que sentía que tenía éxito.

—Will la idolatraba de pequeño —señala Annabel—. Todo el mundo decía que se parecían un montón y él estaba superorgulloso. Los dos artistas. Además, físicamente se parecía a ella. Y parecía comprenderla. Cuando sufría, se sentaba a su lado en la cama y dibujaba. Yo me asustaba cada vez que se ponía mala, pero Will se quedaba en silencio con ella.

Lo imagino a la perfección: un Will adolescente intentando consolar a su madre con la mera solidez de su presencia. Pienso en cómo se comportó el día que nos conocimos, el modo en que me dejó hablar cuando estuve lista para hacerlo, tumbado junto a mí en la oscuridad, y me aseguró que todo saldría bien.

—¿Te encuentras bien? —me pregunta Annabel, bajando la vista a mi brazo, que me he estado rascando.

—Sí —le miento mientras me rodeo las espinillas con las manos para dejarlas quietas. Cuanto más me habla de Will, más se ensancha el vacío en mi interior. Es como un río que empuja y me erosiona, y mis orillas son de arena, no de granito.

Annabel murmura indecisa, pero prosigue:

—Cuando mamá se fue, Will fue quien peor se lo tomó. Aquel año lo pasamos con nuestra abuela y recuerdo un día en que estaba dibujando en el jardín trasero. Yo quería que me ayudara a ponerle una cesta a la bici, pero tuve que llamarlo un montón de veces hasta que me oyó. Le dije que era igual que mamá y se puso hecho una furia. Me respondió que nunca sería como ella. A veces creo que demostrarlo se ha convertido en su propósito en la vida.

Yo sigo callada e inmóvil, observando el perfil de Annabel.

—La cuestión es que Will se parece un montón a mamá. No en esencia, porque él es la persona menos egoísta que conozco y tiene el corazón más grande que el pecho. Pero es creativo y apasionado como ella, y, si se le mete en la cabeza hacer algo, su compromiso es inquebrantable. —Inspira hondo—. Cuando nació Sofía, lo pasó mal. Era distinto de la depresión de mamá y no me corresponde a mí contarte por lo que pasó, pero creo que confirmó su creencia de que, en el fondo, era igual que ella. Dejó de dibujar del todo. Se sacó un máster en Administración y Dirección de Empresas mientras trabajaba a tiempo completo. Para él, convertirse en un adulto responsable implicaba ser como papá: un trabajo estable con un sueldazo, una casa en propiedad..., así que eso es lo que hizo. Pero renunció a una parte importantísima de sí mismo, y no creo que haya sido feliz de verdad. —Me mira expectante—. Y ahí es donde entras tú.

—No veo cómo —murmuro.

Annabel me mira con una mezcla de lástima y desdén.

—Ah, ¿no? Pues me dijo que eras lista.

Cuando parpadeo sorprendida, me sonríe.

—Ay, madre, pero qué intensos sois los dos. —Se gira para mirarme a la cara—. No he visto a mi hermano más vivo que este verano. Cuando me dijo que había vuelto a dibujar, sentí un alivio inmenso. Pensé que por fin iba a recuperar su vida.

Pienso en el dibujo que encontré en su cabaña y me pregunto si Annabel sabrá lo que yo sé.

—Estaba cabreadísimo consigo mismo por no estar en casa cuando Sofía enfermó y estoy segura de que lo considera la prueba de que no puede tenerlo todo en la vida. —Annabel levanta la vista y contempla las nubes—. Y de que no estoy lista para vivir sola con ella. Pero se equivoca en los dos casos. Igual que se equivocó al cortar contigo. —Se vuelve hacia mí y me atraviesa con sus ojos cobrizos—. Aunque tal vez no deberías haberle volcado encima todos tus sentimientos cuando su sobrina estaba en el hospital.

Me quedo boquiabierta, pero Annabel continúa:

—Y tampoco va a venir a disculparse contigo, si es eso lo que esperas. Le pediste que no volviera a ponerse en contacto, así que no lo hará. —Se mete la mano en el bolsillo del vestido, saca un pedazo de papel y me lo tiende. Hay escrita una dirección—. Aquí es donde vivimos. Sofía se encuentra lo bastante bien como para quedarse esta noche en casa de su padre y yo voy a salir con mis amigas, así que estará solo.

—No sé… —respondo, negando con la cabeza. No he empezado siquiera a procesar todo lo que Annabel me ha contado y ya me siento agotada—. No estoy segura de ser capaz.

Annabel me mira con dureza.

—Yo aquí estoy dando palos de ciego; no tengo ni idea de si eres lo bastante buena para mi hermano, pero nunca lo he visto tan feliz como cuando estaba contigo. Lo conozco mejor que nadie, incluida tú. Sé que ha cometido un error y él también lo sabe. Está hecho un completo desastre. Así que espero que sí lo seas. Y espero que vayas a verlo. —Me observa un momento antes de levantarse y colgarse el bolso del hombro—. Aunque solo sea para acabar las cosas correctamente.

27

En la actualidad

Contemplo la vivienda en Summerhill Town desde el interior del Cadillac. Ocupa el número 11 y es una amplia casa pareada de ladrillo visto de tres plantas, con elegantes molduras negras y una fila de hortensias blancas orillando el porche. Son más de las ocho, lo bastante tarde como para estar segura de que Annabel ya se habrá ido.

Cuando se marchó esta mañana, me dije a mí misma que no iba a venir. Bastante tengo ya con mis movidas, no puedo cargar también con las de Will. Debía retomar mi fase de renuncia a los hombres. Metí el pedazo de papel con la dirección en el fondo de una bolsa de basura, con idea de volver al resort en cuanto acabara de limpiar. A los quince minutos lo rescaté.

Cuando me monté en el coche, en lugar de enfilar la autopista, me registré en un hotel, me di una ducha y me senté al escritorio a elaborar una lista de motivos por los que debería eliminar a Will Baxter de mis contactos y de mi vida.

Pero mientras contemplaba la hoja en blanco, no dejaba de pensar en Will a los catorce años, furioso y resentido y anhelando a su madre. En Will a los veintidós, sintiéndose culpable por vivir en Vancouver, preocupado por su hermana. Hace diez años, él me enseñó a ver con claridad y, así, decidí tomar las riendas de mi futuro. Cuando se marchó de mi apartamento aquella mañana, sabía que mi vida estaba a punto de cambiar. No tenía ni idea de que la suya también.

«Temía haber cambiado».

Ese fue el motivo que Will me dio para no presentarse hace nueve años. Cuando descubrí el dibujo en su cabaña, pensé que me había mentido. Pero al reflexionar en lo que Annabel me había contado, empecé a preguntarme si tal vez no mentía, simplemente no podía contarme toda la verdad.

En dos ocasiones, Will aterrizó en mi vida como un meteorito y, en ambas, me dejó vacía por dentro, con un cráter enorme en el pecho, pero nunca me había planteado que la colisión también lo hubiera dejado a él fuera de órbita.

Sentada al escritorio en la habitación del hotel pensé en Will a los treinta y dos años, exitoso, esquivo y paciente, reencontrándose poco a poco con su arte, metiendo el pie con cautela en una relación, reclamando algo de felicidad para sí. Aún me parece oír su voz cortando la oscuridad la noche en que, en pijama, llamé a la puerta de su cabaña.

«¿Qué quieres, Fern?».

Me quedé una hora mirando el cuaderno y, en lugar de anotar todos los motivos por los que debería dejarlo marchar, elaboré una lista completamente distinta.

Y aquí estoy ahora, a la puerta de la casa de Will Baxter. Herida, enamorada y lista para luchar por lo que quiero. Y también por lo que creo que quiere Will.

Pero ojalá no tuviera tantas ganas de vomitar.

Recojo el dibujo del asiento del pasajero. Los dedos me tiemblan cuando pulso el timbre e inspiro hondo. No obstante, en cuanto Will abre la puerta, el discurso que llevaba preparado muere en mi garganta.

No parece él. Para empezar, tiene la cara y el cuello cubiertos de barba. Lleva tanto tiempo sin afeitarse que está a punto de convertirse en una mata descuidada. Las ojeras le oscurecen los ojos y no se ha peinado. Lleva un pantalón de chándal que le va grande y una camiseta manchada. En cuanto se da cuenta de que me tiene delante, se yergue como si lo hubiera sacudido una corriente eléctrica.

Abro la boca, pero lo único que me sale es un sorprendido:

—Da pena verte.

—Fern. —Nadie pronuncia esa palabra como él, como si significara muchísimo más que un simple nombre. Pero entonces parpadea y parece tomar conciencia de sí. Cuando vuelve a hablar, su voz se ha enfriado varios grados—. ¿Qué haces aquí?

Hay tanto que quiero decirle..., pero empiezo por lo más sencillo, que es lo más difícil.

—Te echaba de menos.

El color que le sube por el cuello de la camiseta es la única señal de que mis palabras le han afectado.

Enderezo mis hombros, tratando de no dejarme apabullar por su actitud. No es la primera vez que veo esa mirada vacía, esa voz hueca, esa forma en que se aísla y se desprende de toda emoción para mantenerse a salvo. Will se ha encerrado en sí mismo.

—Y he venido para que puedas pedirme que te perdone.

Niega con la cabeza, pero, antes de que pueda hablar, le tiendo el dibujo.

—Y a que te expliques.

Lo he repasado cada día desde que lo encontré en su cabaña en busca de una clave que pudiera contarme una historia distinta de la que sé que es verdad.

Me quita con suavidad el dibujo de los dedos y lo estudia como si no lo hubiera visto hasta entonces mientras se pasa la mano por la mejilla.

En el dibujo aparezco yo, sentada en el borde del muelle en bañador y pantalón corto. Tengo la mirada perdida en el agua, parezco aburrida, o quizá triste, y llevo el sombrero que había cogido para Will. Al lado está la cesta con la crema solar, los sándwiches y los refrescos de limón. También había un CD compilatorio dentro. Tenía una etiqueta blanca en la carcasa con el título «Canciones para Will» escrito con rotulador verde.

Cuando vuelve a mirarme, sus ojos son dos pozos negros de remordimiento.

—Fern —repite.

—Fuiste al resort. —La voz se me quiebra.

Will asiente.

—Sí, fui al resort.

Trago saliva a pesar del nudo en la garganta.

—Ahora es cuando me invitas a entrar —le digo.

Me mira como si fuera a negarse, pero vuelve a asentir y me abre la puerta.

La casa de Will es espectacular. La planta baja es diáfana y, desde la entrada, puedo ver todo el salón y la cocina y hasta los enormes ventanales de la parte posterior. Los suelos son de cálida madera de color miel, los muebles parecen cómodos y las paredes blancas están cubiertas de cuadros, aunque advierto que ninguno es obra suya.

Deja el dibujo en la encimera de piedra y saca un par de botellas de agua con gas del frigorífico. Me lleva hasta un sofá de color amapola en la parte trasera de la casa. Es evidente que se trata de la zona de estar: en la pared hay fotos familiares enmarcadas y un gigantesco televisor de pantalla plana. Resultaría acogedor si no fuera porque el techo por encima de nuestras cabezas tiene la altura de una catedral. Y hay lucernas.

Me siento en un extremo del sofá y Will se acomoda en el otro.

—Vino a verme Annabel —le digo, y emite un gruñido grave desde el fondo de la garganta—. Me dijo que Sofía se pondrá bien.

—Sí —responde al tiempo que empieza a dar vueltas al anillo del meñique.

—También me dijo que estabas, y cito, «hecho un asco», cosa que veo que se ajusta bastante a la realidad.

Will me mira de soslayo.

—No esperaba compañía —responde. Su voz suena como papel de lija contra metal.

Inspiro hondo. Creo que nunca he estado tan nerviosa en la vida.

—¿Quieres contarme por qué parece que te haya pasado un camión por encima?

—He pasado una semana difícil.

—Lo sé.

—No he dormido mucho.

—Ya se nota. —Me paro—. ¿Ha sido porque estabas preocupado por tu sobrina?

—Sí, eso.

—¿Y...?

Will se recuesta en el sofá y ladea la cabeza hacia mí, pero no habla.

—Parecía que fuera a haber un «y». ¿Lo hay? —El temblor en la voz me traiciona.

—Creo que ya sabes que lo hay —responde; sus palabras erosionan el muro de miedo que estoy escalando para seguir aquí.

—Yo también creo saberlo —confirmo—, pero quiero estar segura.

Will alza la vista a las lucernas. Abre la boca antes de cerrarla de nuevo y apretar la mandíbula.

—¿Quizá porque te marchaste sin despedirte siquiera, luego no me respondiste a ninguno de los mensajes y al final dijiste que teníamos que dejar de vivir en una fantasía?

Will niega levemente con la cabeza y me clava la mirada.

—No —responde, y el corazón se me rompe en un millón de pedacitos.

Me obligo a permanecer sentada en vez de echar a correr hacia la puerta. Con las manos apretadas entre los muslos, espero a que vuelva a hablar.

—No debería haber hecho nada de eso, y lo siento, Fern, de verdad —dice con voz lenta—. Estaba estresado y no conseguía pensar con claridad. Pero ese no es el motivo por el que no duermo, ni como ni consigo quitarme de la cabeza esa imagen tuya, sentada sola en el muelle, nueve años atrás.

—Entonces ¿por qué?

—Fern, debes saber que... —Su pecho sube y baja con una honda exhalación. Lo observo con los ojos muy abiertos. Él prosigue en voz baja—. Nunca he deseado nada para mí como te deseo a ti. Estoy perdidamente enamorado de ti.

Una ruidosa bocanada de aire se me escapa de la garganta; el alivio es instantáneo.

—Pero no sé si puedo hacerlo —añade cuando me acerco a él—. Yo no...

Le tapo la boca con los dedos.

—Claro que puedes.

Su mirada se suaviza.

—Voy a darte el mismo consejo que me dio una vez alguien. Era un pretencioso estudiante de Bellas Artes, pero sabía de lo que hablaba —le digo, y una leve sonrisa asoma bajo mis dedos—. Sé lo mucho que tu familia significa para ti, y jamás lo pondría en cuestión. Pero es *tu* vida, Will, solo tuya.

Él permanece en silencio.

—Así que imagino que lo que necesito saber es si me quieres en ella.

Will me aparta la mano de su boca y me rodea con los brazos. Permanecemos un minuto entero así, respirando sin dejar de abrazarnos.

—¿Eso es un sí? —pregunto con la cara pegada a su pecho. Noto el rumor de una carcajada silenciosa en su pecho—. Porque hay un montón de cosas de las que debemos hablar, pero, si no es así, da todo igual.

Will se echa hacia atrás y enreda los dedos en mi pelo mientras me mira fijamente a los ojos.

—Lo siento —dice. Empiezo a apartarme de él, pero no me lo permite—. Espera. Ya te dije que se me da mal priorizar las relaciones sobre todo lo demás. Pensé que esta vez lo conseguiría. —Me acaricia las mejillas con los pulgares—. Estuve a punto de contarte la verdad sobre lo de hace nueve años, pero cuanto más tiempo pasábamos juntos este verano, más difícil me parecía. Siento no haberlo hecho.

—Dime la verdad. —Apenas logro que estas palabras salgan de mis labios.

—Me pasé un año pensando cada día en volver a verte. Bajé la mitad de la colina en dirección al lago y entonces, por fin, te vi. Estabas preciosa y lo único que quería era sentarme en aquel muelle contigo.

—¿Por qué no lo hiciste? —musito.

—Por favor, entiende que no fue por ti. Sofía tenía cuatro o cinco meses y yo estaba pasando por una época oscura. Estaba hecho una pena. —Se echa hacia atrás y se frota la cara con las manos—. Y supongo que me daba vergüenza. Después de todo lo que había escrito en aquella lista, ahí estaba, trabajando de nueve a cinco en una oficina, haciendo justo lo que un año antes afirmé que jamás haría. En aquel momento odiaba mi trabajo. Sabía que te darías cuenta al instante. Notarías que había cambiado, que no era feliz. Y me habrías llamado la atención sobre ello.

—Puede que sí —respondo—. O puede que me hubiera quedado impresionada con todo lo que te habías echado a las espaldas. Al menos podías haberme saludado.

—Esa es la cuestión. No podía saludarte y ya está. Te vi allí sentada, con tu bañador verde, y entonces recordé con exactitud lo que vivimos ese día. Habríamos hablado. Te habría contado que había dejado el arte y tú te habrías sorprendido. No habría sido capaz de fingir que todo estaba bien. No quería verme a través de tus ojos. Pensé que, si me acercaba a saludarte, tú no querrías despedirte. Tal vez yo no querría volver con mi hermana y mi sobrina. O seguir con mi trabajo. Tal vez me volvería egoísta. No podía arriesgarme.

—Ojalá lo hubieras hecho. Ojalá me hubieras dejado entrar en tu vida en aquel entonces. —Le rodeo las mejillas con las manos—. Eres una de las personas menos egoístas que he conocido nunca, y no es egoísta querer algo para ti mismo. Es humano.

Will deja escapar un largo suspiro.

—Estando contigo en el lago, lejos de todo esto, he recordado cómo era, lo que quería. No sé si sigo queriendo todo aquello. En realidad, no sé quién soy, Fern. —Se queda en silencio y yo no me muevo, no parpadeo, no lleno los pulmones de aire, hasta que él vuelve a hablar—. Pero ahora sé que te quiero en mi vida.

Deslizo los dedos por su mentón, trazando el contorno de la cicatriz. Cuando nuestras miradas se cruzan, veo que está muy cansado. Más incluso. Está agotado. Me acuerdo de lo que Annabel me ha dicho esta mañana sobre volcar mis sentimientos sobre Will en un mal momento.

—Tengo una habitación en un hotel —le digo—. ¿Por qué

no lo dejamos por esta noche y vuelvo mañana? De verdad que tienes mal aspecto.

Will frunce el ceño y los labios.

—No quiero que te marches.

Me niego a decirle el resto de lo que quiero decirle cuando apenas es capaz de mantener los ojos abiertos. Me muerdo el carrillo.

—¿Qué tal si nos relajamos durante un rato y ya está? —Puedo fingir que es una noche como otra cualquiera.

Will accede y nos acomodamos en el sofá; en el televisor de pantalla plana están emitiendo una reposición de *Frasier*. Poco a poco consigo que se tumbe con la cabeza en mi regazo y, cuando se duerme, apago la tele y, con los últimos rayos de luz crepuscular, observo las fotografías que cuelgan sobre el sofá. Son tres. Annabel tiene en brazos a Sofía, de bebé, en un jardín, y ambas se tocan con la nariz. Se diría que otra es de Sofía el primer día de colegio, con su mochila a la espalda y una sonrisa locuela en la cara. La tercera es la que me encoge el corazón: un joven Will, con el pelo oscuro alborotado, mira al minúsculo bebé rosado que tiene en brazos.

Cuando Annabel abre la puerta, Will sigue dormido.

—¡La madre que me parió! —exclama, sorprendida de encontrarnos en el sofá a oscuras.

—Lo siento —susurro—. No quería despertarlo.

Se acerca de puntillas.

—Por fin ha conseguido dormir.

Le aparto el pelo de la frente a Will.

—Me alegro de que me encontraras —le digo a su hermana.

Esta sonríe.

—Creo que yo también.

Cuando la nalga izquierda se me queda dormida, sacudo con cuidado a Will. Este me mira, sobresaltado, y empieza a hablar, pero le hago callar.

—Vamos a meterte en la cama.

Subimos los dos tramos de escaleras hasta su habitación y Will se deja caer sobre el colchón.

—Quédate —me dice, cogiéndome la mano.

—Vale —respondo, tirando de la sábana—. No me iré a ninguna parte.

Me despierto antes que Will. La casa está en silencio. O Annabel no se ha levantado todavía, o ya se ha ido.

La habitación ocupa toda la planta superior. Tiene los techos abuhardillados, un enorme y reluciente cuarto de baño y una puerta corredera de cristal que da a una terraza. No hay cuadros en las paredes. Reina la serenidad. Todo es blanco o del más pálido de los azules. Es como flotar en las nubes.

Me quito la camiseta que saqué anoche del cajón de la cómoda de Will y me visto con cuidado de no despertarlo antes de bajar un buen montón de escaleras hasta llegar a la cocina para averiguar cómo funciona su elegantísima cafetera y prepararme algo de comer. En el frigorífico de dobles puertas, encuentro una bandeja de frambuesas, pero entonces veo la leche y los huevos. Busco harina, levadura y mantequilla. Me sé de memoria la receta de mamá.

Cuando regreso al dormitorio, Will está sentado en la cama con las sábanas arrugadas alrededor de los tobillos. Sigue con la camiseta sucia, pero las ojeras y las bolsas bajo los ojos se han mitigado. Me entran ganas de meterlo en la ducha para que recupere su maravilloso olor.

—Aquí estás —dice con voz áspera.

—Aquí estoy. —Dejo el café en la mesilla y le paso el plato de tortitas—. Te prometí que algún día te las prepararía. Están recubiertas de una cantidad indecente de sirope de arce.

Cuando Will sonríe, se le forma una serie de arruguitas alrededor de los ojos. «Aquí está», me digo.

—Qué ricas —reconoce tras el primer bocado.

—Cómetelas todas, que vas a necesitar energía.

Will enarca las cejas.

—Para eso no —aclaro, sin dejar de rebuscar en mi bolso la hoja de papel del hotel que guardo doblada.

Me siento al lado de Will y me recuesto en el cabecero forrado de tela blanca mientras desayuna. Cuando ha acabado, le tiendo el papel.

—¿Qué es? —me pregunta al desdoblarlo. Me mantengo callada mientras lo lee y veo cómo se le curvan las comisuras de la boca al llegar al final.

—Es lo que quiero —digo antes de callarme otra vez y pensármelo mejor—. La verdad es que es más que eso. Es lo que necesito.

Se le borra la sonrisa de la cara y vuelve a leerlo. No hay demasiadas palabras escritas en la página, pero se toma su tiempo en asimilarlas.

—¿Esto es todo?

—Esto es todo.

—¿Quieres darme algo de contexto?

—Es un plan en cinco fases para recuperarme.

Me inclino sobre su hombro y repasamos la lista juntos.

— *Disculparse sinceramente.*
— *Ser sincero: se acabaron los secretos.*
— *Dejar que lo ayude.*
— *Llevar delantal. Siempre. En serio.*
— *Hacerme un dibujo.*

—El primer punto está bastante claro —le digo.

Will se apoya en el cabecero, me toma la mano y enlaza nuestros meñiques. Me observa con expresión seria.

—No creo que exista una disculpa que exprese lo mucho que lo siento, Fern. Me he pasado años arrepintiéndome de haberte dejado sola en aquel muelle, y odio cómo te he tratado esta última semana…, las cosas que te dije por teléfono. Siento haberme ido a toda prisa y haberte preocupado tanto. No me puedo creer que estés aquí después de todo lo que te he hecho pasar. Lo siento, pero también te agradezco que te presentaras en mi puerta ayer.

Suelto aire.

—Buena disculpa. El siguiente punto es aún más importante.

—«Ser sincero: se acabaron los secretos» —lee Will en voz alta.

Asiento.

—Por ejemplo, con tu oferta para ayudar a mi madre en el resort.

Will frunce el entrecejo.

—¿Te lo ha contado Annabel?

—Pues sí. Me cae bien, por cierto.

—No me sorprende. —Reflexiona un segundo—. Cuando llegué se te notaba que no confiabas en mí, y yo deseaba con toda mi alma que accedieras a que trabajáramos juntos. Me preocupaba que supieras que había sido idea mía y que empezaras a desconfiar aún más. Tomé café con tu madre y, cuando me explicó lo difícil que se estaba volviendo el negocio, sin darme cuenta me ofrecí a ayudarla. Creo que pensó que lo hacía por educación, pero luego intercambiamos un par de correos y reiteré el ofrecimiento. Y no, no lo habría hecho si no hubiese sido tu madre o si no se hubiera tratado de vuestro resort. Y sí, en mi mente soñaba con que aparecerías este verano mientras estaba allí, de lo más dispuesta a follar sin parar en las canoas.

Me río.

—En una canoa no se puede follar.

Jamie y yo ni siquiera lo intentamos en nuestros tiempos.

—La imaginación del Will de veintipocos años no opinaba lo mismo —responde con una sonrisa pícara, que me hace reír otra vez.

—¿Algo más que quieras confesar?

Will se pasa la mano por el pelo.

—Supongo que este momento es tan bueno como cualquier otro para contarte que tomo medicación para la ansiedad.

—Vale —respondo con lentitud—. No es eso a lo que me refería, pero me alegro de que me lo hayas contado.

Will traga saliva.

—Creo que deberías saber que puede ser bastante duro. La primera vez que me pasó fue cuando nos dejó mi madre. Tenía la mente superacelerada, pero en aquel momento no entendí qué era lo que pasaba. Y luego, cuando nació Sofía… —Niega con la cabeza—. Fue horrible; por la cabeza se me pasaban ideas muy muy oscuras. Ideas terribles. Y también imágenes. No sabía qué me pasaba, pero no lograba borrármelas de la cabeza. —Se queda callado. Pienso en las dos palabras que tiene tatuadas bajo la clavícula, SOLO PENSAMIENTOS, y le aprieto el meñique.

—Puedes contármelo cuando estés listo. No te juzgaré, pero tampoco tienes por qué tener prisa.

Will asiente.

—Me daba miedo quedarme a solas con la niña, y Annabel imaginó que algo no iba bien. Obtuve ayuda. Empecé a medicarme. Hasta fui a terapia de grupo.

Me giro y me reacomodo hasta quedar cruzada de piernas frente a él.

—Siento que tuvieras que pasar por todo eso.

—Podría volver a sucederme si tengo hijos —explica. Entiendo que es una advertencia—. Y todavía me preocupo. Es innato.

—Vale. —Me quedo parada—. Nada de eso constituye una línea roja para mí, si es eso lo que te preocupa. Pero necesito que me cuentes qué hay en tu vida. Cuando algo te preocupe o te cause ansiedad, quiero saberlo. Si nos damos una oportunidad...

En algún lugar de la casa se cierra una puerta, y una voz infantil asciende desde la planta inferior. Durante unos instantes oímos a Annabel y a Sofía moverse por la casa.

—Cuando te fuiste sin más —le digo a Will—, fue como si se confirmaran todos los miedos que tenía al respecto de nosotros.

—¿Qué miedos?

—Pensaba que habías estado, no sé, ¿engañándome? No quiero estar con alguien que me oculta ciertas partes de su vida y me mantiene al margen de ella. No quiero ser una vía de escape. Quiero ser la realidad.

Will se inclina hacia mí y roza su nariz con la mía.

—Fern —me dice—. No eres una vía de escape. Lo eres todo.

—¿En serio? —susurro, echándome un poco hacia atrás—. Porque no me contaste nada de las llamadas de teléfono hasta que no te obligué a hacerlo. No me dejabas entrar en tu vida.

—Lo sé —asiente—. Pero, por mucho que alguien crea que no le importa que viva con mi hermana y mi sobrina, o que las lleve y las traiga y les haga la cena casi todas las noches, más de una vez ha supuesto un problema. Hasta ahora me daba igual. No quería involucrarte en todo nuestro drama familiar. Quería ser egoísta. Te quería solo para mí.

—Eso lo entiendo. Pero no puedes aislarme de las dos personas más importantes de tu vida. Se acabaron las llamadas secretas. —Señalo el tercer punto de la lista: «Dejar que lo ayude», mientras un grito amortiguado de Annabel llega flotando hasta nosotros—. Quiero ser parte del drama. Quiero ser parte de todo.

Will sonríe.

—Drama hay para aburrir. —Entonces se pone serio—. Annabel ha estado amenazando con mudarse durante un tiempo, pero no creo que vaya en serio. Después de llegar al resort, me dijo que estaba hablando con un agente inmobiliario, así que a veces nos llamábamos para eso. Otras me atosigaba para que le contara cómo me sentía. A veces me llamaba solo para preguntarme cómo se usa la cocina. Pero también hemos discutido.

—¿Porque quieres que se queden?

—Sí. Sé que en cierto modo sería bueno para mí que se alquilaran algo para ellas. Sé que es lo que cree Annabel. Se siente mal por haber estado aquí tanto tiempo, pero estoy acostumbrado a tenerlas en casa. Me gusta tenerlas en casa. —Me lanza una mirada de disculpa—. Sé que no es lo que la mayoría de las mujeres quieren oír, pero quiero vivir con mi hermana y mi sobrina.

—Yo no soy la mayoría de las mujeres. —Le doy un golpecito en la pierna—. Y tú no eres la mayoría de los hombres.

Suelta un gruñido escéptico.

—Vengo con un buen montón de problemas bajo el brazo.

Odio oírlo hablar así de sí mismo. Quiero proteger al Will que conocí hace diez años, pero también quiero dar la cara por el hombre que conozco ahora. Me subo a su regazo y le cojo la cara entre las manos.

—Te voy a contar una cosa sobre mí: soy muy quisquillosa a la hora de elegir a la gente. La mayoría ni siquiera me cae demasiado bien. Ahora mismo tengo unos estándares elevadísimos a la hora de dejar entrar a alguien en mi vida. Y tú, Will Baxter, eres mi persona favorita en el mundo.

Me mira sorprendido.

—¿En serio?

—Pues sí. Te quiero más que a nadie.

Will abre los ojos como platos y, de pronto, sus labios se abalanzan sobre los míos, voraces y urgentes, como si fuese la última vez que fuéramos a besarnos. Le rodeo el cuello con los brazos y bajo el ritmo, fundiéndome en el beso. Will sabe a café y a sirope de arce y a vuelta al hogar tras una larga jornada. «No me iré a ninguna parte», le digo con la lengua y los labios.

—Tú me quieres —musita Will mientras me recorre el labio inferior con el pulgar.

—Pues sí —respondo—. Sobre todo, las partes más complicadas. Si no, resultas demasiado perfecto, Will. Es un rollo, la verdad.

Sonríe antes de besarme el mentón.

—Fern... —Me besa la mejilla y luego me susurra al oído—: Yo también te quiero. —Posa los labios en mi nariz—. Muchísimo.

—Bien —respondo—. Porque así los puntos cuatro y cinco resultarán más sencillos.

—¿Te gusta el delantal?

Aprieto la frente contra la suya.

—Me encanta el delantal.

Will se ríe.

—Y quiero que sigas dibujando.

Will murmura algo.

—O que pintes o que decores tazas con fotos de chihuahuas: no vuelvas a dejar el arte. Aquella lista que escribimos hace diez años estaba mal, porque no puede ser un pasatiempo. —Lo beso—. Tú empieza con un dibujo.

Will deja escapar un largo suspiro.

—Vale —responde—. Dado que está en la lista, lo haré por ti.

—Y por ti. Puedes disfrutar de algo que sea solo para ti.

Will me atrae hacia él, apoyo la cabeza en su pecho, oigo el sonido de su corazón y siento la vibración de su voz en mi mejilla cuando vuelve a decir «te quiero».

Entonces resuenan pasos por las escaleras.

Al otro lado del dormitorio se alza una voz infantil:

—Tío Will, ¿puedo comerme una de las tortitas? Annabel me ha dicho que debía preguntarte.

—Prueba otra vez, Sof —responde este.

—Vale. «Mamá» me ha dicho que debía preguntarte.

—Mejor —señala Will—. Y, adelante. Dame unos minutos y bajo. Hay alguien a quien quiero que conozcas.

Me echo hacia atrás y Will enarca las cejas.

—Bien —concluye Sofía. Se oyen pasos a toda velocidad escaleras abajo mientras grita—: Annabel, te dije que me daría permiso.

—Es lo que diríamos precoz —apunta Will.

—Ah, ¿sí?

—Y va sembrando el caos por donde pasa, te lo advierto.

—Genial —respondo—. Me gusta el caos.

Will me coloca un mechón tras la oreja.

—¿Estás segura de que quieres formar parte de todo esto?

—Segurísima. Lo quiero todo.

28

En la actualidad

Paso casi una semana entera con Will y las chicas en la ciudad. Por las mañanas le preparo tortitas a Sofía y la llevo al campamento urbano para que Will pueda dormir un poco y Annabel no llegue tarde a trabajar. Por las tardes, Will y yo deambulamos por Toronto. Caminamos y charlamos, elaboramos un plan para que la relación funcione a distancia. Will me visitará los fines de semana siempre que pueda y nos llamaremos por las noches, después de cenar. Además se compromete a enviarme una foto cada vez que se ponga delantal.

En cuanto vuelvo al resort, le doy a Peter el último diario de mamá. Le digo que no creo que a ella le hubiera importado que él se enterara de lo que pensaba tantos años atrás y que podría encontrarse con alguna que otra sorpresa agradable. Para mí, leer el diario de mamá no ha sido exactamente como oírla de nuevo, pues la Margaret Brookbanks que yo conocí era distinta de la joven que escribió estas páginas. Pero pienso que sí podría serlo para Peter. Él conoció a esa joven habladora, optimista e impaciente. Y amó a esa Maggie igual que amó a la versión de mamá que yo he conocido.

Me mantengo ocupada. Me sumo a la velada de juegos de Whitney y Cam, y paso tiempo con Jamie, inclinada sobre la mesa de la cocina, revisando los planos para la casa de sus sueños. Casi todas las mañanas visito a Peter en el obrador y un día soleado de finales de octubre oigo música antes de entrar. Peter tiene puesta a Anne Murray. Me hago amiga de los propietarios de la tienda de discos del pueblo. Compro una guitarra y veo lecciones en YouTube. Me imagino volviéndome lo bastante buena y valiente como para tocar por sorpresa en el concurso de talentos en agosto del año que viene. Y me deslomo a trabajar.

Sin embargo, sola en casa en mitad de la noche, siento una punzada conocida en el vientre. Me arrastro hasta la ventana y observo la cabaña 20, pero no brilla luz alguna en la oscuridad. Will nunca está allí.

A medida que pasan los meses y cae la nieve y la luna brilla pálida sobre los arbustos helados, la punzada se agudiza al tomar conciencia de que no quiero seguir echándolo de menos.

En Año Nuevo nos movemos por la pista de baile. El pinchadiscos ha puesto la canción que le he pedido. Es de Elvis y es un poco hortera, pero también es perfecta para preguntarle a Will si se plantearía vivir aquí algún día. El salón centellea con las velas y las luces navideñas y la bola de discoteca que Jamie me ha convencido de colgar, pero nada brilla como la sonrisa en el rostro de Will.

Tarda un tiempo en organizar el trabajo para hacerlo posible, pero en mayo, un año después de la muerte de mamá, se muda a la casa conmigo. El solárium ahora es su oficina. Mi hogar es ahora el suyo. Cuando bajo del dormitorio por las mañanas, el café intenso ya está preparado y la música también, y Will me espera en la cocina.

Para su gran alivio, Annabel accede a quedarse en su casa de Toronto. Will sigue preocupándose por ellas, por lo que su hermana nos llama o nos envía un mensaje casi a diario con alguna duda de cocina, pero Will va a trabajar a la ciudad como mínimo un día a la semana, por lo que las ve con regularidad. He decorado la habitación de invitados en un tono morado oscuro para Sofía, pues pasará un par de semanas con nosotros a finales de verano. El armario ropero sigue lleno de vestidos de fiesta de mamá. Sofía dice que es demasiado mayor para disfrazarse, pero ya me he fijado en cómo mira el bolero de lentejuelas rosas. Me apuesto algo a que puedo convencerla para que participe como mínimo en un té elegante conmigo y con Peter.

Contrato a un nuevo jefe de cocina y cambio el nombre del restaurante por Maggie's. De todos los cambios que he introducido en el resort, este es el que más me gusta. A veces, cuando quiero sentir cerca a mamá, voy al comedor. Pero cuando más la echo de menos, me veo bajando sin querer al muelle familiar. Me siento en la silla de la izquierda y, con la mirada perdida en el lago, la pongo al día de todo lo que pasa en mi vida. A veces casi la oigo responder: «Qué suerte tenemos».

Aunque vamos camino de tener un buen año en el resort, algunos días se me hacen demasiado largos, demasiado cuesta arriba, y son un asco. Pero ahora, cuando vuelvo a casa, está Will. Mientras prepara la cena, me recuerda todo lo que he conseguido y lo mucho que adoro mi trabajo; entonces me quedo mirándolo, ataviado con el delantal de manzanas de mamá, y me pregunto si alguien tan maravilloso puede ser real.

Hacía mucho tiempo que no dormía tan bien, pero a veces me despierto cuando ya son más de las dos de la madrugada y veo que Will no está a mi lado. Bajo de puntillas y tengo que quitarle el lápiz de la mano y llevármelo de vuelta a la cama. Cuando no puede dormir, Will dibuja.

Tengo la sensación de que cada día es especial, pero el 14 de junio es un regalo.

Will y yo navegamos hasta la franja de playa en la que nos sentamos juntos hace casi un año. A diferencia de entonces, el sol se refleja en la superficie del lago; no hay una sola nube que tape los rayos. Hacen falta gafas de sol. Will ha traído una cesta de pícnic y una botella de champán, así que levantamos las copas de plástico y brindamos por el día en que nos conocimos.

Nos relajamos con los pies en el agua y los meñiques unidos sobre la arena, recordando aquel 14 de junio. Cuando se levanta la brisa, a Will se le remueve el flequillo y a mí se me corta la respiración. Lo he convencido de que se deje crecer un poco el pelo, así que está igualito que a los veintidós años. Relajado, greñudo y divino. Por enésima vez durante el último año me parece estar presa de una alucinación. Me cuesta creer que por fin estemos aquí juntos, y para siempre.

Me arriesgué cuando me presenté en la puerta de casa de Will el agosto pasado. Me dije que, si había alguien por quien mereciera la pena luchar, era por él y que, si había una relación que mereciera la pena el esfuerzo, era la que habíamos empezado a construir. Porque, aunque aún no le hubiéramos puesto nombre, Will y yo estábamos construyendo algo. Y me dije que podíamos afianzarlo.

Cuando el sol pega con fuerza, Will se quita la camiseta y me quedo mirando los contornos de sus abdominales, el perfil de sus caderas y la tinta de sus tatuajes hasta que me lanza la prenda a la cara.

—¿Qué? —le pregunto riendo.

—Que estás con la lengua fuera.

—Bah. Solo estaba admirando el arte.

Will me pone en pie, yo le doy la mano y le beso el último tatuaje que se ha hecho, una pequeña corona de helechos en el interior de la muñeca, pero entonces él empieza a desabrocharme el pantalón corto.

—Vamos a nadar —me propone mientras me da un beso en la nariz.

Llegamos hasta la parte más honda y fresca del lago, y flotamos de espaldas con los ojos cerrados al sol. Al cabo de un rato, Will me atrae hacia él y nos besamos mientras el agua danza alrededor de nuestras cinturas; entonces desliza la mano por dentro de mi bañador y hace eso con el pulgar.

Una vez secos, tras habernos acabado los sándwiches y los pasteles de limón que Peter sabe que son los que más le gustan a Will, empiezo a recoger nuestras pertenencias y a meterlas en la canoa. Dejo la cesta en el centro y, al darme la vuelta, veo a Will arrodillado en la arena, con una cajita de terciopelo verde en la mano. Antes de que diga nada, me arrojo a rodearle el cuello con los brazos y lo tiro al suelo. Lo beso entre lágrimas y él murmura algo sobre no haber dicho nada todavía, pero estoy demasiado abrumada como para que me importe, porque Will Baxter es mi persona favorita del mundo y me lo voy a quedar para siempre jamás.

—¿No quieres ver el anillo? —me pregunta riendo.

Le respondo que me la suda el anillo. Lo único que quiero es oír ese sonido feliz prorrumpir de sus labios cada día de mi vida.

—Para mí tiene cierta importancia.

Me echo hacia atrás y parpadeo, con un nudo en la garganta, mientras miro a Will, que está debajo de mí.

Él me rodea la cara con las manos.

—Levántate un segundo, ¿vale? Que quiero decirte un par de cosas.

Me pongo en pie y Will se arrodilla ante mí, con la cajita cubierta de arena en la mano. Dentro hay un sencillo anillo de oro. No me puedo creer que no lo llevara puesto.

—Lo he mandado adaptar —me dice mientras saca el sello de su abuelo—. Es mi posesión más preciada y pensé que no querrías nada demasiado llamativo.

Will me confiesa la suerte que tuvo de conocer a su alma gemela hace once años y la suerte aún mayor de reencontrarme después. Me dice que soy su mejor amiga. Que nunca creyó posible ser tan feliz como lo es ahora, conmigo. Que soy la persona más valiente que conoce. Que adora mi lealtad y mis listas de música y mi nariz. Que me ama con locura. Nos besamos, lloramos y nos abrazamos, y retozamos en la arena hasta que un grupo de adolescentes en un bote empieza a silbar y a hacer sonar la bocina.

En el muelle hay gente esperándonos. Entorno los ojos mientras remamos, tratando de reconocerlos. Con Sofía es fácil. Distingo la camiseta morada que tiñó con ayuda de Will a buena distancia en el lago Smoke. Estamos lejos de la orilla, pero ella ya está brincando y saludando con la mano.

—No pude guardar el secreto mucho tiempo —admite Will cuando me doy la vuelta desde mi posición en proa y lo miro—. Ya sabes cómo es Annabel.

Sí que sé cómo es. Desde el momento en que anunciamos que Will se venía a vivir a casa, ha estado atosigándome con revistas de bodas, webs de diseñadores de arreglos florales y paneles de inspiración en Pinterest. Le gusta un festejo casi tanto como a Jamie y, cuando algo se le ha metido en la cabeza, no hay quien la pare. Es más testaruda que Will y, aunque jamás lo admitiría, es tan protectora con él como él con ella. Le he dicho que preparar una boda es lo último de lo que quiero preocuparme y, lo que es más importante, que no quiero toda la parafernalia típica de las novias. No es que me oponga al matrimonio, pero ¿las bodas? Creo que me reventaría la vena de la frente.

Me vuelvo a mirar el resort. Nos hemos dejado arrastrar un poco por la corriente, y veo a Annabel junto a la figura rotunda de Peter. También está Jamie, al lado de Whitney y Cam.

Se nos acercan cuando aún no hemos terminado de amarrar la canoa. Sofía se abraza a la cintura de Will en cuanto sale del bote y Annabel lo rodea con un brazo mientras con el otro me atrae hacia ella.

Alguien se me pega a la espada y, por el olor del champú, sé que es Whitney.

—Ven aquí —dice, y siento nuevos brazos rodeándonos hasta formar un desordenado abrazo de grupo.

—Voy a montaros una fiesta de compromiso —anuncia Annabel—. Vosotros intentad impedírmelo.

Las chicas quieren salir en canoa y, mientras la gente se dispersa, Peter y yo vemos a Will ayudarlas a subirse.

—Creo que me he agenciado uno de los buenos —le digo a Peter. Sé que está de acuerdo. Desde que Will se mudó a la casa, no hay semana en que Peter no nos mande algún postre de limón.

—Los dos os lo habéis agenciado —responde—. En fin, me vuelvo a mi cocina. —Me besa la frente—. Enhorabuena, cielo.

Cuando las chicas comienzan a remar, Will y yo nos sentamos en el borde del muelle, en el mismo lugar en que deberíamos habernos encontrado diez años atrás. Annabel y Sofía navegan en círculos: ninguna de las dos sabe manejar una canoa.

—No tienen ni idea de lo que hacen —dice Will.

—Desde luego que no —coincido, y sonrío de oreja a oreja cuando veo a Sofía inclinarse por la borda para salpicar a su madre. Annabel chilla y se aparta hacia un lado. La embarcación se ladea.

—Van a volcar —dice Will, y yo le doy una palmadita en la rodilla.

—No van a volcar —le respondo—. Y, si vuelcan, aquí estamos nosotros.

Entonces, con una sonrisa maliciosa, Annabel levanta la pala, la desliza sobre la superficie del agua y pone perdida a su hija. Sofía grita encantada. Will se ríe y me rodea con el brazo para arrimarme a su costado.

Nos quedamos allí sentados, juntos, hasta que las chicas se aburren de la canoa y pasean por la playa.

Sigo con la cabeza apoyada en su hombro hasta que el sol desciende por el horizonte y pinta el lago de púrpura y oro.

Permanecemos horas sentados, Will Baxter y yo, haciendo planes para el futuro, un futuro de sueños compartidos.

Observo nuestros pies en el agua antes de alzar la vista hacia él.

—A veces me cuesta creer que estemos aquí.

—Sé cómo te sientes —responde—. Pero aquí estamos, Fern Brookbanks. Justo donde debemos estar.

EPÍLOGO

No sé muy bien por dónde empezar. Nunca he escrito un diario.

Will dice que no debo plantteármelo como tal, sino como una especie de carta. Según él, no hay forma de saber si lo encontrarás algún día y lo leerás.

Supongo que, en tal caso, no debería llamarlo Will, sino «tu padre».

No puedo verme los pies de la barriga que he echado, y aun así me cuesta imaginar que pronto estarás con nosotros. Nuestra hija.

Tu padre ha pensado que hablar contigo podría ayudar. Me pega la nariz a la barriga y canta nanas o imparte lecciones de historia del arte, pero a mí me parece absurdo que les susurre a mis estrías. Así que he pensado que mejor lo hago así. Escribiré sobre todas las personas a quienes conocerás en cuanto llegues. Sobre Peter, Whitney y Jamie. Annabel y Sofía. El señor y la señora Rose. Este hombre increíble a quien yo llamo Will y tú llamarás papá. Y escribiré sobre las personas a quienes no llegarás a conocer. Te hablaré de este pequeño mundo en el que vivirás.

Y entonces, un día, te daré este diario. Prepararé café —por favor, dime que serás cafetera— y bajaremos por el sendero hasta el par de viejas sillas de metal junto al agua. Yo me sentaré en la que era de mamá, y tú, en la mía. Contemplaremos las olas romper contra las rocas y compartiré todo contigo. Será nuestro lugar. Tú y yo, junto al lago.

AGRADECIMIENTOS

Estoy aquí sentada, en mi sofá de Toronto, y no sé muy bien cuánto contaros de los retos que supuso escribir *Te veo en el lago*. Es un melancólico día de octubre —con los colores de otoño en todo su esplendor—, cargado de nubes oscuras. De vez en cuando asoma el sol y hace que las copas de los árboles brillen naranjas, rojas y doradas. Mañana pondré rumbo al norte con mi marido y mis dos hijos; subiremos a Barry's Bay para celebrar el día de Acción de Gracias. Parece el momento perfecto para escribir mis agradecimientos, pues hay mucho que agradecer.

Los primeros en la lista sois vosotros, mis lectores. No hay forma de agradeceros lo suficiente la increíble respuesta que disteis a mi debut literario, *Todos nuestros veranos*, y los innumerables mensajes anticipando la publicación de *Te veo en el lago*. La forma en que devorasteis mi primera novela y se la recomendasteis a vuestros familiares y amigos me pareció verdaderamente surrealista y me hizo sentir muy honrada. Sé que muchos de vosotros queréis saber más sobre Percy y Sam. A diario me piden que cuente la historia de Charlie. Me encanta ver hasta qué punto queréis a esos personajes, y espero que Fern y Will se ganen un lugar parecido en vuestro corazón.

Contar cómo fue escribir *Todos nuestros veranos* resulta sencillo: se trató de una experiencia de pura alegría. Trabajaba como periodista a tiempo completo, tenía un hijo pequeño en casa, estaba embarazada del segundo y apenas tardé cuatro meses en escribir el primer borrador. A punto de abandonar la treintena, sentía que había encontrado mi vocación.

Hablar de la gestación de *Te veo en el lago* es más difícil, pero me habéis dado tanto que os debo una respuesta sincera. He invertido como mínimo cinco veces más horas en este libro que en *Todos nuestros veranos*. Se multiplicaron las rondas de ediciones y revisiones. Durante el segundo borrador reescribí casi la mitad del libro (y me lo pasé bomba). Con cada nuevo borrador, *Te veo en el lago* se iba acercando a la historia en la que debía convertirse. Pero el primero casi acaba conmigo.

Antes de empezar a escribir, recuerdo haber echado un vistazo al cuaderno que llevaba mientras escribía *Todos nuestros veranos*, tratando de dilucidar cómo me las había apañado para escribir una novela. Me parecía algo imposible de lograr de nuevo. *Todos nuestros veranos* tenía que haber sido cuestión de suerte. Producto de la magia.

Día tras día, al sentarme para escribir el primer borrador, luchaba contra el coro de voces en mi cabeza que me repetía que no tenía ni idea de lo que estaba haciendo, que escribía fatal y que no había manera de que mi segundo libro fuera tan bueno como el anterior. Dolía. Pero perseveré y, al final, acabé con algo en las manos. No era nada del otro mundo, y la versión que acabas de leer de *Te veo en el lago* es muchísimo mejor. Pero estoy tan orgullosa del resultado final como de la primera y rudimentaria versión. Puede que hubiera un poquitín de magia a la hora de escribir *Todos nuestros veranos*, pero lo que hizo falta para conseguir el primer borrador de *Te veo en el lago* fue determinación.

Como sin duda habréis adivinado, este libro exigió muchísimo apoyo y orientación por parte de la editorial. Amanda Bergeron, has de saber que ahora mismo estoy llorando mientras trato de encontrar las palabras que expresen una mínima parte de la gratitud que te debo. No me puedo creer que todavía no nos conozcamos en persona, pero empiezo a pensar que es mejor así, porque es probable que te abrazara demasiado fuerte y demasiado tiempo, y luego me pondría a sollozar y sería una situación bastante incómoda. Eres genial.

Tengo la inmensa suerte de contar con el descomunal talento de Deborah Sun de la Cruz. Deborah, me encanta que vivas en Toronto y, por lo tanto, pueda abrazarte con cierta regularidad, la mayoría de las veces sin perder la compostura. Muchísimas gracias por ayudarme a definir mejor a Maggie y por darle mayor hondura al título del libro.

Taylor Haggerty, si estos agradecimientos fueran una lista de reproducción, tu canción sería «Wind Beneath My Wings», de Bette Midler. Eres mi heroína. Gracias a ti, ahora puedo empezar las frases con las palabras: «Mi agente dice que...». Véase la nota a Amanda relativa a los abrazos llorosos en la vida real (y puede que también te haga alguna reverencia). Jasmine Brown, que sepas que tú eres la siguiente. Gracias por todo lo que haces.

Ahora, un agradecimiento enorme y puede que un poco más profesional para las mentes brillantes de Berkley: Sareer Khader, Bridget O'Toole, Chelsea Pascoe, Erin Galloway, Kristin Cipolla, Craig Burke, Ivan Held, Christine Ball, Claire Zion, Jeanne-Marie Hudson, Vi-An Nguyen, Anthony Ramondo, Christine Legon, Megha Jain, Joan Matthews, LeeAnn Pemberton y Lindsey Tulloch. Soy muy feliz de que Berkley sea mi hogar.

Ya advertí a las buenas gentes de Penguin Canadá que, como ahora soy escritora a tiempo completo y ya no trabajo en una oficina rodeada de compañeros, les iba a tocar. Kristin Cochrane, Nicole Winstanley, Bonnie Maitland, Beth Cockeram, Daniel French: trabajar con vosotros es un regalo. Emma Ingram: me encantáis tú y tus vestidos.

Siempre que me preocupan las cuestiones librescas, pienso en las extraordinarias personas que me rodean. Holly Root, una vez te oí describir a los agentes literarios como gente que lleva chaqueta de punto y envía emails. No recuerdo el contexto, pero a veces, cuando tengo ansiedad, os imagino a todos los sabiondos de Root Literary con unos cárdigan monísimos y me relajo al instante. Heather Baror-Shapiro, gracias por llevar mis libros al público internacional: ¡es un sueño! Y, hablando de sueños, Carolina Beltran: qué placer es trabajar contigo. ¡Gracias, gracias, gracias!

A Elizabeth Lennie, cuyas obras ahora aparecen en la cubierta tanto de *Todos nuestros veranos* como de *Te veo en el lago*: gracias por insuflarle vida al lago.

Gracias al doctor Jonathan S. Abramowitz por hablar conmigo sobre el trastorno obsesivo-compulsivo posparto tanto en hombres como en progenitores no biológicos. Tu trabajo y tus conocimientos expertos me han sido de mucha utilidad.

Una de las mejores cosas de ser una autora publicada es que puedes fingir que conoces a otros autores fabulosos, puesto que a veces tienen la gentileza de mencionarte en redes sociales, recomendar tu libro, participar en algún evento contigo o responder a tus mensajes directos. Gracias a Ashley Audrain, Karma Brown, Iman Hariri-Kia, Emily Henry, Amy Lea, Annabel Monaghan, Hannah Orenstein, Jodi Picoult, Ashley Poston, Jill Santopolo y Marissa Stapley por hacerme sentir parte del club. Y también a Colleen Hoover, quien mencionó *Todos nuestros veranos* dos veces en Instagram, por lo que ahora la gente cree que se la puedo presentar (momento confesión: no tengo tan buenos contactos).

A los bookstagrammers, booktokers, reseñadores, periodistas, podcasters, bibliotecarios y libreros: gracias por vuestra pasión, vuestra dedicación y vuestra creatividad. Alucino con el trabajo que hacéis para construir comunidades de lectores. El mundo del libro es mejor gracias a vosotros. Gracias en especial a los primeros fans de *Todos nuestros veranos*: alzasteis la voz y —¡guau!— la gente respondió. (Sí, Lianna, tú la alzaste más que nadie. Eso no se discute.)

Gracias a Sadiya Ansari, Meredith Marino, Courtney Shea y Maggie Wrobel por leer este libro en su versión más temprana y tosca, y por todo el apoyo y los ánimos durante este viaje en montaña rusa.

Lianne George, gracias por tu mentoría, por tu amistad y, sobre todo, por quedar para tomar café conmigo. Es que te hago la ola.

Robert Nida, siempre recordaré con cariño el tiempo que pasé en el chalet. Tienes mi gratitud eterna.

Gracias a las familias Ursi y Palumbo por el entusiasmo, la

ilusión y los carbohidratos. Grace, gracias por tu fe y por las horas interminables que has pasado cuidando de los chicos. (¿Te importa si se quedan a dormir esta noche?).

A la familia Fortune: es evidente que nuestra canción es «The Best», de Tina Turner. Creo que la liga de rugby de Nueva Gales del Sur estará dispuesta a compartirla con nosotros. Gracias por enseñarme el valor del trabajo duro y por demostrar que el hogar no consiste en las cuatro paredes entre las que vivimos, sino en la gente que lo conforma. Mamá, qué suerte tengo.

Marco, sé que me sugeriste que dedicara toda la sección de agradecimientos a explicar lo grande que eres (¡eres lo más grande!), pero ya te he dedicado el libro y te he preparado bistec para cenar, así que espero que con eso baste. Gracias por no permitir que me convenciera a mí misma de no dejar el trabajo. Gracias por tomarte un año sabático del tuyo para que pudiera escribir este libro. Eres el mejor padre y amo de casa. Gracias por estar tan dispuesto a celebrar los éxitos conmigo como a recogerme cuando caigo. Vale que no tenemos una canción, pero creo que es porque las tenemos todas.

Y para Max y Finn: os quiero sin medida. Ojalá algún día os convirtáis en el tipo de hombre que lee los libros de su madre, pero ni se acerca a sus diarios.

Queremos compartir más momentos contigo.

Únete a la comunidad de Penguin Libros y encuentra tu siguiente lectura.

Penguin
Random House
Grupo Editorial